KB233012

이청준 소설 연구

-정신분석학적 관점에서-

이청준 소설 연구

-정신분석학적 관점에서-

이 승 준 著

한국학술정보[주]

머리말

박사논문과 두 편의 학술논문을 엮어 첫 번째 연구서를 낸다. 책의 제목은 '이청준 소설 연구'이다. 모두 정신분석학적 관점에서 쓴 것이거나 이와 관련이 있는 것이기 때문에, '정신분석학적 관점에서'라는 부제를 달았다. 두 번째 논문 「이청준 소설에 나타난 정신이상 연구」는 박사논문을 쓰면서 동시에 썼는데, 한 논문에서 논의하기에 무리한 점이 있어서 따로 발표한 것이다. 내용상 박사논문과 겹치지만 그대로 실었다. 함께 비교하면서 읽어주길 바란다.

이 책을 읽는 독자는 이 책의 제목이 '이청준 연구'가 아니라 '이청준 소설 연구'라는 점을 잊지 말기를 바란다. 이것은 '작가 이청준'에 대한 연구가 아니라 그의 '소설'에 대한 연구서이다. 물론 작가를 텍스트로부터 온전히 배제할 수 있을지는 의문이며, 작가를 개입시키면 가치 없는 연구가 된다고 생각하는 것은 아니다. 굳이 이러한 점을 강조하는 이유는, 본문에서도 논구한 바 있듯이, 정신분석학적 문학 연구가 작가보다 텍스트를 지향하는 것이 바람직하다고 생각하기 때문이다.

이청준 소설은 나에게 각별하다. 80년대에 대학을 다녔던 많은 사람들이 그랬듯이, 나의 대학생활 역시 혼란의 연속이었다. 그때 나에게 샘물처럼 다가온 것이 바로 이청준 소설이었다. 그래서 박사논문에 착수하여, 이청준 소설 연구의 결정판을 낸다는 식의 무모한 각오를 가지고 시작했다. 하지만 이청준 소설이 그리 만만한 것은 아니었다. 그 방대한 양도 양이지만, 작품 한

편 한편에 내재한 깊은 사색, 그리고 그 작품들이 이루는 의미의 그물은, 한편의 논문에서 다 다룰 수 있는 것이 아니었다. 이미 나의 실패는 예정된 것이었다. 사실 나의 박사논문이 고식적(姑息的) 마무리였음을 고백한다. 그러니 박사논문을 쓰고 여러 편의 학술논문을 발표했지만, 이청준 소설에 대한 나의 연구는 여전히 진행형이다.

애초에 문학에 대한 관심이 그랬던 것처럼, 정신분석학에 대한 나의 관심도 자기교육에 있었다. 마침 '열린책들'에서 『프로이트 전집』이 출판되어, 내가 모르는 나를 훔쳐보자는 심산으로 한권 두권 읽기 시작했다. 그러다가 어느 단계에 이르러, 정신분석학으로 이청준 소설을 읽는 것도 재미있겠다는 생각이 들었다. 그래서 이걸 본격적으로 읽자고 마음먹게 되었다. 불확실한 부분에 대한 이해를 위해, 호가스 출판사에서 나온 제임스 스트라치의 영문 표준판 전집을 사서 대조하면서 읽었다.

인간의 심연을 들여다보며 해부하는 프로이트의 촘촘한 논리를 좇아가는 것 자체가 내게는 경이로운 모험이었다. 프로이트는 분명 인간의 심층을 잘 들여다 볼 수 있는 매우 유력한 하나의 현미경을 우리에게 제시했다고 확신한다. 하지만 그의 이론은 많은 부분 불확실한 상태로 남겨져 있고, 때로는 상호 모순적인 듯이 보이는 부분도 있다. 그래서 그의 저작은 무한한 영감을 발산하고, 늘 새로운 해석을 요구하며, 동시에 오독(誤讀)하게 되면 독(毒)이 될 수 있는 것이기도 하다. 더욱이 정신분석학의 대상이 되는 무의식은, 해석은 가능하지만 검증은 불가능한 미지의 영역이기도 하다. 그리고 그것은 복잡하기도 복잡하지만 잘못 건드리면 쉽게 부서질 수 있는 아주 세심한 것이다. 모교의 한 은사께서 정신분석학을 함부로 남용하는 것에 대해 늘 경계하신 이유가 아마도 이런 데 있는 듯하다. 나의 오독과 곡해와 남용이 지나치지 않은가에 대해 항상 두렵다.

　이청준 소설이나 프로이트의 이론은 모두 가려진 진실에 관심을 기울인다. 정신분석학은 과거의 경험이나 상처에 대한 기억이 오늘에 영향을 끼친다는 생각을 기반으로 한다. 하지만 그것은 드러나지 않고 감추어져 있다. 감추어진 것은 분석과 해석을 요구한다. 쪼개고 맞추는 말의 퍼즐 게임을 통해 가려진 무의식적 상처와 맞대면하고 이를 의식적 기억으로 회복하게 만드는 것이 정신분석의 사명이다. 이청준 소설 역시 이러한 구조로 이루어져 있다. 이청준 소설은 늘 감추어진 이면의 진실을 담고 있다. 그것은 과거의 상처에서 유래한다. 소설은 그것을 드러내는 과정이다. 과거의 상처 혹은 진실과 맞대면함으로써 소설 속의 인물의 상처는 치유된다. 독자의 독서는 분석과 해석을 통해 그 진실을 추적하는 과정이다. 독자는 그 진실과 맞대면함으로써 상처와 치유의 과정을 소설 속의 인물과 공유한다. 결국 이 모두가 자기 자신과 타인에 대한 화해의 길이며, 동시에 인간과 세계에 대한 이해의 폭과 깊이를 넓고 깊게 하는 길이다. 그리고 그것이 곧 자유를 획득하는 과정이다.

　앞서 밝혔듯이 이청준에 대한 나의 연구는 아직 멀었다. 보다 풍부한 연구가 이루어진 다음에 책을 내는 게 마땅한 줄 안다. 그러니 지금 책을 내는 것이 염치없는 일이라고 생각한다. 하지만 연구서를 내는 게 어려워진 세태에 마침 한국학술정보에서 박사논문을 책으로 내면 어떻겠느냐는 제의를 해서, 염치 불구하고 책을 내기로 결정했다. 책을 내면서 여러분께 감사를 드린다. 나를 문학으로 이끌어주신 이남호 선생님과 모든 고려대학교의 선생님들 그리고 항공대학교의 윤석달 선생님께 감사드린다. 아버지, 어머니, 장인, 장모님께도 감사드리며, 무엇보다 늘 함께 문학에 대해 이야기해 온 아내와 나의 가장 친한 친구로 항상 삶에 활력을 주는 아들 견우에게도 고마움을 전한다. 아울러 이 책을 내주신 한국학술정보 가족과 특히 권현옥 선생께도 감사를 드린다.

　이청준과 프로이트라는 두 거인과 씨름하면서, 우선 나 스스로가 자신과의 불화를 해소하고 타인과 화해할 기회를 마련하고, 결과적으로 인간과 세계에 대한 이해의 폭과 깊이가 조금이나마 넓고 깊어졌기를 바란다. 그래서 그만큼 더 자유로워졌기를 바란다. 이 책을 통해서 다른 사람들과 그것을 진정으로 함께 나눌 수 있다면, 그것이 이 책을 내는 보람이다. 하지만 그것조차 과욕일지 모르겠다. 이 책이 부디 여닫이문을 괴는 받침대가 되지는 않기만을 바랄 뿐이다.

2005년 7월

이승준

차 례

I. 이청준 소설의 현실 대응 방식

1. 서　론

1) 연구 목적, 연구사 검토 및 문제 제기

　본고의 목적은 이청준의 소설에 등장하는 인물들의 현실 대응 방식을 정신분석적 입장에서 해석하고 그 문학적 의미를 밝히는데 있다.

　이청준은 1965년 『사상계』에 「退院」을 발표한 이래 현재까지 왕성한 활동을 하고 있는 작가이다. 그의 소설은 현대인의 소외나 이상심리(異常心理)로부터, 전쟁, 사랑, 구원, 죽음의 문제 그리고 종교와 예술, 문학에 대한 질문 등 다양한 주제를 다루고 있어서, 그 전체상을 파악하기 쉽지 않다. 하지만 현대인의 소외나 이상심리와 같은 개인적 갈등을 다루든, 전쟁과 같은 역사적 문제를 다루든, 사랑, 구원, 죽음과 같은 보편적 인간의 문제를 다루든, 그의 소설들은 대체적으로 ‘개인적 진실의 탐구’라는 문제와 만난다. 이러한 개인적 진실의 문제는 대개 인물의 내면적 갈등과 해소라는 측면에서 다루어지고 있다. 그래서 그의 소설이 관념 소설이나 의식소설의 차원에서 이해되어 왔으며1) 또한

---

1) 이청준 소설을 관념소설로 파악하고 있는 논의로는 다음과 같은 글들이 있다.
　김지원, 「원형의 샘」, 『현대문학─이청준의 관념세계』, 1979. 6.
　김교선, 「관념소설론」, 『표현』, 전라문학회, 1980.
　김주연, 「관념소설의 역사적 당위; 최인훈, 이청준, 박상륭 등과 관련하여」, 『문학정신』, 1992. 6.
　장수익, 「한국 관념소설의 계보─장용학, 최인훈, 이청준의 경우」,

14

여러 비평가들이 지적했듯이 원체험(原體驗) 혹은 원초적 외상에서 비롯되었다는 점2)에서 그의 소설에 대한 정신분석적 연구는 필연적으로 요구된다.

김현은 이청준의 초기 소설을 해설하는 자리에서 그에 대한 정신분석적 연구의 필요성을 다음과 같이 주장한다.

> 위에서 든 몇 개의 단서는 李淸俊的 人物의 특성을 理解하는데 중요한 열쇠가 된다. 우선 精神分析學的인 입장에서 위의 단서를 종합하자면, 李淸俊的 人物은 유년 시절에 가족 관계의 비정상성 때문에 정신적 외상을 입어 타인과의 관계를 원활하게 이끌어 나가지 못한 한 인간의 분신들이다. 그러나 그러한 협소한 개인적인 精神分析學이 그의 소설에 適應되기 위해서는 李淸俊 자신의 유년 시절에 대한 傳記的 硏究와 資料調査가 선행되지 않으면 안 된다. 그렇지 않으면 그것은 단순한 추측과 희망의 심리학에 떨어질 우려를 갖는다. 그렇다면 위의 단서를 에리히 프롬(Erich Fromm)이나 카렌 호니(Karen Honey) 식의 社會的 精神分析에 적응시킬 수밖에 없게 된다.3)

김현은 위의 전제아래 간략하게 이청준의 초기 소설에 나타나는 인물들에 대한 정신분석적 해석을 시도한다. 이러한 시도

『1960년대 문학연구』, 예하, 1993.
　그런데 이상섭은 이청준의 소설을 관념소설이나 심리소설이라 부르는 것에 반대해 의식소설이라고 명명한다. 그는 이청준이 심리와 무의식의 중간지대인 의식, 이주 명확하지도 아주 환상직이지도 않은 그 회색의 지대를 그의 본령으로 삼고 있다고 한다.(이상섭, 「이청준의 의식소설」, 『언어와 상상』, 문학과지성사, 1984.) 이상섭의 이러한 주장에 대해 이청준도 동의한 바 있다. (이청준, 「시대의 고통에서 영혼의 비상까지 ─ 대담」, 『이청준 깊이 읽기』, 문학과지성사, 민음사, 1999, 27쪽.)
2) 이 점은 구체적인 연구사 검토 부분에서 밝히기로 한다.
3) 김현, 「장인의 고뇌」, 『별을 보여드립니다』, 일지사, 1971, 375쪽.

는 정신분석적 연구의 필요성을 일깨우고 있다는 점에서 중요한 의미를 지닌다. 하지만 필자는 이청준 소설에 대한 정신분석적 연구가 작가에 대한 전기적 연구와 자료 조사가 선행되어야 하며, 에리히 프롬이나 카렌 호니 식의 사회적 정신분석에 적응시킬 수밖에 없다는 주장에 대해서는 의견을 달리 한다. 이미 정신분석적 문학 연구에 있어서 작가의 전기적 자료를 중요시하는 작업은 많은 연구자에 의해 그 문제점이 노출되었고[4], 그래서 오늘날 정신분석 문학 연구는 '텍스트의 무의식'을 읽는 방향으로 진행되고 있다.[5] 또한 신프로이트 주의라고 불려지는 에리히 프롬, 카렌 호니, 설리반 등의 수정주의 정신분석학이 현대 사회를 이해하는데 많은 기여를 했으며 정신분석적 문학연구에도 도움이 된다는 것이 사실이지만, 이것이 프로이트의 이론을 지나치게 사회화함으로써 유아기의 심리적 억압 체계나 인간의 생물학적 기반을 간과함으로써 억압의 근원을 곡해한다는 비판도 타당하다.[6]

프로이트 이래 정신분석학은 많은 학자들에 의해서 발전을 거듭해 왔고 다양한 분야에서 활용되고 있다. 하지만 정신분석학의 대중화와 이론의 분화 확대는 많은 혼란스러운 개념들을 양산해 온 것도 사실이다. 그래서 문학 비평 쪽에서도 정신분석학에 대한 매혹과 의심의 시선은 늘 교차되어 왔다. 이런 점에

---

4) 테리 이글턴은 '작가를 정신분석한다는 것은 위험한 일이며, 문학 작품과 작가의 의도 사이의 관련성을 논할 때 검토했던 것과 같은 종류의 문제에 빠져드는 일이 된다'고 한다. (테리 이글턴, 「정신분석학」, 『문학이론 입문』, 인간사랑, 2001, 347쪽.)
5) 장 벨맹 노엘, 『문학텍스트의 정신분석』, 최애영·심재중 역, 동문선, 2001, 82쪽.
6) 마르쿠제, 「신프로이트 학파의 수정주의 비판」, 『에로스와 문명』, 김인환 역, 나남, 1989 참조.

서 필자는 정신분석적 문학 연구의 난점을 해소하는 방법이 '프로이트의 저서를 벗어나지 않는 것'7)이라는 생각에 동의한다. 하지만 프로이트의 이론을 절대화하자는 것이 아니며, 정신분석적 문학 연구가 프로이트의 이론만을 수용해야 한다는 것도 물론 아니다. 프로이트의 정신분석학은 근본적으로 미완의 이론이기 때문에 수정주의 정신분석학이나 라캉의 구조주의 등과 같은 프로이트 이후의 많은 학자들의 이론을 수용하는 것은 반드시 필요하다고 본다. 작품의 풍부한 의미 해석을 위해서는 신화학(神話學)과 같은 방계의 학문의 도움을 받을 수도 있다고 생각된다. 하지만 체계가 전혀 다른 융의 분석심리학이나 아들러의 개인심리학 등을 프로이트의 이론과 혼용하는 데는 대단한 주의가 필요하다는 점도 간과해서는 안 된다.8) 융이나 아들러를 배격한다는 의미가 아니라 그들의 이론은 또 다른 분석적 방법이 될 수 있다는 생각이다. 따라서 본고에서는 프로이트와 그 연장선상에 있는 이론을 동시에 수용하기로 한다.

이청준 소설에 대한 논의는 현재 활동 중인 작가로는 비교적 많은 연구가 진행되어 왔다. 등단 초기부터 오늘날까지 많은 비평가들의 관심의 대상이 되어 왔기 때문에 그의 문학적 성과와 더불어 지속적인 평론이 발표되어 왔으며, 이미 학술 논문도 상당수 존재하고, 학위논문도 40여 편이 발표되었다. 1998년부터 도서출판 열림원에서 이청준 문학 전집 간행이 추진됨에 따라 그에

---

7) 막스 밀레르, 『프로이트와 문학의 이해』, 이규현 역, 문학과지성사, 1997, 8쪽.
8) 양선규는 소설비평담론이 심리주의를 지향할 때 유념할 다섯 가지 항목을 제시한 바 있다. 그는 세 번째 항목에서 다양한 심층심리학적 관점의 경계를 분명히 해야 할 것을 지적한다. (양선규, 「해석·언어·욕망」, 『현대소설연구』, 16호, 한국현대소설학회, 2002. 6.)

대한 연구는 앞으로 더욱 가속화될 전망이다. 또한 최근 판소리와의 연관 관계를 통해 이청준 소설의 담화 구조를 해명한 박사논문9)도 발표돼 연구의 폭이 넓어지고 있다고 판단된다.

　이청준에 대한 평가는 크게 내용적 측면과 형식적 측면으로 나눌 수 있는데, 전자는 작품론을 포함한 작가론이 주류를 이루고 있으나 진행형에 있는 작가인 만큼 작품 전반을 아우르는 연구는 거의 없고, 후자는 대체적으로 중층구조에 대한 연구가 주류를 이루는데 대체적으로 많은 논자에 의해 부분적으로 언급되어 왔다. 여기서는 본고와 관련하여 전자를 중심으로 기존의 논의를 검토하기로 한다.

　이청준 소설에 대한 최초의 주목할 만한 연구는 김현에 의해 이루어진다. 그는 이청준의 초기 소설에 나타나는 인물들이 '일상적이지 못한 세계에 끼어버린 자들의 일상에의 회귀욕망에 의거해 있다'10)고 한다. 그러한 인물들의 특성은 "유년시절에 형성된 '기본적 불안'에서 기인하는데, 그 불안은 극심한 사회적 문화적 변동의 영향 밑에서 형성된"11) 것으로 파악한다. 그 단서로서 1) 「개백정」과 「소문의 壁」에서 보이는 이데올로기적 싸움에 의한 정신적 외상과 2) 「병신과 머저리」에서 보이는 6·25 전쟁에 의한 정신적 외상 3) 「假睡」에서 보이는 4·19 데모의 승리와 좌절에서 생긴 정신적 외상을 제시한다.12) 그는 이러한 정신분석적 접근을 한층 더 근원적으로 밀고 나가 「退院」에 드러나는 광 속 체험에서 이청준 문학의 원초적 체험을 발견한다. 이청준 문학은

---

9) 원기중, 『이청준 소설에 나타난 판소리 미학의 변용 양상』, 박사학위논문, 한양대 대학원, 2000.
10) 김현, 「장인의 고뇌」, 『별을 보여드립니다』, 일지사, 1971, 371쪽.
11) 위의 글, 375쪽.
12) 위의 글, 376쪽.

18

전짓불로 상징되는 아버지의 세계와 부드러운 속옷으로 대변되는 어머니의 세계라는 대립적 세계인식에 기초해 있으며 이러한 세계인식은 「소문의 壁」과 「言語社會學 序說」을 거쳐 『당신들의 천국』에서 역설(力說)하는 사랑에 이른다고 본다.13) 한편 그는 이청준 소설의 대립적 세계가 격자소설이라는 소설 형식에 의해 지양된다는 점을 강조하기도 했다.14) 김현은 정신적 외상이나 원초적 체험에 주목해 이청준 소설이 대립적 세계인식에 토대를 두고 있음을 강조하는데, 이러한 주장은 매우 타당하며, 이후 이청준의 소설을 이해하는데 중요한 준거를 제공해 왔다는 점에서 중요한 의미를 지닌다.

오생근에 의하면 이청준 소설의 인물들은 두 개의 정신적 외상에 기초해 있다. 그것은, 첫째, 성장기 소년이 의식의 눈을 뜰 무렵, 순수한 의지로 이 세계와 그 자신에 대한 의문을 표시할 때, 밖에서 오는 반응이 부정적인 충격이었다는 점과, 둘째, 순수한 의지와 상관없이 6·25를 전후한 시대적 불행을 무서운 공포의 기억 속에서 체험했다는 점이다. 전자의 예를 「꽃과 뱀」에서 조화(造花)에 물을 주었다는 이유로 가혹한 매질을 당하는 소녀나 「행복원의 예수」에서 보모의 목욕장면을 목격하고 행복원을 쫓겨나는 주인공에서 찾고, 후자의 예로 『쓰여지지 않은 자서전』에서 나타나는 '허기'와 '전짓불' 체험을 든다. 이러한 인물들은 억압적 세계에 대한 서투른 적응 방법을 배우지만 외상적 체험으로 인해 그들의 자아는 이중적이다. 그들은 사회에 순응하는 척하는 외면적 자아와 개인의 욕망과 진실을 옹호하며 사회를 거부하는 내면적 자아를 공유한다. 결국 이청준 소설은

---

13) 김현, 「욕망과 금기」, 『주간조선』, 1978. 12. 3-24. (여기서는 「대립적 세계 인식의 힘」, 『이청준』, 은애, 1979.)
14) 김현, 「자기반성의 뜻」, 『신한국문제작가선집』, 어문각, 1978.

자아의 진실이 실현되지 않는 사회에서 갇혀있는 인간의 정신적 모험이라는 것이다.15)

김병익은 김현과 오생근의 논의를 적극적으로 수용하면서 원체험(原體驗)과 지적조작력(知的操作力)이 이청준 소설에 나타나는 중요한 요소라고 한다. 그에 의하면 이청준 소설에 등장하는 주인공들은 일상적인 세계로의 복귀를 갈망하면서도 거기에 끼어들 수 없는 혹은 그곳으로부터 축출 당해 고통 받는 사람들이다. 그것은 이 세계가 둘로 갈라져 있으며 그 관계는 배타적이고 불가애(不可愛)적인 것으로 단절되었기 때문인데, 이청준의 격자 소설이 이러한 대립과 갈등 해결의 방법적 형식이라고 한다.16) 또한 그는 이청준을 '계기적인 질문의 작가, 의식의 지속적인 진화를 보여주는 작가'라고 명명하고 주로 초기 작품들에서 제기 되는 문제들이 지속적으로 반복되고 확대되는 것으로 파악한다.17)

김치수는, 첫째 기복 없는 꾸준한 창작 활동, 둘째 소재와 주제의 다양성 그리고 셋째 감추어진 세계에 대한 관심 등을 들며, 이청준을 매우 주목할 작가라고 한다. 그는, 이청준 소설의 인물들이 세계와 불화 속에 빠져 있는데, 이러한 불화는 주인공의 어린 시절의 상처에서 기인한다고 한다. 그 하나는 '전짓불'에 대한 공포이며 다른 하나는 '가난'에 대한 부끄러움이다. 하지만 그는 이러한 불화의 원인을 과거의 상처에서만 찾는 것은 잘못이라고 한다. 이청준 소설의 인물들이 특히 소설가나 기자 혹은 판사와 같은 말을 다루는 직업에 종사하고 있다는 점을

---

15) 오생근, 앞의 글.
16) 김병익, 「원체험과 지성의 변증」, 『이청준』, 은애, 1979.
17) 김병익, 「진실과의 갈등」, 『병신과 머저리』, 홍성사, 1984, 307쪽.

근거로, 이들이 경험하는 불화의 세계가 진실을 말로 바꿔 놓는 것을 금지한 세계라고 파악한다. 결국 이러한 글쓰기는 비논리가 지배하는 포비아 상황에 '말'로 대항하는 것이지 힘으로 대항하지 않는다는 것을 의미한다는 것이다.[18] 김치수의 주장은 이전의 논의를 따르면서도 현실적 상황을 강조하는 점에서 특징이 있다고 하겠다.

우찬제는 이청준 소설의 전개 과정이 '끝없는 고된 진실에의 순례' 길이며 '숙명적인 이상주의자'의 길이라고 규정한다. 그것은 현실적으로 고난과 실패의 길이기도 한데, 그것이 어린 시절 '게 자루 체험'과 '광 속 체험'에서 보이는 현실에 의한 자아의 패배의 기억에서 비롯된다고 한다. 그는 이청준 소설 전반을 꼼꼼히 검토하면서, 이청준이 밝음과 어둠, 정상과 이상, 자유와 억압, 해방과 질곡, 용서와 복수, 평화와 전쟁, 시골(고향)과 도시, 피해자(수난자)와 가해자, 존재적 언어와 관계적 언어, 풀림과 맺힘 등의 이항 대립적인 벽들의 틈 속에서 고뇌한다고 말한다. 그러면서 그를 부조화를 보이는 문제적 질서를 끊임없는 반성적 시선으로 포착하면서 새로운 질서를 찾아가는 탐색의 도정 위에서 발현되는 종합에의 의지를 지닌 작가라고 파악한다.[19] 여기서 이항 대립적인 벽이란 달리 말하면, '억압하는 현실'과 '상처받은 개인'이다. 그래서 이청준 소설은 개인의 자유와 진실, 용서와 사랑에 대한 소망을 나타내는 '말의 꿈'이 된다는 것이다.[20] 우찬제의 이러한 논의는 이청준 소설 전반을 다각적

---

18) 김치수, 「언어와 현실의 갈등」, 『박 경리와 이청준』, 민음사, 1982.

19) 우찬제, 「'틈'의 고뇌와 종합에의 의지」, 『타자의 목소리』, 문학 동네, 1996.

20) 우찬제, 「억압 없는 자유를 ,향한 언어 조율사의 반성적 탐색」, 『타자의 목소리』, 문학 동네, 1996.

인 관점에서 세세히 다룸으로써 이전 논의의 빈틈을 메우고 있다는 점에서 의의가 크다.

이밖에 성민엽, 김경수 등도 이청준 소설을 이항 대립적 세계로 파악하는 점에서 맥락을 같이 한다고 할 수 있다. 성민엽은 김현과 김병익의 논의를 수용하면서, 이청준 소설을 억압과 해방의 차원에서 이해한다. 여기서 억압은 사회와 개인, 집단과 개인의 관계에서 전자가 후자에 가하는 억압으로 나타나는데, 그 양상은 폭력적이며 그 과정에서 개인은 정신적 외상을 입고 고통 받는다고 한다.21) 김경수는 이청준 소설에 나타나는 두 차원의 불균형 혹은 부조화는 그의 전 작품을 통해서 그대로 드러나며 그의 소설시학의 근간을 이루고 있다고 한다. 그는 현실적으로 구획된 삶의 공간으로부터 완전한 미래의 공간, 구원의 공간으로의 정신적 이행을 그리고 있다는 점에서 이청준 소설을 문(門)의 시학이라고 명명한다.22)

이상에서 살펴보았듯이 김현 이래 정신적 외상과 원체험에 바탕을 둔 이항 대립적 세계 인식에서 이청준 소설을 이해하는 논의가 주류를 이루고 있다. 하지만 이와는 다른 차원에서 이청준 소설을 다룬 글들도 적지 않다. 이러한 글들 중 주목할 만한 것으로는 이보영, 이태동, 김윤식, 이남호, 김인환의 글들을 꼽을 수 있다.

이보영은 「退院」에서 「소문의 壁」에 이르는 이청준의 초기 소설을 다각적인 관점에서 세밀히 해석하면서, 이청준의 문학을 '허기의 문학'이라고 규정한다. 이청준의 초기 소설에 나타나는 인물들이 시원(始源)의 고향에 대한 끊임없는 갈망과 현실의 모

---

21) 성민엽, 「겹의 삶, 겹의 문학」, 『문학과 사회』, 1990 여름.
22) 김경수, 「이청준 소설의 미학」, 『문학의 편견』, 세계사, 1994.

22

순 속에서 분열되어 있어서, 그들에게 해결책은 없다고 한다. 그는 이청준 소설이 허기와 광기를 넘어서는 풍요로운 구제의 문학이 되려면 새로운 근원적 생명력이 될 수 있는 대표적인 인간이 나와야 한다고 한다.23)

이태동은 이청준의 소설을 '고차원적 리얼리즘'이라고 명명하고, 그것이 '인간 영혼의 모든 심층을 묘사'하고자 하는 도스토예프스키의 '완전한 리얼리즘'에 가까운 것이라 평가한다. 후기에 와서 비록 추상적이고 관념적인 요소와 섞여 있지만, 그것이 결코 인간 존재의 본질과 유리되어 있지 않고 오히려 그 속에 깊이 뿌리박고 있다고 한다. 이청준의 관념적 요소는 격자소설 형식과 성공적으로 융합되어 구체적 현실로서의 작가적 비전이 될 수 있었다고 한다.24)

김윤식은 첫째 액자소설적인 소설 구성의 복잡성, 둘째 닫힌 소설이 아니라 열린 소설이라는 점, 셋째 주인공이 지식인이라는 점을 근거로 이청준 소설을 '지적(知的)인 문학, 지적(知的) 소설'이라 명명하고 이러한 소설들은 「소문의 壁」, 「쓰여지지 않은 자서전」을 거쳐 『당신들의 천국』에서 결실을 이룬다고 한다.25) 그는 특히 「눈길」을 주목하는데, 이는 고향에 대한 원죄의식 혹은 속죄의식을 적실하게 표현한 작품으로 「별을 보여드립니다」에서 「살아 있는 늪」에 걸쳐 쓰여진 이청준 작품의 절정이라고 한다.26)

---

23) 이보영, 「始源의 摸索」, 『현대문학』, 1972. 12. (여기서는 『이청준』, 은애, 1979.)
24) 이태동, 「부조리 현상과 인간의식의 진화」, 『세계의 문학』, 1979 가을.
25) 김윤식, 「심정의 넓힘과 심정의 좁힘」, 『한국현대소설비판』, 일지사, 1981, 24-25쪽.
26) 김윤식, 「감동에 이르는 길」, 『이청준론』, 삼인행, 1991.

이남호는 「소문의 壁」, 「調律師」, 「쓰여지지 않은 자서전」을 분석하면서 이 세 소설의 공통 주제라고 할 수 있는 작가의 글쓰기 문제를 탐색한다. 그는 이 소설들이 5·16 이후의 무기력하고 암울한 시대 상황 아래서 작가의 글쓰기가 무엇을 할 수 있으며 무엇을 써야 하는가를 진지하게 따져 보고 있다고 한다. 하지만 이러한 작업은 단지 글쓰기뿐 아니라 당대 삶에도 의미 있는 작업이라고 한다.27)

김인환은 '한국 현대 실험소설의 흐름'이라는 측면에서 이청준을 최인훈의 계보에 편입시킨다. 그는 이청준을 '현실의 균열을 매끄럽게 가리는 거짓 화해를 오류로 단정하고 균열 속에서 생각하며 균열의 틈을 통해서 화해를 기다리는 리얼리스트'라고 평가한다. '모든 논리와 모든 언어가 이지러진 전체의 일부를 이루면서 허위로 전락한 현실을 초월하기 위해서, 이청준이 할 수 있는 일은 현실을 긍정하고 정당화하는 모든 공식에 대항하여 언제나 새롭게 소설을 통하여 부정의 이름을 부르는 것밖에 없다'28)는 것이다.

이밖에 정신분석학 혹은 분석심리학의 차원에서 이청준 소설을 다룬 논의로 고원, 양선규, 이상우의 글이 주목된다.

고원은 프로이트의 이론을 바탕으로 「서편제」를 분석한다. 그에 의하면 「서편제」는 오이디푸스적 소원풀이의 장이다. '소리'는 무의식의 세계로 열린 통로이며, 주인공 사내의 운명적 고뇌는 거세공포에 대응되고, 사내가 끊임없이 찾아 헤매는 골짜기는 어머니 혹은 고향에 대한 상징이다. 또한 의붓아비가 사내의 어미를 덮치는 회상 장면은 프로이트가 말하는 '첫 장면'을 나타

---

27) 이남호, 「소설 쓰기와 작가의 시대적 역할」, 『문학의 위족2』, 민음사, 1990, 77-86쪽.
28) 김인환, 「최인훈 소설의 계보」, 『기억의 계단』, 민음사, 2001, 219쪽.

24

내고 누이의 실명(失明)은 거세에 대한 전치이며 사내가 끊임없이 골짜기를 찾아 헤매는 것은 좌절된 소원 성취의 시도가 된다. 여기서 해답을 풀어낼 수 없는 기이한 수수께끼를 앞에 놓고 작가와 독자와 비평가는 똑같이 텍스트의 손님이 된다고 한다. 사내의 소원은 작가와 독자에게로 확대되는데, 그것은 사내가 손님이라는 낯선 존재로 등장함으로써 그리고 사내의 말이 간접화법으로 이루어짐으로써 미적 거리가 확보되기 때문에 가능하다는 것이다.29)

양선규는 융의 입장에서 이청준의 「仙鶴洞 나그네」와 『人間人』을 해석한다. 그는 「仙鶴洞 나그네」의 사건이 반복과 병치에 의해 전개된다는 점에서 신화적 서사구조를 지녔으며, 거기에 등장하는 인물들은 주술적 인간이라고 한다. 이 소설이 암장을 시도하는 눈먼 소리꾼과 그것을 막으려는 마을 사람들 사이에 벌어지는 주술경합을 통해서 눈먼 소리꾼이 마른 바다에서 비상학(飛翔鶴)을 봄으로써 낙원회복의 패턴을 구체화한다는 것이다.30) 한편 『人間人』은 노현자(老賢者)-우봉, 무불, 노암-와 태모(太母)-소연, 연화, 난정-그리고 탐색영웅(探索英雄)-남도섭과 안장손-이 펼치는 신화적 서사라고 한다. 이 소설이 구자아(舊自我)를 해체하고 신자아(新自我)를 정립하여 자기실현의 길로 들어서게 되는 운명을 지닌 인물들이 노현자와 태모의 도움으로 그 길을 걷게 되는 과정을 그리고 있다는 것이다. 그러면서 그는 이청준 소설을 '불패(不敗)의 진서(眞書)를 지향하는 불패의 환상'31)으로 규정한다.

---

29) 고원, 「이청준의 『서편제』」, 『프로이트의 문학예술이론』, 민음사, 1997.

30) 양선규, 「신화적 서사구조로의 환원」, 『한국현대소설의 무의식』, 국학자료원, 1998.

　이상우는 프로이트와 융의 이론을 혼용해서 이청준 소설의 인물을 분석한다. 그는, 이청준 소설에는 기이하고 비정상적인 행동을 하는 문제적 인물들로 가득 차 있는데, 이러한 행동은 인간의 근원적인 욕망이나 유년기 또는 성장과정에서 겪게 된 정신적 외상과 관련된 것으로 본다. 그는 「退院」에 나타나는 광속 체험을 어머니로부터 분리되기 이전의 우로보로스 상태에 대한 동경으로 보며 이후 주인공 준의 행동을 아버지와의 갈등으로 인한 오이디푸스 콤플렉스의 결과로 파악하고, 「병신과 머저리」에서 형의 행동의 동기를 어린 시절 노루 사냥의 경험에서 찾는다. 또한 「이어도」에서 제주도 섬사람들의 낙원 의식을, 「仙鶴洞 나그네」에서 풍수사상(風水思想)에 바탕을 둔 구원의 기능을 강조한다. 이러한 지적은 대체적으로 수긍할 수 있으나 인물의 심층심리에까지 도달하지는 못한 것 같다.32)33)

---

31) 양선규, 「환상, 또는 불패의 眞書」, 위의 책, 319쪽.

32) 이상우, 「정신적 외상과 성격발전의 왜곡」, 『현대소설론』, 양문각, 1993. (『미원 우인섭 선생 화갑 기념 논문집』에 실린 이광풍의 「이청준 소설의 세계」는 동일인의 같은 논문임.)

33) 이 밖에도 정신분석적인 측면에서 이청준을 다룬 글은 다음과 같은 글이 있다.

　임영환, 「이청준 소설의 심리 분석적 연구: 「병신과 머저리」를 중심으로」, 『육사논문집35』, 1988. 12.

　임금복, 「한국적 외디푸스의 초상: <바닷가 사람들>의 경우」, 『비평문학』 7집, 1993.

　김종주, 「떠도는 능기: <이어도>의 정신분석」, 『라캉 정신분석과 문학평론』, 하나의학사, 1996.

　김종주, 「소리의 얼굴: 그 시니피앙의 정신분석」, 위의 책.

　오연희, 「복합성의 시학 ─ 이청준의 <假睡>론」, 『라캉과 문학』, 예림기획, 1998.

　최종배·조두영, 「이청준 연작소설 '남도사람'에 대한 精神動力的 고찰」, 『신경정신의학』 135, 1996. 11.

이상에서 살펴본 바와 같이 지금까지 이청준 소설에 대한 연구는 다양하게 이루어져 왔지만, 대체로 그것들은 세 가지 점에서 어느 정도 합의를 이루고 있다고 할 수 있다. 첫째 이청준 소설은 이항 대립적 세계에 기초해 있고, 인물들은 이러한 세계에서 끊임없는 갈등에 시달리고 있는데, 그러한 갈등을 통해서 그의 소설은 현실의 부정적 모습을 드러내고 있다는 점, 둘째 이러한 내용은 주로 중층구조라는 이청준 소설 특유의 형식적 특징을 통해 잘 드러난다는 점, 셋째 이러한 내용이나 형식의 융합은 작가의 지적 조작에 의해 이루어지기 때문에 그를 지식인 작가 혹은 지적 작가라고 불러 마땅하다는 점 등이다. 필자는 지금까지의 이청준에 대한 평가에 대해 대체로 동의하지만, 다음의 세 가지 점에서 미흡하다고 본다. 첫째 이청준 소설 전반을 이해할 수 있는 논리적 틀이 마련되지 않은 상태에서 논의가 이루어져 왔다는 점과 둘째 그렇기 때문에 그 논의들이

또한 정신분석적 측면에서 이청준을 다룬 석사논문은 다음과 같다.
최종배, 『이청준 연작소설 '남도사람'에 대한 精神力動的 고찰』, 석사학위논문, 서울대 대학원, 1996.
서경희, 『이청준 소설 연구: 작중 인물의 정신분석학적 연구』, 석사학위논문, 세종대 대학원, 1999.
손은정, 『이청준 소설의 인물 연구』, 석사학위논문, 부산대학교, 1999.
조경안, 『이청준 소설의 원형 상징 연구』, 석사학위논문, 가톨릭대학교, 1998.
박연주, 『이청준 초기 소설 연구』, 석사학위논문, 서강대학교 대학원, 2000.
이경욱, 『이청준 소설의 인물 연구』, 석사학위 논문, 이화여자 대학교 대학원, 2001.
이혜성, 『이청준 소설의 정신분석학적 연구: 작중 인물이 유년 시절 정신적 외상을 가진 작품을 중심으로』, 석사학위논문, 신라대 교육대학원, 2002.

대체적으로 부분적인 해석에 그치고 있다는 점, 그리고 셋째 대체로 작품에 대한 정밀한 분석이 간과되었다는 점이다.

본고는 이청준 소설에 대한 기존 논의의 검토 결과 중 특히 첫 번째 사항에 주목한다. 이청준 소설은 근본적으로 이항 대립적 세계를 전제하고 있으며, 그것은 정신분석적 측면에서 본다면 소망충동과 현실 사이의 갈등을 의미하기 때문이다. 결국 이청준 소설을 해명하는 열쇠는 대립적 세계의 의미를 밝히고, 그러한 세계에서 인물들이 어떻게 갈등하며 해결을 모색해 나가는 가를 구체적으로 해명하는데 있다고 할 수 있는데, 보다 정밀한 작품분석과 체계적인 연구가 요구된다고 할 수 있다. 본고에서는 지금까지의 논의에서 이루어진 합의를 수락하는 동시에, 예의 문제점을 인식하고, 정신분석적 측면에서 이청준 소설에 등장하는 인물들의 갈등과 현실 대응 방식을 중점적으로 논의하고자 한다.

2) 연구 방법 및 연구 대상

가) 정신분석적 측면에서의 현실 대응 방식

프로이트의 정신분석학은 심리학에서 출발해서 문학, 인류학, 신화, 종교 등으로 그 관심이 확대되었는데, 그 중심에는 신경증이라는 가장 중요한 연구 대상이 존재한다. 프로이트는 끊임없이 다른 분야로 관심을 확대하면서 인간의 보편적 정신 구조를 해명하려고 노력했지만, 그는 그 모든 근거를 신경증 환자와의 임상적 결과에서 찾으려 했다. 신경증 환자의 꿈이 근본적으로 정상인의 꿈과 같이 억압된 소망충동34)의 소원풀이라는 점을 밝힘으로써, 프로이트는 정상인과 신경증 환자 사이의 분절적 경계를 지워버렸다. 그래서 프로이트의 신경증에 대한 연구는 역설적(逆說的)으로 인간의 보편적 정신 구조를 해명하는 열쇠가 되었으며, 특히 꿈의 구조에 대한 해명은 정신분석 이론의 핵심을 이룬다.

꿈은 억압된 소망충동의 해소의 장이다. 인간은 수면을 취하

---

34) 프로이트는 동물들의 타고난 본능을 가리킬 때 Instinkt라는 용어를 사용하고 인간에 대해서는 Trieb을 사용했다. 영어권에 압도적인 영향을 미친 제임스 스트라치가 번역한 영문 표준판 전집에서는 영어에 Trieb에 해당하는 용어가 없어서 이를 Instinct로 번역했으나, 이에 대한 문제가 끊임없이 제기되어왔다. 그래서 이를 Drive로 바꾸어 사용하기도 한다. 이에 따라 최근 우리 나라에서도 Trieb을 '욕동'으로 번역하기도 한다. (브루노 베텔하임, 「본능이 아닌 욕동」, 『프로이드와 인간의 영혼』, 김종주 김아영 역, 하나의학사, 2001, 163-174쪽 참조.) 이와 관련해서 영어의 Wish에 해당하는 Wunsch는 통상 소원, 소망, 소망충동 등으로 번역되어 왔는데. 일부의 경우 욕망으로 번역되기도 한다. 이는 영어권에서 이를 desire로 번역하기도 하기 때문이라고 생각된다. (라플랑슈와 퐁탈리스의 영문판 정신분석 사전은 Desire 항목을 Wish에 종속시키고 있다. Laplanche and Pontalis, *The Language of Psychoanaiysis*, (London, Hogarth Press, 1973), p.481-483.)
용어에 대한 논란의 여지가 있으나, 위의 전제들을 감안하여 이 논문에서는 Trieb에 대해서 상황에 따라 본능 혹은 충동이라는 용어를 사용하기로 한다. 추상적이고 일반적인 의미로 쓰일 때 '본능'을, 개별적인 의미로 쓰일 때 '충동'을 쓰게 될 것이다. 그리고 Wunsch에 대해서는 소망이나 소망충동을 사용하기로 한다. 욕망이라는 용어가 구체적이고 개별적이기보다는 추상적이며 일반적인 의미를 지니며, 특히 라캉의 체계에서 욕망은, 전혀 다른 개념어로 분화되어 사용되기 때문이다. 또한 Triebregung/Instinctual impluse에 대해서는 본증충동이라는 용어를 사용하기로 한다.
참고로 열린책들에서 간행한 프로이트 전집에서는 정장진이 번역한 『예술과 정신분석』과 『창조적 작가와 몽상』을 제외하고는 모두 Wunsch에 대해서 소망 혹은 소망충동이라는 용어를 선용하고 있음을 밝혀 둔다.

는 동안 억압된 무의식의 자극을 받게 되는데, 이때 꿈을 통해 그 자극을 해소함으로써 수면을 지속할 수 있다. 수면 중에는 검열이 완화되기 때문에 억압된 소망충동이 의식으로 떠오를 수 있지만, 검열이 완전히 해제된 것은 아니기 때문에 그것은 본래의 모습을 바꾸어 왜곡된 형태로 나타난다. 그래서 의식의 차원에서 그 본래의 의미를 제대로 이해할 수 없을 뿐, 겉으로 보기에 악몽처럼 보이는 꿈조차도 특수한 경우를 제외하고는[35] 모두 억압된 소망충동을 해소하는 과정이다.[36]

　꿈은 이중의 과정을 거쳐 형성되는데 잠재몽과 발현몽이 그것이다. 꿈은 낮 동안 경험의 잔재와 억압된 소원충동이 결합하여 만들어지는데, 최초에 무의식의 영역에서 형성된 것이 잠재몽이다. 잠자는 동안 의식과 전의식 그리고 무의식 사이의 검열 장치가 완화되어 인간이 꿈을 꿀 수 있으나 검열이 완전히 해제되는 것은 아니기 때문에 그것은 왜곡된 상태로 의식으로 떠오른다. 이때 응축(Verdichtung/condensation), 전치(Verschiebung/displacement), 상징화(Symbolisierung/symbolization) 등을 통해 전의식에 도달

---

35) 프로이트는 초기에 모든 꿈은 소망충동이 해소되는 과정이라는 이론을 고수하지만, 후기에는 외상성 신경증 환자에게서처럼 쾌락원칙을 넘어서는 꿈도 있음을 강조한다. 외상성 신경증의 환자의 꿈은 잠에서 깨게 만드는 고통의 현장을 반복해서 재현한다. 하지만 이러한 반복강박적 꿈도 표면적으로 쾌락원칙에 위배되지만 궁극적인 의미에서 쾌락원칙에 봉사한다. 이는 반복을 통해서 그 인상의 강도를 소산시키고 그 상황의 주인이 되게 만들려는 무의식적 시도이기 때문이다. 프로이트는 이러한 반복강박을 통해 쾌락원칙을 넘어서는 상위의 본능 즉 죽음의 본능이 있음을 주장한다. 그것은 같은 것을 영원히 되풀이하려는 본능이며 끊임없이 과거로 회귀하려는 본능이다. (프로이트, 「쾌락원칙을 넘어서」, 『쾌락원칙을 넘어서』, 박찬부 역, 열린책들, 1997 참조.)
36) 프로이트, 「꿈은 소원성취이다」, 『꿈의 해석』, 김인순 역, 열린책들, 1997, 177-192쪽 참조.

하는 과정을 1차 과정이라고 하며, 다시 이것을 그럴듯하게 이
해할 수 있는 담화로 가공함으로써 의식에 도달하는 과정을 2
차 과정이라고 한다. 1차 과정과 2차 과정을 거쳐 완성된 꿈이
발현몽이다. 우리가 통상 말하는 꿈이란 곧 발현몽을 이르는 것
인데, 발현몽을 분석함으로써 잠재몽을 재구성하는 것이 정신분
석의 일차 과제라고 할 수 있다. 잠재몽을 이해함으로써 억압된
무의식적 충동이 무엇인지를 알 수 있다. 따라서 잠재몽을 이해
하는 것은 곧 억압된 무의식을 이해하는 것이며 이는 곧 신경
증 치료의 열쇠가 된다.37)

프로이트에 의하면 인간은 항상 현실적 갈등 속에 존재한다.
인간은 끊임없이 소망충동을 외부 현실 속에서 실현하고자 하
지만 그것을 반드시 성취할 수 있는 것이 아니기 때문이다. 자
아는 자아보존본능과 성본능으로 대표되는 이드의 본능충동을
현실 속에서 실현하고자 하지만 그것이 현실원칙에 위배될 경
우 현실적 좌절을 겪게 된다. 이때 보통사람들은 이드의 본능충
동을 억압함으로써 현실을 수락하고 정상적인 삶을 누린다. 하
지만 항상 억압이 성공하는 것은 아니다. 억압의 실패는 신경증
을 유발하는 계기가 될 수 있다. 신경증 역시 꿈과 같이 억압된
소망충동을 왜곡된 형태로 해소하는 심리적 장치이다.

신경증 증상은 '정지된 상태로 머물러 있는 본능적 만족의 징
후 혹은 그에 대한 대리표상, 즉 억압 과정의 결과물'38)이다. 억

---

37) 위의 책, 363-434쪽 참조.
38) 'symptom is sign of, and substitute for, an instinctual satisfaction
which has remained in abeyance; it is a consequence of
repression.'(Freud, Inhibition, Symptom And Anxiety, The Standard
Edition of the Complete Psychological Works of Sigmund
Freud-Volume, 20, (London, Hogarth Press, 1999), p.91.

압은 이드에서 생겨난 본능충동에 대한 초자아의 명령에 따른
자아의 거부에 의해 수행된다. 자아는 이드의 본능충동을 현실
속에서 실현하는 역할을 맡고 있는 심리적 영역이지만, 본능충
동이 현실원칙에 위배될 경우 자아는 초자아의 명령에 따라 그
것을 억압할 수밖에 없다. 하지만 이드의 요구가 순순히 물러나
지 않을 때 억압은 실패한다. 억압된 본능충동은 검열을 피해
왜곡된 형태로 의식으로 되돌아온다. 이것은 꿈의 과정과 유사
하다. 억압된 본능충동은 자아의 검열을 피하여 대체물을 형성
하는데, 그것이 곧 증상이다. 증상은 억압된 본능충동의 파생물
로서 대리표상으로 드러난다. 따라서 증상은 현실원칙의 억압에
의해 좌절된 본능충동이 자아와의 타협을 통해 대리표상을 형
성함으로써 우회적인 방법으로 만족을 꾀하는 수단이다. 증상은
꿈과 같이 억압된 소망충동의 해소 방식이며, 일종의 심리적 현
실 대응 방식이다.39)

　프로이트에게 있어 증상이 그렇듯이 환상도 현실에 대한 심
리적 대응 방식이 된다. 아직 현실원칙을 내면화하지 않은 어린
아이들은 놀이를 통해서 소망충동을 해소한다. 그들의 놀이는
대개 인격 형성에 도움이 되는 소망, 즉 자라서 어른이 되겠다
는 소망으로 이루어진다. 아이들은 마치 자기가 어른이 된 것처
럼 어른들의 삶에서 배운 것을 모방한다. 사춘기가 지나 청년이
되면 사람들은 어린 시절에 했던 놀이를 멈춘다. 하지만 그것이
충동의 단념을 의미하는 것은 아니다. 어린아이의 놀이는 어른
에게 환상으로 대체된다. 어른은 놀이를 하는 대신 환상에 빠진
다. 아이들이 그들의 놀이를 숨겨야 할 이유가 전혀 없는 반면,

---

39) 프로이트, 「억압에 관하여」, 『무의식에 관하여』, 윤희기 역, 열린책
　　들, 1997 참조.

어른들은 자신의 환상을 드러내기를 꺼린다. 성인은 자신이 빠져 있는 환상을 수치스럽게 생각하고 다른 사람들에게는 숨기려고 하면서 그것을 개인적인 차원에서 내면화한다. 아이들은 아직 도덕적 영역으로 진입하지 않은 원시적 정신 상태를 어느 정도 유지하고 있는 반면 어른들은 오이디푸스 콤플렉스의 과정을 거치면서 철저한 도덕의 영역으로 진입했기 때문이다. 현실적으로 만족한 삶을 누리는 사람은 환상을 좇지 않고, 현실에서 좌절한 사람만이 환상을 좇는다. 좌절된 소망충동은 환상을 만드는 동인이고, 환상은 좌절된 소망충동의 성취과정이며 만족스럽지 못한 현실에 대한 보상이다. 환상은 인간이 신경증에 걸리지 않고 억압된 본능충동을 해소하는 또 다른 심리적 현실 대응 방식이다.[40]

창조적 예술가들의 예술 행위는 환상의 과정과 유사하다. 현재의 강한 체험은 작가에게 어린 시절의 기억을 다시 일깨우는데, 이렇게 환기된 어린 시절의 기억에서 풀려 나온 소망충동은 마침내 예술을 통해 충족을 얻게 된다. 예술은 환상과 마찬가지로 그 옛날 어린 시절의 놀이의 연장이면서 대체물이다.[41] 하지만 예술가의 창작과 보통사람의 환상은 다르다. 보통사람의 환상이 완전히 개인적인 차원에 머물러 있는 반면 예술가의 창작은 개인의 정신적 테두리를 넘어서 동시대 개인들에게 공감대를 불러일으키고 때로는 인류 보편의 정신세계로까지 확대된다. 대부분 보통사람들의 환상이 드러나게 될 경우 타인에게 결코 즐거움을 주지 못하며 심지어 거부감을 일으키기까지 하지만 창조적 예술가들의 작업은 타인으로 하여금 감동을 느끼게 한

---

40) 프로이트, 「창조적 작가와 몽상」, 『창조적 작가와 몽상』, 정장진 역, 열린책들, 1996, 81-90쪽 참조.
41) 위의 책, 90-96쪽.

다. 보통사람이 드러내면 수치심이나 혐오감을 느낄 수 있는 것을 아름답게 만드는 것은 철저하게 미학적인 문제이며 그것은 예술가들의 몫이다. 이것은 승화를 통해 가능하다.[42]

이상에서 살펴본 바와 같이 현실에 대한 심리적 대응 방식이라고 할 수 있는 증상, 환상, 예술은 각기 다른 형태를 띠고 있지만 모두 꿈과 유사한 구조로 이루어진 심리적 형성물이다. 이것들은 모두 억압된 소망 성취의 장이다. 따라서 이것들은 꿈을 이해하는 방식으로 이해할 수 있다. 증상, 환상, 예술은 꿈에 비유하자면 발현몽에 해당한다. 이것들은 모두 억압된 무의식적 소망을 담고 있다고 할 수 있으며 우리는 그것들을 해석함으로써 억압된 무의식적 소망의 의미를 이해할 수 있다.

나) 작가와 작품의 문제

정신분석적 문학 연구는 관심을 기울이는 대상에 따라 작가, 작품의 내용, 작품의 형식적 구성, 독자 등을 지향하는 네 가지 방식으로 나눌 수 있다.[43] 연구 초기에 주로 작가에 주목한 경

---

42) 승화(Sublimation/Sublimation)는 성적 목적의 포기 즉 탈성화(脫性化)된 리비도의 정신적 활동이다. 이것은 자아의 중재에 의해 성적 대상 리비도를 자기애적 리비도로 바꾸고 다시 사회적인 목표를 수행하게 된다. 예술 활동은 승화의 대표적인 예이다. 프로이트는 왜 그런지 밝히지 않지만 특이하게도 예술가들만이 승화 능력을 많이 가지고 있음을 곳곳에서 강조한다. 금기의 위반은 두려움이나 수치심을 불러일으키는 것인데도 불구하고, 예술가들은 그것을 아름답게 표현하는 특이한 능력을 지닌 존재라는 것이다. (프로이트, 「자아와 이드」, 『쾌락원칙을 넘어서』, 박찬부 역, 117-118쪽과 138-141쪽, 「정신분석 소론」, 『나의 이력서』, 열린책들, 1997, 118-124쪽 참조.)

43) 테리 이글턴, 앞의 글, 347쪽.

향이 있었다면, 이후 그 관심은 작품의 내용과 형식 그리고 독
자에게로 전환되는 양상을 보여 왔다.44) 특히 작가와 작품의 문
제는 정신분석 문학 연구 방법론을 구성하는데 있어 난문제에
해당한다. 한편의 작품은 어쨌든 그 작가의 무의식적 과정의 산
물이라고 할 수 있는데, 그렇다면 그것은 작가라는 한 개인의
개별적 정신의 결과물 이상(以上)일 수 없다는 생각을 가질 수
도 있기 때문이다.

장 벨맹 노엘이 정신분석 문학 연구의 문제는 '작품이 아니라
인간을 겨냥하'45)는데 있다고 지적하는 것도 이러한 점에서 이
해할 수 있다. 정신분석 문학 연구가 작품이 아니라 인간을 겨
냥할 때 그것은 작품 뒤에 있는 고뇌에 찬 작가를 발견하게 될
뿐이며 종국에 그것은 한 개인으로서 작가의 신경증적 징후를
발견하는 것 이상(以上)일 수는 없다. 만약 정신분석적 문학 연
구가 작가의 신경증을 해명하는 쪽으로 초점이 맞추어진다면
그것은 정신분석적 연구가 주가 되며 문학 연구는 부수적인 것
으로 전락하게 될 것이다. 이러한 문제점을 인식하고 장 벨맹
노엘은 '텍스트 분석'을 제안한다. 이는 '하나의 텍스트의 정신분

---

44) 대체적으로 정신분석적 문학 연구는 프로이트와 오토 랑크의 정신
분석적 연구에서 보나파르트로 대표되는 심리적 전기 연구로 진행
되며, 이후 한편으로 프랑스에서 죠르쥬 풀레, 쟝 스타 로뱅스키
등의 주제 비평과 샤를르 모롱의 심리 비평을 거쳐 장 벨맹 노엘,
쥴리앙 그린 등의 텍스트 연구로, 다른 한편으로 크리스의 에고심
리학적 관점에서 라이어닐 트릴링, 케네스 버크, 헤럴드 블룸 등의
수사학적 관심 그리고 레서와 홀란드에 이르는 독자 반응 미학으
로 진행되어 왔다. 여기에서 라캉이나 가슈통 바슐라르는 독특한
지위를 갖는다고 할 수 있다. (장 벨맹 노엘, 앞의 책, 57-80쪽, 안
느 끄랑시에, 『정신분석학과 문학비평』, 이존오 역, 숭실대학교 출
판부, 1998, 엘리자베드 라이트, 『정신분석비평』, 권택영 역, 문예출
판사, 1989, 박찬부, 『현대정신분석비평』, 민음사, 1997 참조.)
45) 장 벨맹 노엘, 위의 책, 81쪽.

석을 추구하는 것으로서 이때 텍스트는 (방대한 소설이든 짧은 시이든) 제목으로 출발하여 마침점과 함께 종결되는, 그리고 맥락이 (작가, 다른 작품들을) 완전히 배제된 경계가 분명한, 닫힌, 일관된 하나의 총체로서 정의'46)된다.

필자는 정신분석적 문학 연구의 관심이 인간이 아니라 텍스트로 귀결되어야 한다는 데 동의한다. 하지만 텍스트를 온전히 닫힌 총체로 볼 수 있는가에 대해서, 그리고 작품으로부터 작가의 정신을 완전히 배제할 수 있을 것인가에 대해서는 의문을 갖는다. 장 벨맹 노엘 스스로 인정하듯이 그의 제안은 '극단적인 시도이며 급진적 경험'이다. 그리고 '하나의 이상(理想)'47)이다. 무엇보다 '책들은 서로 교차하고 병행하고 배제하면서 다양하고 불연속적인 맥락을 형성'48)하고 있기 때문이다. 한 권의 책은 하나의 총체를 이루고 있지만 동시에 세상에 있는 무수히 많은 다른 책들과의 맥락 속에서 의미를 가질 수 있으며, 뿐만 아니라 그것은 동시대 역사와 문화의 대기(大氣) 안에 존재한다. 극단적으로 말하면 하나의 텍스트는 '수많은 문화의 원천에서 이끌어 낸 일단의 인용문들로 짜여지는 피륙과 같은 것'49)이다. 이런 점에서 본고에서는 한 편의 작품은 다른 텍스트들 사이에 혹은 문화적 맥락 속에 존재하는 정신적 총체로 볼 것이다. 그럼으로써 '어떤 텍스트의 사용에서 사전에 경험한 텍스트에 의존하도록 하는 요인'50)이라는 관점의 상호텍스트성을 인정하기

---

46) 위의 책, 82쪽.

47) 위의 책, 같은 쪽.

48) 김인환, 「독서의 가치」, 『언어학과 문학』, 고려대학교 출판부, 1999, 97쪽.

49) 롤랑 바르트, 「저자의 죽음」, 『작가란 무엇인가』, 박인기 편역, 지식산업사, 1996, 142쪽.

50) 권재일, 「텍스트 언어학과 인문학」, 『언어학과 인문학』, 서울대학교

로 한다.

  이렇게 볼 때 샤를르 모롱이 제시한 포개기 혹은 중첩은 한 작가의 작품을 두루 이해하는데 매우 유용한 개념이다. 모롱에 의하면 문학작품은 꿈과 비슷하지만 연상할 줄 모른다. 하지만 텍스트 안에 이미 연상 작업의 요소가 들어 있다. 그는 하나의 작품을 분석하면서 작가의 전 작품을 구성하는 다른 작품들에서 도움을 구한다. 그는 작품 전체를 통하여 형식이나 내용에 있어서 유사한 특징을 찾아내 그것을 분류한다. 그 작업을 그는 텍스트의 포개기 혹은 중첩이라 불렀다.51) 이때 작가는 자연인으로서의 개인이 아니라 보편적 인간의 정신과 동시대의 특수성을 표현하는 '예외적 개인'52)이 된다. 따라서 본고에서는 한

출판부, 1999, 215쪽.

51) 장 벨맹 노엘, 앞의 책, 73-76쪽, 장 벨맹 노엘,『정신분석과 문학』, 이선영 역, 탐구당, 1990, 139-145쪽과, 안느끄랑시에, 앞의 책, 165- 167쪽 참조.

52) 어떤 세계관을 성공적으로 표현한 걸작의 경우, 그 세계관은 작가 개인이 아닌 사회 그룹의 산물이므로 바로 이 사회 그룹에 진정한 창작 주체라고 할 수 있다. 이렇게 창작 주체에서 배제된 작품의 직접적 생산자로서의 작가에게 뤼시엥 골드만은 '예외적 개인'이라는 지위를 부여한다. 예외적 개인으로서의 작가가 항상 자신에 속한 사회 집단의 세계관을 표현하는 것이 아닌데, 골드만은 단테와 발자크에서 그 예를 찾는다. 단테는 중세제국의 이상에 심취했던 반면 그의 작품은 이미 르네상스의 개인주의 세계관이 대두됐음을 알리고 있으며, 발자크는 정통 왕조주의자로 보수적 관점을 지녔지만 그의 작품은 역설적으로 귀족 계급의 악덕과 왕정의 필연적 몰락을 누구보다 잘 묘사했기 때문이다. 여기서 비평의 중요성이 강조된다. 비평의 임무는 작가 개인적 사상이나 의도와 무관하게 구현된 작품의 객관적인 의미 구조를 찾아내고, 그 의미 구조를 설명해 줄 수 있는 세계관의 사회역사적 기능을 밝히는데 있다. 이때 골드만의 세계관 개념은 정통 마르크스주의적 입장에서 수립됐으나, 필자는 이것을 좀더 포괄적이며 유연한 개념으로 이해하기로 한다. (홍성호,「『숨은 신』, 또는 비극적 세계관의 구조」,『문학사

작품에 대해서 작가를 개별적인 자연인으로서의 작가가 아니라
예외적 개인으로서의 작가로 보기로 한다.

다) 작중 인물의 문제

프로이트의 방대한 저작 가운데 문학예술에 대한 글도 적지
않지만, 대부분의 글들이 작가나 예술가들의 신경증적 징후를
밝히는데 주력하고 있어 오늘날 정신분석적 문학 연구의 참조
사항은 될 수 있을지라도 모범 사례가 되기는 어렵다. 가령 레
오나르도 다빈치의 심리 분석은, 프로이트 자신이 서술하듯이
'레오나르도의 어린 시절의 환상에 대한 분석을 통해 그의 불완
전한 전기(傳記)를 보충할 수 있'[53]을 뿐 이어서 오늘날 정신분
석적 문학 연구자에게는 다소 관심이 멀어질 수밖에 없다. 이런
점에서 본다면 「미켈란젤로의 모세상」[54]이나 「괴테의 『시와 진
실』에 나타난 어린 시절의 추억」[55] 그리고 「도스또예프스끼와
아버지 살해」[56]도 사정은 마찬가지이다.
　프로이트가 『꿈의 해석』에서 짧지만 명료하게 설명한 셰익스
피어의 『햄릿』 분석은 인물의 심리 분석의 좋은 예가 될 수 있
다. 삼촌을 죽이기를 망설이는 것은 결코 그의 우유부단한 성격
탓이나 괴테가 지적하듯이 사고 활동의 지나친 발달 때문에 활
발한 행동력이 마비된 인간 유형이기 때문이 아니다. 그는 다른

회학, 골드만과 그 이후』, 문학과지성사, 1995 참조.)
53) 프로이트, 「레오나르도 다빈치의 유년이 기억」, 『예술과 정신분석』,
　　정장진 역, 열린책들, 1997, 39쪽.
54) 위의 책, 115-163쪽.
55) 프로이트, 「괴테의 『시와 진실』에 나타난 어린 시절의 추억」, 『창
　　조적 작가와 몽상』, 27-43쪽.
56) 위의 책, 151-180쪽.

장면에서 분노에 휩싸여 벽 위에서 엿듣는 염탐꾼을 칼로 찌르며, 또 자신을 죽이려는 두 명의 신하를 르네상스 시대 왕자들 특유의 단호함으로 저 세상에 보낼 정도로 과감하게 행동한다. 햄릿의 망설임은 그의 숙부에게만 나타나는데, 그것은 숙부가 자신과 별로 다를 것이 없다는 자기비난, 즉 양심의 가책의 심리적 결과이다. 그의 숙부는 아버지를 제거하고 어머니를 차지하고 싶다는 그의 어린 시절의 오이디푸스적 소망을 성취한 사람이기 때문이다.57)

하지만 프로이트는 이렇게 햄릿의 심리를 분석하고서 다시 다음과 같이 서술함으로써 셰익스피어의 개인 심리에 몰두한다.

> 게오르크 브란데스는 셰익스피어에 대한 글에서 『햄릿』이 셰익스피어의 부친이 죽은 직후 (1601), 즉 아버지에 대한 슬픔이 절실할 무렵에 씌어졌다고 말한다. 따라서 우리는 아버지와 관계된 어린 시절의 감정이 새삼 새로워졌을 때라고 추정할 수 있다. 어려서 죽은 셰익스피어 아들의 이름이 햄닛(햄릿과 같다.)이었다는 것은 알려진 사실이다. 『햄릿』이 부모와 아들의 관계를 다루듯, 비슷한 시기에 씌어진 『맥베드』는 자식이 없는 경우를 주제로 하고 있다.58)

문학 연구에 있어서 이렇게 작가 개인의 심층 심리를 이해하는 작업이 무가치하다고 할 수는 없으나 그것은 부가적인 결과이다. 이것은 프로이트의 관심이 문학에 있었다기보다는 정신분석에 있었으므로 그에게는 당연하다.

따라서 오늘날 정신분석 문학 연구는 프로이트가 했던 방향과는 반대쪽으로 접근하는 것이 타당하다. 작품을 통해 인간의

---

57) 프로이트, 『꿈의 해석』, 349-350쪽 참조.
58) 위의 책, 350쪽.

무의식적 기제들을 발견하는 것이 아니라(그것은 정신분석학의 임무이다.) 정신분석학이 도달한 정신분석적 기제를 가지고 작품의 이해에 도달하는 것이다. 정신분석학의 가장 핵심 이론이라고 할 수 있는 오이디푸스 콤플렉스의 경우도 그렇다. 한 작가의 오이디푸스 콤플렉스를 증명하는 쪽으로 나가는 것이 아니라 작품에서 오이디푸스 콤플렉스가 어떤 방식으로 작용하는가를 밝힘으로써 그것이 작품에서 어떤 의미를 지니는 가에 관심을 기울여야 할 것이다. 이런 점에서 「옌젠의 『그라디바』에 나타난 망상과 꿈」은 작품 분석의 중요한 모범사례가 될 수 있다. 프로이트는 이 글에서 작품 속에 등장하는 인물의 심리를 마치 살아 있는 인간처럼 분석할 수 있다는 가장 좋은 사례를 보여주고 있기 때문이다. 그는 이 소설에 등장하는 고고학자 노르베르트 하놀트의 '폼페이에 대한 꿈'과 '도마뱀 꿈' 그리고 그라디바에 대한 망상을 분석함으로써 하놀트의 신경증을 해명한다. 뿐만 아니라 하놀트의 어린 시절의 여자 친구인 베르트강 조에가 분석의(分析醫)의 역할을 충실히 수행함으로써 그의 신경증이 치유되는 경위를 밝히고 있다.59) 따라서 이 글은 정신분

---

59) 이 소설의 주인공인 젊은 고고학자 노르베르트 하놀트는 로마의 박물관에서 고미술품(古美術品) 한 점에 깊은 인상을 받고 독일로 돌아와 그 복제품을 구입한다. 그것은 독특한 걸음걸이로 걷는 한 여인의 전신상이었다. 그는 이 여인에게 걷고 있는 여자라는 뜻을 지닌 그라디바라는 그리스식 이름을 붙이고, 그에 대한 여러 가지 환상에 빠진다. 그러면서 그는 이 여인의 삶과 실종을 현실로 믿는 망상에 사로잡혀, 결국 그녀의 흔적을 찾기 위한 무의식적 갈망으로 다시 이탈리아로 떠난다. 그는 폼페이에서 실제로 그라디바를 만나게 되는데, 사실 그녀는 독일에서 온 그의 옆집에 사는 어린 시절의 친구 조에 베르트강이라는 사실이 밝혀진다. 프로이트는 하놀트의 꿈과 망상을 분석함으로써 그것이 어린 시절 느꼈던 조에 베르트강에 대한 성적인 충동의 억압에 의한 것이라는 점을 밝힌다. 그라디바란 이름은 조에라는 그리스식 이름과 걸음걸

석적 문학 연구의 최상의 사례로 받아들일 만하다.

　라) 연구의 전제 및 연구 대상

　위와 같은 논의를 바탕으로 본고는 다음과 같은 전제 아래 수행될 것이다. 첫째 증상, 환상, 예술작품은 동일한 메커니즘에 의해서 형성되는 각기 다른 정신의 형성물이라는 점에 착안해 이청준 소설을 분석하기로 한다. 신경증, 환상, 예술작품은 모두 꿈과 같이 억압된 본능충동의 해소의 장이며, 심리적 현실 대응 방식이다. 둘째 본고에서 한 편의 작품은 다른 텍스트들 사이에 혹은 문화적 맥락 속에 존재하는 정신적 총체로서의 텍스트로 보기로 한다. 이때 작품 간의 상호텍스트성을 인정하기로 한다. 셋째 프로이트의 「옌젠의 『그라디바』에 나타난 망상과 꿈」을 가장 모범적인 정신분석 문학 연구 사례라고 보고 작중의 인물을 살아있는 인물처럼 분석하겠다. 본 논문은 이러한 전제 아래 이청준 소설에 등장하는 인물들의 현실 대응 방식을 논구할 것이다. 따라서 본 논문은 근본적으로 작가론을 지향하지만 자연인 이청준을 향하는 것이 아니라 이청준의 소설을 향하는 것이기 때문에, '이청준론'이 아니라 '이청준 소설론'이 될 것이다.

　본 논문은 위의 전제 아래 「退院」, 「소문의 壁」, 「이어도」, 『남

이가 우아하고 화사한 사람이라는 뜻을 지닌 베르트상에서 연유한 것이었다. 폼페이가 베수비오 화산에 매몰될 때 그녀를 만나는 꿈이나 그녀가 도마뱀을 잡는 꿈은 그녀와 함께 있고자 하는 충동에서 비롯된 것이다. 여기서 폼페이는 묻혀졌던 도시라는 점에서 억압된 어린 시절의 기억에 대한 은유가 된다. 이 소설에서 조에 베르트강은 그라디바의 자리에서 분석의(分析醫)의 역할을 수행함으로써 하놀트의 신경증을 치유하게 된다. (프로이트, 「빌헬름 옌젠의 『그라디바』에 나타난 망상과 꿈」, 『창조적 작가와 몽상』 참조.)

도 사람』 연작과 『言語社會學 序說』 연작, 「秘火密敎」, 『自由의
門』 등을 증상, 환상, 예술의 차원에서 세밀히 분석함으로써 이청
준 소설에 나타나는 인물들의 현실 대응 방식을 정신분석적 측면
에서 밝혀보고자 한다. 이것은 결국 앞서 제시한 바와 같이 이청
준 소설을 해명하는 열쇠가 되는 대립적 세계의 의미를 밝히는
것이며, 그러한 세계에서 인물들이 어떻게 갈등하며 해결을 모색
해 나가는 가를 구체적으로 해명하는 작업이 될 것이다. 2장에서
는 「退院」과 「소문의 壁」을 신경증의 차원에서 다룰 것이고, 3장
에서는 「이어도」와 「秘火密敎」를 해석함으로써 환상이 현실적 삶
에 어떤 의미를 지니는가를 논구할 것이다. 또한 4장에서는 『남도
사람』 연작과 『言語社會學 序說』 연작, 그리고 『自由의 門』을 통
해서 이청준 소설이 예술을 통해 어떻게 화해의 장으로 나가는
지를 밝혀 보겠다.

2. 현실 도피 심리로서의 신경증

앞서 살펴보았듯이 신경증은 현실적 억압에 의해 좌절된 소
망충동을 왜곡된 형태로 만족하는 심리적 현실 대응 방식이다.
하지만 한번의 억압이 신경증 증상을 유발하는 것은 아니다. 신
경증은 유아기의 리비도 고착과 이후의 현실적 소망충동의 좌
절이라는 이중구조에 의해 완성된다. 유아기 정신발달 과정 중
원초적 억압에 의해 리비도 고착이 이루어지게 되는데, 후에 현
실적 좌절을 겪게 되면 신경증으로 발전하는 것이다. 이때 고착
은 신경증의 기질적이며 내재적 요인이며, 현실적 소망충동의
좌절은 우연적이며 외재적인 요인이다.[60]

신경증의 본질은 유아기의 감성과 기능으로 돌아가는데 있다.
증상은 좌절된 충동들에 대한 만족을 대체하는 것인데, 이는 결국
리비도 초기 발달 단계로 퇴행함으로써 가능하기 때문이다.[61] 유
아기 리비도의 발달은 구순기, 항문기를 거쳐 성기기에 이르고 다
시 잠재기와 사춘기를 거쳐 성인에 이른다.[62] 이러한 발달 경로가
순탄하지 않을 경우 리비도 고착이 일어난다. 부분 충동들이 발달
초기 단계에 머물러 있는 현상을 고착(Fixierung/fixation)이라고
한다. 리비도의 발달 단계에서 발달을 가능케 했던 충동들은 쉽게

---

60) 프로이트, 『정신분석 강의』, 임홍빈·홍혜경 역, 열린책들, 1997,
   490-501쪽.
61) 위의 책, 519쪽.
62) 프로이트, 「유아기의 성욕」, 『성욕에 관한 세편의 에세이』, 김정일
   역, 열린책들, 1996, 316-320쪽.

전(前)단계 중의 한 단계로 돌아갈 수 있는데, 이를 퇴행 (Regression /regression)이라고 한다. 고착과 퇴행은 무관하지 않다. 억압에 실패한 충동은 과거에 고착했던 지점까지 퇴행함으로써 증상을 통해 현실적 난점을 회피한다.63) 신경증 증상은 결국 현실적 문제에 대해 정당하게 맞서는 것이 아니라는 점에서 현실로부터의 도피를 의미한다.

정신이상을 다룬 소설들은 이청준 소설의 한 양상을 대표하는 작품군을 이룬다.64) 「退院」, 「병신과 머저리」, 「별을 보여드립니다」, 「調律師」, 「소문의 壁」, 「가면의 꿈」, 「빈 방」 등이 신경증에 걸려 있거나 신경증은 아니지만 신경증적인 인물들을 다루고 있으며, 「쓰여지지 않은 自敍傳」, 「꽃과 뱀」, 「꽃과 소리」, 「조만득 씨」, 「황홀한 실종」, 「겨울 광장」 등은 정신증65) 환자를 다루고

---

63) 앞의 책, 483-486쪽 참조.

64) 이재선은 60년대 이후 한국소설의 중요한 현상의 하나로 병리학적 흐름에 주목하면서 '당대 한국 소설 가운데서 광기나 정신분열 현상 및 의식의 심층적인 증후군(syndrom)에 대해서 가장 각별한 문학적 관심을 보이고 있는 모형이 이청준 소설의 공간이'라고 평가한 바 있다. (이재선, 「현대소설의 병리적 상징」, 『현대한국소설사』, 민음사, 1991, 230쪽.)

65) 프로이트는 정신이상을 크게 신경증과 정신증으로 나눈다. 신경증이 자아와 이드 사이의 갈등의 결과인 반면, 정신증은 자아와 외부 현실 사이의 갈등의 결과이다. 이드는 철저하게 쾌락원칙을 따르지만 자아는 현실에서 그것을 모두 만족시켜 줄 수 없다. 이드와 현실 사이의 갈등 상황에서 자아가 현실의 편을 들게 되면 신경증이 되고, 이드의 편을 들게 되면 정신증이 된다. 자아가 이드의 본능충동을 억압하려 할 때 이드가 충동의 방향을 다른 쪽으로 돌림으로써 자아와 타협하게 되면 신경증 되며, 자아가 현실로부터 일부 혹은 완전히 물러나 망상을 만듦으로써 이드의 본능충동을 충족시키면 정신증이 발생한다. (프로이트, 「신경증과 정신증」, 『억압, 증후 그리고 불안』, 황보석 역, 열린책들, 1997 참조.) 신경증 환자가 현실과의 관계를 유지하면서 현실적 문제를 회피한다면, 정신증 환자는 현실을 개조 조작함으로써 망상 체계를 만들어 현실을 부정한다. 특별한 경

있다. 이 장에서는 많은 비평가들에 의해서 이청준 소설의 정신적 뿌리를 형성하는 작품으로 평가된 처녀작 「退院」과 이와 연장선상에서 보다 심화된 주제를 다루고 있다고 보이는 「소문의 壁」을 자세히 분석함으로써 이청준 소설에 나타나는 신경증의 의미와 그것이 어떻게 심화된 의미를 지니는 지를 밝히고자 한다.

1) 신경증의 개인적 차원

이청준의 처녀작 「退院」은 위장병 환자인 일인칭 서술자 '나'의 입원과 퇴원의 전말을 그린 단편소설이다. 이 소설은 병원에서 일어나는 사건과 과거의 기억에 대한 '나'의 진술로 구성되어 있다. '나'는 의식에 떠오르는 여러 가지 파편적인 생각들을 솔직하게 진술한다. 그 진술은 대체적으로 감정이 배제되어 있고 판단이 유보된 것이다. '나'는 자신의 심리를 담담한 어조로 드러내고 있지만 그러한 어조 속에는 강렬한 내적 갈등이 암시되어 있다.

'나'의 의식은 과거의 기억을 되살리고 그것을 미스 윤에게 토로하고자 하는 노력에 집중된다. '나'는 과거에 대한 잊혀진 기억이 무엇인지 정확히 알지 못하지만 그것이 현재의 갈등의 근원이 된다는 사실을 모호하게나마 직감하고 있다. 결국 군대에

우 자아와 초자아 사이의 갈등에 의해 일어나는 신경증도 있는데, 프로이트는 이를 '자기애적 신경증'이라 명명했다. 신경증의 경우는 자아가 현실성을 유지하기 때문에 정신분석 치료의 대상이 되지만, 정신증은 심한 경우 자아가 현실성을 완전히 상실하고 망상 속에만 머물러 있기 때문에 정신분석 치료의 대상이 될 수 없다. (프로이트, 「신경증과 정신증에서 현실감의 상실」, 위의 책 참조.)

서 겪었던 자신이 '뱀잡이'가 된 경험을 미스 윤에게 고백함으로
써 불완전하나마 건강을 회복하고 병원을 떠난다. 따라서 과거
의 기억을 회복하고자 하는 '나'의 노력은 자신의 상처를 확인하
는 작업이며 그것을 미스 윤에게 토로하는 것은 치료의 과정이
된다. 이것은 마치 신경증 환자가 과거의 기억과 정면으로 만나
고 그것을 분석의(分析醫)에게 말로 표현함으로써 증상을 해소
하는 과정과 유사하다.66)

　　나는 다시 침대에서 몸을 일으켰다. 창문은 바로 눈앞에 와 닿
　았다. 막연한 상념이 누워 있을 때나 한가지로 유리창을 흐르고
　있었다. 명색이 이층이었으나 무질서하게 솟아오른 건물들로 안계
　(眼界)는 좁게 차단되고 있었다.
　　(중략)
　　무엇 때문에 거기서 생각을 잘라 버릴 수 없는지 모르겠다. 내
　게는 그 비슷한 데다 무얼 잊어 놓은 기억조차 없는데, 마치 그런
　것이라도 찾고 있는 듯한 기분이다. 착각이다. 착각보다 더 막연하
　다. 이 조그만 창문으로 들어오는 풍경의 이미지는 그만큼도 구체
　성이 없었다. 한 가지만 더 이야기한다면, 그 건물들 사이로 U병
　원의 탑시계가 건너다보이는 것이었다. 그것도 오래 전에 고장이
　나서, 항상 같은 점에만 서 있는 두 바늘을 아주 떼어버렸기 때문
　에 시간을 알아볼 수가 없었던 것이었다. 그러니까 D국민학교의
　담벼락을 끼고 흐르는 그 영사막 같은 한 조각의 보도와 두 바늘

---

66) 정신분석적 치유는 신경증 환자가 자신의 잊혀진 기억 즉 무의식
　　에 고착된 원초적 외상을 분석의 에게 말로 표현함으로써 이루어
　　진다. 정신분석 치료의 목적은 무의식 속에 고착된 환자의 기억을
　　의식의 차원으로 탈락된 의식의 기억을 복원하는데 있다. 이것은
　　프로이트의 선배이며 동료인 브로이어에 의해 처음 발견되어 카타
　　르시스기법이라고 명명되었다. 처음에는 주로 최면술에 의존했으나
　　나중에 프로이트는 자유연상기법과 꿈의 해석에 의해 이루어진다.
　　(프로이트, 「히스테리의 심리치료」, 『히스테리 연구』, 김미리혜 역,
　　열린책들, 1997 참조.)

을 잃어버린 시계, 그리고 가끔 고막을 울려오는 전차의 경적 외에 이 창문으로는 보이는 것도 들리는 것도 없었다. 그러면서도 이 단조로운 풍경이 자아내는 어떤 기묘한 분위기는 집요하게 나를 간섭해 오는 것이었다.67)

소설의 서두인 위의 인용문은 '나'의 정신 상태를 암시적으로 드러낸다. '나'는 언제나 창문을 바라보며 막연한 상념에 젖어든다. '나'는 창문을 바라보면서 자신도 모르는 어떤 잊어버린 기억을 찾고 있다. 여기에서 창문은 과거로 통하는 통로이다. 하지만 그것은 차단되어 있음으로 해서 제구실을 제대로 하지 못한다. 따라서 무질서하게 솟아오른 건물들로 안계(眼界)가 좁게 차단된 창문과 그 창문으로 들어오는 구체성이 없는 풍경의 이미지는 조각난 '나'의 기억에 대한 은유라 할 수 있다. 그것은 미스 윤이 '자기망각증'으로 진단하듯이 기억 회로의 고장에서 연유한다. 여기에서 특히 두 바늘을 잃어버린 고장 난 시계는 '나'의 정신 상태를 그대로 반영한다. 그것이 고장 났을 뿐 아니라 시계라는 점에서 더욱 그렇다. 시계는 시간을 측정하는 계기라는 점에서 기억 장치에 이상이 생긴 '나'의 정신과 등가이다. 그것은 '오래 전에 고장이 나서, 항상 같은 점에만 서 있'을 뿐 아니라 '두 바늘을 아주 떼어버렸기 때문에 시간을 알아볼 수가 없'는 것이다. 이것은 억압에 의해서 고착된 '나'의 무의식적 기억을 그대로 보여준다.

이 소설에서 주인공이 신경증적 징후를 보이기 시작하는 지점은 그의 친구인 준을 가정교사로 맞이하기 위해 담임을 찾아가는 장면이다.

---

67) 이청준, 「退院」, 『별을 보여드립니다』, 일지사, 1972, 7쪽.

　어머니의 청으로 담임선생이 진학 시험 친구로 준을 집으로 데리고 오던 날, 아버지는 몹시 화를 내고 있었다.
　"너는 네 구실도 제대로 한 번 못해 볼 게다―날마다 네 친구 발바닥이나 핥아!"
　담임선생과 준의 앞에서 아버지는 이렇게 선언했다. 담임선생의 긴 설득 끝에도 아버지는 가벼운 하품을 하고는,
　"가정교사를 두는 건 상관 안 하지만…… 안 될 겝니다. 이틀을 굶겨 놔도 배고픈 줄을 모르는 놈입니다. 저놈은."
　하고 태연한 나를 못마땅해 하는 눈으로 건너다 볼 뿐이었다. 나는 그 말에 처음으로 얼굴이 굳어지는 것을 느꼈다.[68]

　위의 인용문에서 보듯이 '나'는 아버지와 불화의 관계에 놓여 있다. '너는 네 구실도 제대로 한 번 못해 볼 게다―날마다 네 친구 발바닥이나 핥아!'라는 말에서 짐작할 수 있듯이 아버지는 '나'를 별로 신뢰하지 않는다. 거기에 대해 태연해 할 정도로 '나'는 그러한 아버지의 태도에 무감하다. 이런 점에서 볼 때, 의식적인 차원에서 '나'는 이미 아버지의 신뢰를 전혀 기대하고 있지 않음을 알 수 있다. 하지만 '나'는 '이틀을 굶겨 놔도 배고픈 줄을 모르는 놈'이라는 말에 대해서는 처음으로 얼굴이 굳어지는 것을 느꼈다고 한다. 좀처럼 감정을 드러내지 않는 '나'의 서술 태도를 감안할 때 '얼굴이 굳어지는 것을 느꼈다'는 표현은 '나'에게 지극히 강한 심리적 충격을 가하고 있음을 짐작할 수 있다. 특히 '처음으로'라는 부사어는 지금까지 아버지가 했던 어떤 모욕적인 말보다도 이 말이 '나'의 신경을 건드리고 있음을 보여준다. 따라서 이 말이 '나'에게 결정적인 심리적 좌절을 가져왔다는 것을 알 수 있다. '나'의 이상(異常) 행동은 이러한 현실적 좌절에서 시작된다. '나'는 이후 한달쯤을 친구 준에게 배

---

68) 위의 글, 12쪽.

우지만 결국 아버지의 금고에 손을 대서 반은 준의 집에 내놓고 나머지 반을 가지고 가출을 해 버린다. 이후 ‘나’는 주거 부정의 현실 부적응자의 삶을 살게 된다. 이러한 ‘나’의 행동은 준과의 관계를 통해서 더 잘 이해될 수 있다.

> 그는 언제나 나보다 어른이었다. 아버지는 준을 선생님이라고 부르라고 했다. 아버지가 나에게 간섭하는 것은 그 한 가지뿐이었다. 나는 아무 생각 없이 아버지의 말을 따랐다.
> (중략)
> 남해(南海)를 밤길로만 달리는 배를 타기 전 날, 우연히 신문에서 어머니의 부고를 보고 딱 한 번만 들르리라고 집을 찾아갔더니 준이 와 있었다.
> 준도 나처럼 옛날 일을 회상하기 좋아하는 성미가 아니었다. 언제나 그렇듯이 내가 태도를 결정하지 못하고 미적미적 서울에 남아 있는 동안 나는 두어 번 준의 병원을 들렀다. 그러다가 나는 옛날에 징집 년이 지나간 나이로 군대를 지원했다. 어떻게 모든 것을 다시 시작해 보고 싶은 생각이 났던 것일까? 그런 것은 아니었다. 그는 항상 나보다 어른이었다. 그 곳밖에는 준에게서 멀리 가 버릴 쉬운 곳이 없었다.
> 군대에서 나는 아버지가 요령 없는 부정 관리로 붉은 벽돌집으로 갔다는 소문을 들었다.[69]

준에 대한 ‘나’의 인식은 주로 어머니와 아버지의 기억과 깊이 얽혀 있다고 판단할 수 있는데, 그것은 대체로 준에 대한 열등감이나 질투의 양상을 띤다. 무엇보다 준은 ‘나’와는 다르게 아버지에 대한 신뢰를 한 몸에 받고 있는 점과 어머니의 부고를 보고 집에 갔을 때 준이 먼저 와 있었다는 사실이 ‘나’의 기억에 깊이 각인되어 있다는 점은 이러한 사실을 잘 보여준다. 마치

---

69) 위의 글, 13쪽.

형제를 비교하듯 '나'와 준을 견주고 있다는 점에서 '나'의 준에 대한 갈등은 말하자면 형제에게 느끼는 유아적 경쟁 심리로 생각할 수 있다. 위의 인용문에서 '그는 언제나 '나'보다 어른이었다'라는 진술을 두 번이나 함으로써 '나'의 준에 대한 열등감은 뚜렷이 나타난다. 이런 점에서 군대를 가면서 '그 곳밖에는 준에게서 멀리 가 버릴 쉬운 곳이 없었다'는 생각이 결국 준에 대한 열등감에서 오는 것임을 알 수 있다. 하지만 여기에서 준에 대한 '나'의 열등감은 능력에 대한 열등감이기보다는 부모의 신뢰에 대한 열등감이라고 할 수 있는 것이다.

무시당하고 있거나 무시당하고 있다고 느끼는 경우, 부모의 사랑을 온전히 받고 있지 않다고 느끼는 경우, 형제자매와 사랑을 나누어 가져야 한다는 사실에 서운함을 느끼는 경우, 유아적 자아는 자신이 입양아이거나 의붓자식이라고 생각하고 자신의 진짜 부모는 어딘가 다른 곳에 있는 훌륭한 인물일 것이라고 상상한다. 이러한 상상은 아이들의 놀이에서 처음 나타나고, 사춘기 이전 시기부터 가끔 시작되다가 가족 관계의 주제가 된다. 이것은 신경증 환자뿐 아니라 때로는 재능 있는 사람들에게 나타나는 특징이기도 하다.[70] 이렇게 볼 때 '나'의 가출은 자연스럽다. 하지만 준은 아버지와 '나' 사이의 갈등에 대한 촉매의 역할을 할 뿐 '나'의 결정적인 갈등의 대상은 아니다.

'나'의 아버지에 대한 갈등의 근원적인 원인은 어린 시절의 기억을 통해 밝혀진다.

소학교 三학년 때 가을. 나는 그 즈음 남몰래 즐기고 있는 한 가지 비밀에 있었다. 광에 가득히 쌓아 올린 볏섬 사이에 내 몸이

---

70) 프로이트, 「가족로맨스」, 『성욕에 관한 세 편의 에세이』, 58쪽.

들어가면 꼭 맞는 틈이 하나 나 있었는데 나는 거기다 몰래 어머
니와 누이들의 속옷을 한 가지 두 가지씩 가져다 깔아 놓고, 학교
에서 돌아오면 그곳으로 기어 들어가서 생쥐처럼 낮잠을 자는 것
이었다. 속옷은 하나같이 부드럽고 기분 좋은 향수 냄새가 났다.
장에는 그런 옷이 얼마든지 쌓여 있어서 내가 한두 가지씩 덜어내
도 어머니와 누이들은 알아내지를 못했다. 어두컴컴한 그 광 속
굴에 들어앉아 이것저것 부드러운 옷자락을 만지작거리며, 거기서
나오는 냄새를 맡고 있노라면 그보다 더 기분 좋은 일이 없었다.
그러다 나는 스르르 잠이 들고, 잠이 깨면 다시 생쥐처럼 몰래 그
곳을 빠져나왔다. 그런데, 어느 날은 거기서 너무 오래 잠이 들어
있다가 아버지가 비춘 전짓불 빛을 받고서야 눈을 떴다. 아버지
는 아무 말도 하지 않고 그대로 광을 나가더니 나를 남겨둔 채 문
에다 자물쇠를 채워버렸다. 그 문은 이틀 뒷날 저녁때 열렸다. 나
는 광에다 나를 가두어 놓은 동안 밖에서 일어난 일에 대해서는
아무 것도 모른다. 그러나 문이 열렸을 때, 거기에 있던 옷가지는
한 오라기도 성한 것이 없이 백 갈래 천 갈래로 찢기어 있었다.71)

위의 인용문은 이 소설의 주인공이 겪고 있는 아버지와의 갈
등이 어떠한 심리적 뿌리에서 연유하는 것인지를 잘 드러내 준
다. 이 장면은 철저하게 대립적 이미지에 의해 직조되어 있다.
그것은 본능충동을 상징하는 '어머니와 누이의 속옷'과 금기를
상징하는 '아버지의 전짓불'이다. '부드럽고 기분 좋은 향수 냄
새'나 '부드러운 옷자락을 만지작거리며, 거기서 나오는 냄새를
맡고 있노라면' 등은 성적 이미지를 드러내고, '자물쇠', '한 오라
기 성한 것이 없이 백 갈래 천 갈래 찢기어' 등은 금기의 이미
지를 강화한다. 여기에서 '광'은 어머니의 모태(母胎)를 상징하는
것으로 이해할 수 있는데, 특히 '몸이 들어가면 꼭 맞는 틈'은
이러한 이미지와 잘 어울린다. 이 장면은 한마디로 오이디푸스

---

71) 앞의 글, 12-13쪽.

콤플렉스와 관계된 원초적 체험이라고 할 수 있다. '나'의 모성에 대한 본능충동은 아버지에 의해 무참히 좌절되고 그것은 정신적 외상으로 남는다.72)

　정신분석적 측면에서 인간은 오이디푸스 콤플렉스의 과정을 거치면서 어머니에 대한 권리를 포기하고 아버지로 은유되는 현실원칙을 수락함으로서 자연스럽게 사회적 주체로 성장하게 되지만, 이러한 과정을 제대로 거치지 못하게 되면 그것은 신경증의 결정적인 원인이 된다. 오이디푸스 콤플렉스의 과정 중 유아적 자아는 아버지와 심한 갈등을 겪으면서 아버지를 경쟁자의 자리에서 동일시의 대상으로 옮겨놓음으로써 현실적 삶의 모델로 삼게 되는데, 이 소설에서 이러한 심리적 외상은 '나'로 하여금 아버지로 은유되는 현실원칙을 정상적으로 받아들이지 못하게 하고 어머니에 대한 본능충동 역시 포기되지 않은 채 고착되어 현실부적응의 신경증을 유발하는 원인이 되었다고 할 수 있다.73)

　이 소설에서 또 다른 중요한 기억 즉 군대에서 뱀잡이가 되었던 기억은 '나'의 심리 상태의 다른 측면을 암시한다. '나'는

---

72) 이 장면은 지금까지 이청준 소설을 다룬 많은 논자들에 의해 비평적 관심이 집중되어 왔다. 최초로 이보영은 '이 어두운 광 속은 원시적인 모성(母性)의 따뜻함, 혹은 탄생 전 모태 내의 평화로움 같은 것'(이보영, 앞의 글, 60쪽)이라고 했으며, 특히 김현은 이를 구조적 측면에서 상세하게 분석한 바 있는데, (김현, 「대립적 세계인식의 힘」, 앞의 책 참조.) 김현은 속옷/전짓불의 대립을 내면화/외면화의 대립 혹은 갇힘/벗어남의 대립으로 이해하며 그것은 결국 쾌락원칙/현실원칙의 대립이라고 한다. 이후 수많은 논자가 여기에 대해 거론 하였으나 대체적으로 김현의 분석에서 크게 벗어나지 않는 것으로 파악되며, 필자 역시 이와 크게 다르지 않다.

73) 프로이트, 「자아와 이드」, 『쾌락원칙을 넘어서』, 114-130쪽과 프로이트, 「오이디푸스 콤플렉스의 해소」, 『성욕에 관한 세 편의 에세이』 참조.

52

무언가 미스 윤에게 자신에 대해 말하고자 열심히 과거의 기억을 더듬는데, 결국 찾아 낸 것이 군대에서 경험한 뱀잡이의 기억이다. '나'는 군대에서 뱀을 잡아 그 가죽을 벗겨 나무토막에 입혀 지휘봉을 만들어 군 지휘관들에게 선물을 함으로서 '뱀잡이'라는 별명을 얻는다. 이 삽화는 스스로 거세를 시도함으로서 아버지와의 갈등을 해소해 보려는 무의식적 노력으로 해석할 수 있다.74) 뱀은 가장 대표적인 남근의 상징이며 지휘관은 아버지에 대한 은유로 받아들일 수 있기 때문이다. 이러한 행위로 말미암아 '나'는 지휘관으로부터 인정을 받게 되고 편안한 군대 생활을 영위할 수 있는 자격을 부여받는다. 위에서 살펴보았듯이 '나'의 현실적 좌절이 아버지로부터 인정받지 못한다는 데에서 출발한다는 점을 생각하면 이러한 '나'의 행동은 자연스럽다. '나'는 자신을 무시하는 아버지에게 의식적으로는 담담하게 대처하지만 무의식적으로는 아버지의 관심을 갈구하고 있었다고 할 수 있다.

오이디푸스 콤플렉스 상황에서 아버지에 대한 감정이 반드시 '양가감정'75)으로 나타난다는 점을 생각하면 이러한 아버지에

---

74) 프로이트는 동물공포증 환자 늑대인간에 대한 논의를 되풀이하면서, 그의 거세 위협에 대해 다음과 같이 서술한 바 있다.
    '어린 러시아 소년이 아버지에게서 사랑받으려는 소망을 포기했던 것 역시 거세를 당하리라는 두려움에서였다. 왜냐하면 그는 아버지의 사랑을 받기 위해 먼저 자기의 성기-그를 여자와 구별시켜주는 기관-를 희생시켜야 한다고 생각했기 때문이다.' (프로이트, 「늑대인간」, 『늑대인간』, 김명희 역, 열린책들, 1996, 243-244쪽.)
75) 양가감정(Ambivalenz/ambivalence)은 동일한 사람에게 충분한 근거가 있는 사랑과 그에 못지않게 정당화될 수 있는 증오가 동시에 병존하는 심리적 현상이다. 오이디푸스 콤플렉스 단계에서 아이는 아버지는 증오의 대상이면 동시에 사랑의 대상이다. 유아적 자아는 아버지가 어머니에 대한 본능충동의 방해자로서 거세 위협을

대한 '나'의 감정을 충분히 이해할 수 있다. 유아에게 아버지는 어머니의 사랑을 두고 겨루는 경쟁자이지만 아버지에게도 깊은 애정을 느끼며 특히 아버지는 보호자의 역할을 담당하기 때문이다.76) 이렇게 본다면 '나'의 심리는 어머니에 대한 본능충동과 억압적 아버지에 대한 두려움 그리고 아버지에게 인정받고자 하는 소망이 교묘히 얽혀 있다고 할 수 있다. 이러한 갈등은 현실에서 해결 불능이기 때문에 신경증 증상 속에서 해결을 모색한 것인데, 그 증상은 위장병으로 나타난다.

　그런 뒤로 증세는 정말 완연해 졌다. 무엇보다도 공복에 통증이 온다는 말이 끼니가 불규칙한 나에게는 금방 공포로 변해 버렸다. 끼니 생각만 하면 멀쩡하던 배가 때도 되기 전부터 쓰려오기 시작했다. 정작 한 끼라도 밥을 거르는 경우가 생기면 통증은 절망적일 정도로 심했다. 하루 종일 위를 채울 궁리만 해야 했다. 그래도 금방 통증이 오고, 위가 패어 들어가는 정도를 느낄 수 있을 만큼 발작이 심할 때가 있었다.77)

　가하는 존재이면서, 동시에 자신을 사랑하며 보호하는 존재라는 사실을 알기 때문이다. (프로이트, 「억압, 증후 그리고 불안」, 『억압, 증후 그리고 불안』, 234-237쪽 참조.) 오이디푸스적 갈등으로 인해 동물공포증에 걸린 한스는 그 대표적인 사례이다. 한스는 말에게 물릴까봐 집 밖을 나갈 수 없었으나, 사실은 말에 대한 두려움은 아버지에 대한 두려움의 변형임이 밝혀진다. 여기에는 아버지에 대한 양가감정이의 문제가 개입한다. 한스는 아버지가 죽기를 바라면서 진심으로 아버지를 사랑했다. 결국 부친살해 충동과 거세 위협은 전치에 의해서 대체물인 말에 투사되고 아버지에 대한 감정이 말에게로 전이된다. 한스의 동물공포증은 사실은 광장공포증이라 할 수 있는데 광장 자체에 대한 두려움이 아니라 광장에서 말과 마주치는 것에 대한 두려움에서 생긴 것이다. (프로이트, 「다섯 살배기 꼬마 한스의 공포증 분석」, 『꼬마 한스와 도라』, 김재혁·권재훈 역, 열린책들, 1997 참조.)
76) 프로이트, 『정신분석 강의』, 473쪽.
77) 이청준, 앞의 글, 14쪽.

54

　　무엇보다 다행스럽게 생각한 것은 이제 배의 통증을 쫓기 위해
서 꼭꼭 마련해야 할 세끼의 식사에 대한 공포를 갖지 않아도 된
다는 점이었다. 그렇게 며칠이 지나자 이상한 일이 생겼다. 통증이
깨끗이 사라져 버리는 것이었다. 거짓말 같은 일이었다. 나는 오히
려 당황했다. 처음부터 나는 병에 확증이 없이 입원을 했던 터이
고, 증세라는 것은 그 통증이 유일한 것이었으므로 난처할 수밖에
없었다.[78]

　　'나'의 위장병은 공복이 되면 배가 쓰려 오는 구체적인 증상이
있지만 그것은 육체적 원인에 의한 것이 아니다. '나'는 자신의
위장병이 실제적인지를 스스로 의심하고 있으며, 자신이 의사
준과 간호사를 속이고 있다고 생각하고 있다. 위의 인용문에서
보듯이 밥을 걸러서는 안 된다는 강박관념에 시달리고 있는 점
에서 '나'의 증상은 위장병이기보다도 공복에 대한 공포증에 가
깝다. 병원에 입원해서 세 끼를 거르지 않고 먹었을 때 통증이
없어진 것은 이러한 공복에 대한 두려움을 그대로 보여준다. 그
러니까 병원에 입원하자 증세가 없어진 것은 '나'로 하여금 당황
스럽게 만들지만 사실은 전혀 이상한 일이 아니다. '나'의 신경
증이 위장병의 형태로 나타난 이유는 현실적 좌절이라고 할 수
있는 '이틀을 굶겨도 배고픈 줄을 모르는 놈'이라는 아버지의 말
과 원초적 외상이라고 할 수 있는 어린 시절 광 속 체험에서
보이는 어머니에 대한 본능충동과 그에 대한 아버지의 억압이
교묘하게 타협을 이루고 있었다고 생각할 수 있기 때문이다. 또
한 부차적이지만 일반적인 경우 병이란 것 자체가 타인의 관심
을 불러오는 것이라는 점에서 그것은 아버지에 대한 관심에 대
한 갈망의 표현이라고 생각할 수도 있다.

---

78) 위의 글, 15쪽.

‘나’의 위장병은 아버지에 대한 항거의 표시이며 아버지에게 항거함으로써 어머니의 세계로 되돌아가고자 하는 소망충동의 표현이라 할 수 있다. ‘나’의 위장병은 ‘저는 이틀을 굶겨 놔도 배고픈 줄을 모를 정도로 위장이 그리 튼튼한 놈이 아닙니다. 이것 보십시오 저는 위장병에 걸렸지 않습니까. 저는 매 끼니를 꼬박꼬박 먹어야 한다구요’라고 말함으로써 ‘이틀을 굶겨 놔도 배고픈 줄을 모르는 놈’이라는 아버지의 말에 대항하고 있는 것이다. 여기에서 위가 입과 직접적 관계를 지닌 기관이라는 점에서, 그리고 ‘나’의 증상이 먹는 것에 대한 과다한 강박적 집착에 의한 것이라는 점에서 ‘나’는 구순기에 고착된 신경증 환자라고 할 수 있다. ‘내 목구멍으로 먹어 삼키고나 말자는 심사’로 술을 마시는 것도 구순기에 고착된 신경증 환자가 보이는 전형적인 태도이다.

결국 ‘나’의 위장병은 아버지에 대한 항거와 모성에 대한 구순기적 본능충동이 교묘히 결합되어 나타난 신경증 증상이라고 할 수 있다. 그것은 오이디푸스적 결함으로 현실로부터 물러난 퇴행적 도피 심리를 대변해 준다. 여기에서 ‘나’에게 병원은 ‘이차적 이익’79)을 주는 도피의 장소이다. ‘나’는 준의 병원에 숨음으로써 어려운 현실로부터 물러나는 이익을 누리고 있다. 사실

---

79) 프로이트 이론에서 ‘질병으로의 도피’는 중요한 의미를 지닌다. 환자는 신경증으로 도피함으로써 게 두 가지 이익을 얻는다. 첫째는 신경증 자체이며 두 번째는 신경증으로 누릴 수 있는 부차적인 이익이다. 신경증은 정신적인 노력을 줄일 수 있다는 것을 의미하며, 심리적 갈등에 대한 가장 편리한 해결책이다. 전자가 질병을 일으키는 내적이고 정신적인 요인이라면 후자는 외면적 동기가 된다. 후자의 예로는 질병에 의해 연금을 탈 수 있다거나 남편의 억압으로부터 해방된다거나 타인으로부터 관심의 대상이 된다거나 하는 것이다. 이것은 질병이 주는 ‘이차적 이익’이다. (Freud, *Fragment of Analysis of Case of Hysteria*, The Standard Edition, 7, p43.)

56

상 가장 현실적인 의미에서 그의 괴로움은 군대를 다녀와서 무언가를 해보고자 했으나 실패한 것이었다. 따라서 '나'에게 위장병이 심리적 측면에서 도피를 의미한다면 병원은 현실적 측면에서 도피의 장소를 의미한다.

그런데 이 소설에서 '나'는 말을 하고자 하는 충동에 시달리면서도 말을 할 수 없다는 모순에 처했다고 느끼고 있는데, 이러한 말에 대한 강박적 심리는 이런 점에서 더욱 중요한 의미를 지닌다.

> 팬토마임……
> 그렇게도 나의 머리에 맴돌기만 하던 창문의 이미지가 문득 머리에 떠올랐다. 그렇게 안타까워했던 것은 어떤 경험의 회상이 아니라, 강한 이미지로 받아들여진 이 단어의 개념에 불과했던 것이다. 팬토마임……. <무언극>이라는 번역어로는 도시 실감이 나지 않는 말이다. 그것은 이 단어에 세 번이나 겹친 순음(脣音)의 작용도 있겠지만, 마지막 <ㅁ>받침이 단어의 뜻과 더욱 잘 부합하고 있기 때문인 것 같았다. 받침 자체가 이미 그 내용이 지니는 무거운 침묵을 강요하고 있었다. 마지막 음절에서 자동적으로 입을 폐쇄당하고 나서, 나는 몇 번이고 이 단어의 이미지를 실감했고 한 번도 본 일이 없는 그 연극의 본질에까지도 어떤 예감을 지니게 되었던 것이다. 언어가 완전히 소멸된 거기에는 슬프고 강한 행동의 욕망과 향수만이 꿈틀거렸다. 허나 나에게는 이미 그 욕망마저도 죽어 버리고 없는 것 같다. 완전한 자기망각. 그렇게 나는 시계처럼 여기 병실에 누워 있는 것이다.[80]

'나'는 과거의 두 가지 기억을 회상하지만 그것이 자신에게 어떤 의미를 지니는지 알지 못하는 반면 팬토마임이라는 말을 떠올리며 자신의 심리 상태에 대해 모호하게 이해하게 된다. 여기

---

[80] 이청준, 앞의 글, 21쪽.

서 문제는 언어의 소멸이다. '나'는, 팬토마임이라는 말에 대해 '언어가 완전히 소멸된 거기에는 슬프고 강한 행동의 욕망과 향수만이 꿈틀거'리는 것이라고 느끼면서, 자신에게는 '그 욕망마저도 죽어 버리고 없는 것 같다'고 생각한다. '나'에게 팬토마임이라는 말은 언어가 차단된 상황에 대한 자각의 표현이다. '나'는, 팬토마임이라는 말이 언어를 차단하는 이유를 의미보다도 발음에서 찾고 있는데, 그것은 이 말이 세 번 겹친 순음(脣音)과 ㅁ으로 끝남으로써 입이 폐쇄 당한다는 점이다. 유아가 최초로 내뱉는 분절음이 순음이며, ㅁ계통과 ㅂ계통의 발음이 각각 어머니와 아버지를 지시하는 발음이라는 점에서, 순음이란 아버지와 어머니의 혼합된 이미지를 지닌다. 따라서 '나'의 정신 상태가 아버지와 어머니 사이의 갈등 속에서 떠돌고 있다는 점은 여기에서 더욱 명확히 드러난다. 결국 '나'는 ㅁ으로 표현되는 어머니에 대한 본능충동과 ㅂ으로 표현되는 아버지의 금기 사이에서 강렬한 갈등 상황에 놓여 있음을 알 수 있다.[81]

이 대목에서 '나'의 심리적 갈등이 언어의 문제에 집약되어 있다는 점은 매우 흥미롭다. 프로이트를 구조적으로 해석한 자크 라캉은 오이디푸스 콤플렉스 단계를 언어의 출현 과정으로 본다. 유아적 자아는 오이디푸스 과정을 거치면서 언어의 세계인 상징계로 진입함으로써 어머니에 대한 본능충동을 포기하고 아버지의 법을 받아들이게 된다.[82] 이렇게 볼 때 위의 인용문에서

---

81) 증상들은 두 가지 서로 대립하는 충동들의 간섭 현상에서 비롯한 타협의 산물이며, 억압을 불러일으키는데 함께 영향을 미친 억압하는 것과 억압당하는 것을 모두 대표한다. 대개 이것은 성적 만족과 성적 만족의 방어의 의도이다. 이 두 요인들 중 하나가 현저하게 두드러져 나타날 수 있으나, 한 요인이 완전히 누락되는 경우는 드물다. (프로이트, 『정신분석 강의』, 428쪽.)

82) 아니카 르메르, 「주체가 상징계로 진입할 때 오이디푸스 콤플렉스

58

언어가 완전히 소멸된 팬토마임이라는 말에 꿈틀거리는 '슬프고 강한 행동의 욕망과 향수'는 어머니에 대한 전성기기의 구순기적 본능충동을 의미한다고 할 수 있다. 여기에서 '나에게는 이미 그 욕망마저도 죽어 버리고 없는 것 같'이 느끼는 이유는, ㅁ이 의미하는 어머니에 대한 본능충동이 강한 만큼 ㅂ이 의미하는 아버지의 거세 위협과 그에 따른 죄책감 역시 강렬하기 때문이라 할 수 있다. 결국 팬토마임이란 단어는 '나'의 어머니에 대한 구순기적 본능충동과 아버지의 금기를 일깨움으로써 화해할 수 없는 정신적 갈등을 드러내는 말이 된다.

이와 관련하여 '나'에게 미스 윤은 여러 점에서 중요한 의미를 지닌다. 미스 윤은 '나'에게 어머니의 대리표상이며 또한 임상적 상황에 비유하자면 분석의(分析醫)에 해당하기 때문이다.

> 그녀의 머리 냄새가 갑자기 가슴 깊숙이 빨려 들어왔던 것이다. 그 냄새는 옛날 어느 때, 아니 내가 태어나기도 전에 벌써 맡아본 경험을 가지고 있었던 것처럼 그렇게 가슴속으로 젖어 들어왔다.83)

> 나는 문득 이 여자의 유방을 만져 주고 싶은 생각이 들었다. 팽팽한 탄력과 부드러운 촉감을 적당히 섞어 놓은 유방을 여인들이 한 사람도 빠짐없이 가지고 있다는 것은 신기한 일이었다.84)
> 미스 윤은 이 병원에 있는 단 한 사람의 간호원이다. 미스 윤은 사랑스러운 귀를 가지고 있었다. 그리고 그녀의 발걸음 소리는 이 병원에서 나의 유일한 위안이었다.85)

가 하는 역할」, 『자크 라캉』, 이미선 역, 문예출판사, 1994, 130-150쪽 참조.
83) 이청준, 앞의 글, 19쪽.
84) 위의 글, 12쪽.
85) 위의 글, 9쪽.

첫 번째 인용문에서 볼 수 있듯이 '나'에게 미스 윤은 모성에 대한 회귀본능을 자극하는 존재이다. 그녀의 머리 냄새가 '옛날 어느 때, 아니 내가 태어나기도 전에 벌써 맡아본 경험을 가지고 있었던 것처럼' 그리운 것이라는 표현은 이를 잘 보여준다. 그래서 두 번째 인용문에서 보듯이 그녀의 유방에 대한 '나'의 유별난 관심은 지극히 자연스럽다. 유방이란 구순기에 가장 지배적인 본능충동의 대상이며 어머니에 대한 은유로 나타나기 때문이다. '팽팽한 탄력과 부드러운 촉감을 적당히 섞어 놓은 유방을 여인들이 한 사람도 빠짐없이 가지고 있다는 것은 신기한 일'이라는 진술은 어른의 생각이라기보다는 성적 호기심이 발동하는 유아기적 심리에 가깝다.

특히 주목되는 세 번째 인용문에서 미스 윤이 '사랑스런 귀'를 가지고 있다는 말은 그녀가 '나'의 가장 은밀한 비밀을 들어줄 것이라는 소망의 표현이라고 이해할 수 있다. 앞에서 살펴보았듯이 '나'는 과거의 기억을 회복하려고 노력할 뿐 아니라, 그것을 말하고자 하는 강한 충동에 사로잡혀 있으며, 동시에 그것을 스스로 거부하는 모순된 심리 상태에 놓여 있다. 하지만 그녀는 유일하게 진실한 대화 상대가 되어 준다. 그녀는 '나'에게 거울을 빌려줌으로써, '나'를 고장 난 시계에 비유함으로써 그리고 '나'의 말을 성실하게 들어줌으로써 '나'의 정신적 회복을 돕는다. 그런 점에서 그녀는 임상적 상황에서 분석의의 역할을 어느 정도 충실히 수행하고 있다고 할 수 있다.86) 그녀는 '나'에게 마치 전이87)된 어머니처럼 인식됨으로써 '나'로 하여금 퇴원하여

---

86) 이런 점에서 미스 윤은, 노르베르트의 하놀트 환상을 받아주며 결정적인 순간에 각성을 유도함으로써 분석의의 역할을 수행하는 조에 베르트강을 연상케 한다. (프로이트, 「빌헬름 옌젠 『그라디바』에 나타난 망상과 꿈」, 앞의 책 참조.)

현실 세계로 나갈 수 있는 힘을 제공하는 것이다.

그런데 '나'는 뱀에 대한 이야기를 미스 윤에게 토로함으로써 어느 정도 자기각성을 이루고 병원을 퇴원하게 되지만 병원을 나서는 '어둠이 깔리기 시작한 거리'는 '나'의 내면적 심리가 여전히 미해결의 상태로 남아 있음을 암시하고 있다. 이것은 '나'의 신경증적 갈등이 완전히 해결된 것이 아니라는 점을 드러낸다. '나'는 미스 윤에게 뱀잡이의 기억이 아니라 광 속의 전짓불 기억을 더욱 자세히 고백했어야 한다. 뱀잡이가 된 내력은 어린 시절 광 속에 갇혔던 기억에 비하면, '나'의 신경증과 무관하다고 할 수는 없으나 그리 결정적인 의미를 지니는 것은 아니기 때문이다. 뱀잡이 삽화는 광 속 체험이라는 어린 시절의 정신적 외상이 동기가 된 이상(異常) 행동의 한 형태에 불과하다. 정작 미스 윤에게 토로했어야 하는 기억은 광 속 체험이라는 어린 시절의 외상이었음에도 불구하고 '나'는 그것을 무의식적으로 회피하고 있다. 이것은 환자의 저항88)과 같다. 말하자면 '나'는 무의식중에 자신을 어느 정도 속이고 있는 것이다. '나'는 광 속의 전짓불 체험은 마치 아무 일도 아니라는 듯이 담담하게 생각하

---

87) 전이(Übertragung/tranference)는 치료 중에 환자가 분석가에게 그의 과거 유아기로부터 온 중요한 사람의 회귀를 통해 당시의 감정을 재현하는 것이다. 대체적으로 분석의는 부모의 한 명이 되며 감정은 극단적으로 긍정적이거나 부정적일 수 있다. (프로이트, 「정신분석학 개요」, 『나의 이력서』, 한승완 역, 열린책들, 1997, 187-191쪽 참조.)

88) 증상은 자아에게는 괴로운 것이지만 이드에게는 만족을 주는 것이기 때문에 환자는 증상에 대해 집요한 집착을 보인다. 환자는 궁극적으로 치료를 원하지 않기 때문에 결정적인 순간 분석 의를 적대적 감정으로 대하거나 거짓말을 함으로써 치료를 거부하는 것을 저항(Widerstand/resistance)이라고 한다. 그러한 행동은 무의식적인 동기에서 오는 것이기 때문에 환자 자신도 그 이유를 인식할 수 없다. (위의 책, 190-197쪽.)

면서, 그와 관련이 있어 보이는 뱀잡이의 경험에 큰 의미를 부여하고 그것만을 미스 윤에게 토로하고 있는 것이다.

「退院」은 일인칭 서술자인 '나'의 진술을 통해 현실부적응의 청년 심리를 미묘하게 포착하고 있는 소설이다. 여기에는 모성에 대한 유아기적 동경과 억압적 아버지에 대한 저항이라는 두 개의 대립적 심리가 치열하게 교차되고 있다. 그것은 해결 불능이다. 이러한 '나'의 심리는 지극히 개인적 차원에서 그려지고 있다. '나'의 고뇌는 가족의 문제 안에 갇혀 있어서 그것은 동시대의 가족의 문제와 거리가 멀며, 또한 사회적 갈등에서 기인하는 것도 아니다. '나'의 현실에 대한 인식은, 준의 도움으로 시작한 사업 실패로 인한 절망감이나 월남 파병 환송회에 모여든 사람들을 보며 느끼는 소외감에서 어렴풋이 드러나 있을 뿐이다. 이런 점에서 이 소설은, 일인칭 서술자 '나'의 고뇌가 개인적 차원에서 그려지고 있는 작품이라고 할 수 있다. 그런데 이 소설은 이청준의 작품 세계를 이해하는데 중요한 단서들을 제공하고 있다는 점에서 매우 큰 의미를 지닌다. 이 작품은 이청준 소설의 한 심리적 원형(原形)을 보여주기 때문이다.

「退院」에서 중심이 되고 있는 '나'의 아버지와의 갈등은 이청준 소설 전반에 나타나는 억압적인 현실의 심리적 근거가 무엇인지를 잘 보여준다. 무엇보다 이 소설에 나타나는 광 속의 전짓불 체험은 「소문의 壁」, 「잔인한 도시」 등에서 등장하는 전짓불의 억압적 의미가 어떠한 심리적 원천에서 비롯되는 것인가를 잘 보여준다. 특히 「소문의 壁」에서 전짓불로 상징되는 현실의 억압과 그에 대항하는 한 작가의 고뇌는 비슷한 시기에 쓰여진 「쓰여지지 않는 자서전」, 「調律師」 등에도 그대로 나타나며, 이것은 『言語社會學 序說』, 『自由의 門』 등으로 이어진다. 이것은 말에 대한 충동에 시달리면서도 말을 할 수 없다는 모순에 처한 이 소설의 주인공 '나'의 심리에 사회적인 의미가 부여된 것이라고 할 수 있는데, 주로 전반에 갈등이 증폭되어 있다면 후반기로 갈수록 화해를 모색하고 있다고 할 수 있다.

또한 이 소설의 주인공이 겪는 위장병의 정신분석적 의미는 「쓰여지지 않는 자서전」, 「調律師」 등에 등장하는 허기와 배앓이의 의미를 이해하는 중요한 단서를 제공하기도 한다. 몇몇 비평가들은 허기라는 상징적 의미의 심리적 근거를 가난이라는 이청준의 개인사에서 찾고 있는데,89) 이 소설에 나타나는 위장병은 그보다 더 근원적인 심리적 원천이 어디에 있는가를 잘 보여주는 것이다. 이청준 소설에 등장하는 허기는 오이디푸스적 억압에 의한 퇴행으로 말미암은 구순기적 충동과 아버지에 대한 항거의 표현이 교묘하게 타협한 심리적 결과이다. 허기란 채워지지 않는 것이라는 점에서 그칠 줄 모르는 식욕의 표현이다. 허기는 모성에 대한 집요한 갈망의 표현이며 동시에 '이틀을 굶겨 놔도 배고픈 줄을 모르는 놈'이 아니라 '나는 먹어도 먹어도 배가 고픈 놈입니다'라고 하는 위장병보다도 강한 아버지에 대한 항거의 표시이다.90)

---

89) 김현은 이청준 소설에서, 가난이 표면에 드러나지 않지만 '위병'이라는 상징적 형태로 이청준 소설의 뼈대를 이루고 있다고 한다. (김현, 위의 글, 15쪽.) 김윤식은 이러한 김현의 주장을 그대로 받아들이며, 이청준 소설에서 나타나는 가난을 그의 원죄의식으로 파악한다. (김윤식, 「미백의 사상 또는 이청준의 글쓰기의 기원에 대하여」, 앞의 책.) 이청준의 삶에서 가난의 문제는 매우 중요한 정신적 토대를 이루고 있는 것은 분명하며 그의 소설에 등장하는 위장병 혹은 허기의 문제에도 많은 영향을 미쳤을 것이라는 점은 충분히 납득할 수 있다. 하지만 이러한 문제의 보다 근원적인 정신적 뿌리는 오이디푸스적 갈등에 의한 구순기로의 퇴행의 성격이 짙다고 판단된다.

90) 이런 점에서 이보영이 이청준 소설을 허기의 문학이라고 규정한 것은 수긍할 만하다. 그는 이청준 소설에 나타나는 허기가 불만에

이와 관련하여 「退院」이 이청준 소설의 또 하나의 중요한 주제라고 할 수 있는 어머니 혹은 그와 등가를 이루는 고향을 다룬 소설을 이해하는데도 중요한 의미를 지닌다. 「이어도」, 「어떤 歸鄕」, 「눈길」, 「살아있는 늪」, 「남도사람」 연작, 「빗새 이야기」, 「새가 울면」, 「축제」 등 많은 소설들에서 이청준은 어머니 혹은 고향의 문제를 다루고 있다. 이 소설들에 등장하는 인물들은 한결같이 어머니 혹은 고향을 거부하거나 회피한다. 일반적으로 어머니 혹은 고향은 마음의 정처 혹은 안주의 공간으로 드러나는 반면 이들 소설에서는 불편함과 원망(怨望)의 공간으로 나타난다. 이것은 「退院」의 '나'의 심리 즉 어머니에 대한 강렬한 본능충동과 그에 따른 죄책감이라는 이중 심리가 모성에 대한 자연스런 원망(願望)을 가로막고 있다고 할 수 있다. 결국 이들 소설에 나타나는 인물들이 어머니 혹은 고향을 회피하는 이유는 어머니에 대한 과도한 원망(願望)의 반동형성91)으로 인한 거

싸인 생명력을 나타내는데 그것은 곧 기원으로서의 어머니에 대한 동경을 의미한다고 한다. (이보영, 「始源의 摸索」, 앞의 책.) 오생근 역시 이청준 소설에 나타나는 허기를 작가가 어린 시절에 뼈저린 가난을 체험했다는 사실을 추측하게 하기보다는 욕망이 충족되지 않는 현실에 대해서 한 개인이 취한 정신적 태도에 의미의 중요성을 부여해야 한다고 한다. (오생근, 「갇혀있는 자의 시선」, 앞의 책.) 하지만 이들의 논의가 그 구체적인 원인을 밝히고 있지는 못하는 것 같다.

91) 본능충동의 대상이 도덕적 의미에서 용납되지 않을 경우 반대 심리로 드러나는 경우를 반동형성(Reaktionsbildung/reaction-formation)이라 한다. 이는 초자아와 관련된 강박신경증에서 특히 두드러지게 나타나는 현상이다. (프로이트, 「강박신경증에 잘 걸리는 기질」, 『억압 증후 그리고 불안』, 109-123쪽 참조.) 예를 들어 동정심, 양심 청결성에 대해 지나치게 강박적인 태도를 보이는 것은 가학적 공격본능에 대한 반동형성이라고 말할 수 있다. (프로이트, 「억압, 증후 그리고 불안」, 위의 책, 301쪽.)

64

부감으로 나타났기 때문에, 원망(怨望)이 된 것으로 판단된다.[92]
이러한 소설들은 전체적으로 볼 때 갈등에서 화해의 과정으로
나가고 있는 것으로 보이는데, 그것은 결국 원망(怨望)이 해소
되면서 모성에 대한 과도한 원망(願望)이 자연스런 원망(願望)
으로 바뀌는 과정이라고 할 수 있다.

2) 신경증의 사회적 차원

「소문의 壁」은 서술자인 잡지사 편집장 '나'가 소설가 박준의
정신적 편린을 추적하면서, 박준의 정신이상의 원인을 밝혀 가
는 과정을 그리고 있다. 박준은 처음에 정신병을 가장해서 스스
로 정신병원을 찾지만 김 박사의 무리한 진료로 진짜 정신병
환자가 되어 병원을 도망친다. 박준의 증상은 자기진술을 거부
하는 진술공포증이라 할 수 있는데, 그것은 자신이 쓴 소설들이
번번이 잡지사에 의해 거부된다는 현실적 좌절에서 시작된다.
이러한 현실을 대변하는 인물이 잡지사에서 문학을 담당하는

---

92) 김현은 「살아있는 늪」을 분석하면서, 이 소설의 후반부에서 갱엿을
   권하는 장면을 매우 인상 깊게 다룬 바 있다. 그는 갱엿을 빤다는
   행위가 어머니와 관련된 것이라는 점을 들어, 이것은 상징적으로
   어머니에게로 되돌아가는 행위라고 한다. 이 점은 매우 예리한 분
   석이라고 본다. 하지만 여기서 주인공이 어머니와 등가를 이루는
   고향을 고통스럽게 여기면서 떠나려고 하는 이유는 제대로 설명하
   지는 못하고 있다. 그는 이 소설의 주인공이 가난 때문에 고향을
   고통스러워한다고 말하지만 만약 갱엿을 빨듯이 고향을 모성에 대
   한 갈망으로 느낀다면 가난은 그의 행동의 지극히 표면적인 동기
   밖에 되지 않는다. 이 주인공의 행동의 근원적 동기는 모성에 대한
   과도한 구순기적 소망충동에 대한 반동형성으로 이해해야 한다.
   (김현, 「떠남과 돌아옴」, 『이청준 론』, 삼인행, 1991, 126쪽.)

평론가 안형이다.

「편집이라도 할 수 없죠. 저로서는 이 시대의 요구라는 것을 일단 그런 식으로 받아들이고 있으니까요. 사실을 말씀드리자면 전 그 소설을 어떤 식으로 완성되어 있느냐가 아니냐 하는 그런 것은 별로 관심을 두어 보지 않았어요. 제겐 소재 해석만이 문제였죠. 작가가 어떤 소재를 만나 그것을 해석하는 방법은 그 작가의 시대 양심에 얼마나 투철해 있느냐 하는 문제가 결정지어 주는 거라고 생각되기 때문이죠. 박준의 소설은 바로 그런 점에서 저의 기대를 외면해 버렸어요. 제가 박준의 소설이 충분히 완성되지 못했다는 것은 그런 저의 관심 속에서지요」

안형의 이야기는 결국 박준의 소설이 무의미한 한 개인의 비밀 쪽으로 독자의 관심을 끌고 감으로써 자기시대의 요구를 배반했고, 그리하여 소재해석과 작품 완성에 다 같이 실패를 하고 말았다는 것이었다. 박준이 이 시대의 작가인 이상, 그는 절대로 자기시대 양심의 가장 우선적인 요구를 배반해서는 안 되며, 그것을 제외한 모든 창작행위는 가혹하게 매도당해 마땅하다는 투였다. 이를테면 안형의 시대관이 그렇게 되어 있는 모양이었다.

「하지만 그 역시 안형의 편집 아닐까요? 가령 모든 작가들에게 자기시대의 요구나 압력을 꼭 안형과 위의 정도로 받아들여야 한다고 고집하는 것이나, 또는 그것을 똑같이 받아들이고 있는 경우라 해도 어떤 일정한 방법 속에서만 그 시대정신에 투철해 질 수 있다는 식의 생각이 말입니다. 박준의 소설이 그런 식으로 쓰여 졌다고 해서 그 소설이 전혀 우리의 시대를 외면해 버렸다고 장담할 수는 없지 않을 까요.」[93]

위의 인용문은 박준의 소설을 두고 안형과 서술자 '나'가 벌이는 일종의 문학에 대한 소논쟁이다. 안형에게 좋은 소설이란 소재의 선택과 해석이 시대적 요구에 투철한 작품이다. 그는 스스로 소설이 어떤 식으로 완성되었는가에는 관심이 없다고 한다.

---

93) 이청준, 「소문의 壁」, 『소문의 壁』, 민음사, 1973, 329-330쪽.

그는 시대양심이라는 내용성만을 강조함으로써 소설의 미학적인 측면이나 개인적인 진실은 완전히 무시해 버린다. 그는 소설의 미학적 측면조차도 내용성에 의해서만 측정될 수 있다고 보는 것이다. 이러한 투철한 문학관을 지닌 안형은 좀 과장된 비평가상으로 그려지고 있는데, 그의 논리는 소설의 역사적인 당위성만을 주장하는 경직된 공리주의적 문학관이라고 요약할 수 있다. 이러한 논리는 당위적인 주장만을 내세움으로써 인간의 내면적 진실과는 멀어지기 십상이다. 이런 안형의 입장에서 박준의 소설을 '무의미한 한 개인의 비밀 쪽으로 독자의 관심을 끌고 감으로써 자기시대의 요구를 배반했고, 그리하여 소재 해석과 작품 완성에 다같이 실패를 하고 말았다'고 평가하는 것은 당연하다. 하지만 박준의 입장을 대변하는 서술자 '나'는 박준의 방법적 측면을 옹호하면서 모든 작가가 다 안형이 요구하는 방식으로만 시대양심을 표현할 수 있는 것은 아님을 강조한다. 말하자면 작가에 따라서 시대적 요구를 드러내는 방식이 다를 수 있다는 것이다. 이러한 안형과 '나'의 논쟁이 박준의 신경증에 어떠한 영향을 미쳤는가는 박준의 인터뷰 기사를 통해 드러난다.

    — 그것이 작가의 자유라고 한다면 그것은 어떤 시대적인 요구나 시민으로서의 양심도 초월해 버릴 수 있다는 말인가.

    — 그런 뜻이 아니다. 어느 시대 어느 지역을 막론하고 그가 만약 정직한 작가라면 자기의 시대를 위기의 시대로 받아들이지 않는 사람은 없다. 하지만 그런 위기의식을 가지고 자기의 시대를 극복해 나가려는 방법은 작가에 따라 얼마든지 달라 질 수 있다. 물론 주관적으로 말한다면 한 시대가 모든 작가들에게 어떤 특정한 작업방법을 요구해 올 경우를 상상해 볼 수는 있다. 그러나 대개의 경우 한 시대의 압력이란 모든 작가들에겐 상대적인 것이며, 일률적으로 그들을 강제할 기준을 지니게 된다고 말할 수는 없다. 작가는 그가 만약 자기시대의 요구를 비겁하게 회피

하지만 않는다면 그것을 성실하게 극복해 나갈 방법을 선택할
권리가 있다는 뜻이다.94)

안형과 서술자 '나'의 논쟁의 연장선상에 있다고 볼 수 있는
위의 인용문에서 알 수 있듯이, 박준이 시대적 요구를 저버리고
순전히 개인적인 문학을 옹호하겠다는 것은 아니다. 그에 의하
면 올바른 작가라면 누구나 자기의 시대를 위기의 시대로 받아
들이는데, 그것을 극복해 나가는 방법은 작가마다 다를 수 있다.
한 시대가 모든 작가에게 어떤 특정한 작업방법을 요구할 경우
작가는 시대의 위기를 극복할 방법을 선택할 권리마저 박탈당
하게 된다는 것이다. 그렇다면 여기에서 문제가 되는 것은 사실
상 안형의 논리만이 아니다. 문제는 안형의 문학적 논리라기보
다 그 논리가 어떤 것이든 자신만이 옳다는 독선적인 태도에
있다. 이것은 억압적이다. 이러한 억압적이고 독선적 논리는 단
순히 안형의 논리로 그치는 것이 아니다. 이러한 논리는 박준의
입장에서 본다면 대부분의 편집자에게 통용되며 사회전체에 편
재(遍在)한다. 그래서 그는 소설의 발표 지면을 얻을 수 없을
뿐 아니라 창조적 정신 자체를 마비시키는 결과를 가져오게 된
다. 이러한 억압적 논리가 작가 박준으로 하여금 현실적 좌절을
겪게 하고 그것은 신경증이라는 극단적인 상황을 불러온 것이
다. 하지만 보다 근원적인 병인은 그의 어린 시절의 기억을 통
해 밝혀진다.

　— 어렸을 때 겪은 일이지만 난 아주 기분 나쁜 기억을 한 가지
　　가지고 있다. 6·25가 터지고 나서 우리 고향에는 한 동안 우
　　리 경찰대와 지방 공비가 뒤죽박죽으로 마을을 찾아 드는 일

---

94) 위의 글, 377-379쪽.

68

이 있었는데, 어느 날 밤 경찰인지 공빈지 알 수 없는 사람들
이 또 마을을 찾아 들어 왔다. 그리고 그 사람들 중의 한 사람
은 우리 집까지 찾아 들어와서 어머니하고 내가 잠들어 있는
방문을 열어 젖혔다. 눈이 부시도록 밝은 전짓불을 내리비추며
어머니더러 당신은 누구의 편이냐는 것이었다. 하지만 어머니
는 그때 얼른 대답을 할 수 없었다. 전짓불 뒤에 가려진 사람
이 경찰대 사람인지 공비인지 구별할 수 없었기 때문이었다.[95]

그것 자체로 이해한다면 위의 사건은 전쟁 속에서 인간이 느
끼는 한계상황을 드러낸다. 이것은 과거 6·25 전쟁 당시 우리
나라에서 흔히 발생했던, 특히 공비의 활동이 활발했던 남도 지
방에서 빈번히 일어났던 이데올로기의 비극을 선명하게 보여준
다. 특히 이 장면은 이데올로기의 문제를 떠나서 이쪽도 저쪽도
선택할 수 없는 민중들의 불안 심리를 미묘하게 포착하고 있다.
이것은 당시의 민중들이 어느 쪽이 옳은가를 제대로 파악할 힘
도 주어지지 않은 채, 이데올로기의 대립 속에서 무참히 희생되
었고, 그러한 와중에서 극심한 심리적 혼란을 겪고 있었던 상황
을 짐작하게 한다. 전짓불은 어느 쪽이 옳은가 그른가에 상관없
이 폭압적으로 선택을 강요한다. 이런 상황에서 자신의 생각과
는 상관없이 잘못된 선택은 곧 죽음을 불러오며 특히 그것이
갑작스럽게 닥친 일이라는 점에서 이것은 경악[96]의 상황에 가

---

95) 위의 글, 351쪽.

96) 보통 불안(Angst/anxiety), 공포(Furcht/fear), 경악(Schreck/fright)
은 혼용해서 쓰지만 정신분석에서는 이것들의 의미를 엄격히 분리
한다. 불안은 그것이 알려지지 않은 것일지라도 어떤 위험을 예기
하거나 준비하는 특수한 상태를 일컫는 것이며, 공포는 두려워할
확실한 대상을 요구한다. 반면 경악은 준비 태세가 전혀 되어 있지
않은 채 위험 속에 뛰어 들었을 때 얻게 되는 상태를 말한다. 프로
이트, 「쾌락원칙을 넘어서」, 17쪽.
　준비 태세가 전혀 되어 있지 않은 채 전짓불 앞이라는 극도의

깝다. 하지만 이 소설에서 이러한 선택의 문제는 과거의 문제에
만 해당하는 것이 아니라 현재에까지 연장되고 있다는 점에서,
특히 박준의 심리적 갈등의 핵심을 이룬다는 점에서 중요하다.

인간의 기억이 본능충동에 의해서 끊임없이 왜곡되고 변화한
다는 점에서 이러한 진술을 그대로 받아들일 수 있을까 하는 의
문을 제기될 수 있다.97) 아직 이데올로기를 전혀 이해할 수 없
는 어린 시절의 박준에게 이 사건은 다른 측면에서 심리적 외상
을 가했을 가능성이 있다. 이런 점에서 이 사건에 대한 역사적
맥락에서의 이해는 나이가 들면서 박준의 기억 속에 첨가된 것
으로 볼 수 있다. 그렇다면 역사적 맥락을 잠시 괄호에 넣음으

두려움 앞에 처하게 되었기 때문이다. 이것은 생명의 위협과도 같
은 것이다. 대개 이러한 경악은 외상성 신경증의 원인이 되는데,
박준의 신경증을 외상성 신경증이라고 진단하기에는 무리가 있다.
외상성 신경증이 심각한 전쟁이나 기계적 충격, 철도 사고 그리고
생명이 위협받을 수 있는 기타 사고를 겪은 후에 발생하는 것(위
의 글, 16-17쪽.)이라는 점에서 박준과 유사하지만, 그것이 이중구
조에 의해 형성되는 것이 아니라 한번의 강렬한 외상에서 생긴다
는 점에서 박준의 신경증과는 다르기 때문이다. 이러한 심리적 외
상은 박준의 신경증에서 전쟁 상황의 공포로 보다는 유아기의 리
비도 고착으로서 중요한 의미를 지니는 것으로 보인다.

97) 프로이트는 아주 어린 시절의 기억들은 진정한 기억 흔적이 아니
라 이후에 수정된 흔적이라고 한다. 이것은 그 사이에 일어날 수
있는 다양한 심리적 요인들에 의해 영향을 받기 때문으로, '은폐기
억(Deckerinnerung/screen-memory)'이라는 의미를 갖는다. (프로
이트, 「어린시절의 기억과 은폐기억들」, 『일상생활의 정신병리학』,
이한우 역, 열린책들, 1998, 75쪽) 프로이트는 이러한 주장을 「늑대
인간」에서 더욱 진지하게 다룬다. 그는 여기서 신경증 환자의 병
력에 심각한 의미를 가지는 장면들은 기억으로 재생되는 것이 아
니라 재구성된 것들이라고 한다. 진실은 왜곡되어 있고, 다른 상상
의 요소들과 섞여 있다. 그것은 보통 기억으로 통째로 재생되는
것이 아니고 단서를 모아서 점진적으로 이야기를 만들어 가야 하
는 것이다. (프로이트, 「늑대인간」, 191-205쪽 참조.)

로써 이 사건의 심리적 인상을 재구성할 수 있다. 그러면 이 사건은 박준이 어머니와 누워 있었고 전짓불이 갑작스레 들이닥치는 장면이 된다. 그는 어머니와 단둘이서 유아적 낙원의 만족을 누리고 있었으나 전짓불의 방해로 그것은 깨진다. 여기서 특히 주목되는 것은 아버지의 부재(不在)이다. 전짓불은 곧 아버지의 위치에 자리하게 된다. 이것은 오이디푸스 콤플렉스 상황의 거세 위협을 연상케 한다. 어머니와의 동침에 대한 박준의 소망충동이 아버지를 몰아냈지만, 거세 위협을 통해 아버지는 어머니로부터 그를 분리하고자 한다. 이렇게 본다면 전짓불은 상징적 아버지이며 이것은 검열자 혹은 초자아에 대응된다. 박준이 누군가 쫓아오고 있다거나 감시하고 있다고 느끼는 것은 다름 아닌 그의 내부 검열자의 시선 즉 초자아의 위협에 의한 것이라고 할 수 있다. 이 장면이 앞에서 밝힌 「退院」의 광 속 체험과 교묘하게 중첩98)되어 있다는 점은 이러한 이해에 설득력을 더한다. 「退院」에서 개인적인 차원에만 머물러 있던 전짓불은 이 소설에서 역사적이며 사회적인 의미를 획득하고 있다.

　이렇게 볼 때 박준의 신경증은, 자신의 소설에 대한 잡지사들의 거부라는 현실적 소망충동의 좌절과 전짓불 체험이라는 유아기의 리비도 고착에 의해 형성된 것이다. 물론 여기에는 이데올로기의 선택의 문제가 스며있다. 박준이 자기진술을 거부하게 된 것은 이러한 오이디푸스 콤플렉스 상황에서 아버지의 거세 위협의 원초적 외상과 작가로서 겪는 진실에의 갈등이 교묘하게 얽혀 있는 것이라고 할 수 있다. 자기진술의 거부는 역(逆)으로 말하면 자신의 강한 진술욕 때문에 생긴 것이다. 선택을 강요하는 상징적 아버지 즉 전짓불의 억압으로 인해 자기진술

---

98) 서론에서 밝힌 샤를르 모롱의 개념이다.

에 대한 심리적 억제는 보다 강렬한 자기진술욕을 생성했을 것이다. 그것은 사회적으로 용인된 자기진술의 수단 즉 문학의 길로 자연스럽게 열려졌지만 그것조차 어려워지자 자기진술욕은 자기진술의 거부라는 신경증으로 도피해 버린 것이다. 결국 자기진술욕이란 아버지에 대한 항거가 된다. 오이디푸스 콤플렉스 상황에서 이러한 항거는 목숨을 건 투쟁이지만 좌절의 운명을 겪을 수밖에 없다. 완전히 포기함으로써 아버지의 법에 편입되거나 타협함으로써 신경증 환자가 되는 길밖에 없기 때문이다. 아버지의 법에 들어간다는 것은 곧 어머니에 대한 권리의 포기 선언이며 사회적 인간으로서의 첫걸음을 내딛는 행위이다. 박준의 신경증에 대한 이러한 해석은 그가 쓴 세 편의 소설을 분석해 보면 더욱 깊이 이해할 수 있다.

첫 번째 소설 「괴상한 버릇」의 주인공은 '난처한 일'을 겪을 때마다 '광 속'이나 '골방' 속으로 숨어 죽은 척하는데, 이는 끊임없는 퇴행의 과정을 보여준다. 여기서 '난처한 일'이란 현실적 좌절을 의미하며 '광 속'이나 '골방'의 이미지는 포근함, 안락함이라는 점에서 모태의 이미지와 만난다. 이것은 결국 모태로의 회귀의 충동인데 그 너머에는 진짜 죽음이 있다. 버릇이 '휴식술'에 비유되는 것은, 그것이 어떠한 긴장도 없는 영원한 휴식으로서의 죽음을 의미하기 때문이다. 그는 실제로 자신의 버릇의 궁극적 목적지인 죽음에 이른다. 이것은 과거로 회귀하는 본능의 보수적 성격, 즉 죽음의 본능[99]을 암시한다. 안형이 이 버릇

---

99) 프로이트는 후기에 삶의 본능(Lebentrieb/life instinct)과 죽음의 본능(Todestrieb/death instinct) 개념을 수립한다. 모든 생명체는 살아 있는 유기체를 더 큰 단위로 뭉치게 하려는 삶의 본능과 살아 있는 것을 비유기적 상태로 돌리려는 죽음의 본능이라는 두 가지의 가장 근원적인 본능의 지배를 받는다. 이 두 본능의 통합

을 '사람이면 누구나 마음속에 간직하고 있을 수 있는 비밀, 인간성의 어떤 불가사의한 일면'100)으로 파악하는 것도 이러한 퇴행 심리의 차원에서 이해할 수 있다. '사람은 미친 사람 취급을 받을 때가 편'101)하다는 박준의 진술에서 역시 퇴행 심리가 드러나며, 특히 자신의 이름 석자를 거추장스럽게 느끼며 본명 박준일(朴濬一)에서 한일자(一)를 지우고 박준으로 바꾸는 행위102)는 자신의 존재 자체에 대한 부정이라는 점에서 죽음의 본능의 일단을 엿볼 수 있다.

작용과 대립 작용에 의해 다양한 생명 현상이 생겨나고 또 종국에는 죽음에 이르게 된다. (프로이트, 「불안과 본능적 삶」, 『새로운 정신분석 강의』, 임홍빈·정혜경 역, 열린책들, 1996 참조.) 프로이트는 삶의 본능에 대해서 '에로스'라고 칭하지만 죽음의 본능을 의미하는 '타나토스'라는 용어는 그의 저서에서 사용한 바가 없고, 1909년 슈테켈에 의해 제안되었다. (마르트 로베르, 『정신분석 혁명』, 이재형 역, 문예출판사, 2000, 444쪽.) 브루노 베텔하임에 의하면 프로이트는 원래 의도적으로 일상적인 말에 새로운 개념을 부여해서 용어를 사용했다는 점을 강조한다. 브루노 베텔하임은 미국의 번역의 문제를 다각적으로 검토하면서 프로이트의 이론이 그의 의도와 상당히 달라졌음을 논의한 바 있다. 이러한 대표적인 경우가, 주 34)에서 논의한 Trieb의 경우와 Es, Ich, Über-Ich라는 용어이다. 미국에서 이것들을 라틴어의 동의어인 Id, Ego, Superego로 번역함으로써 냉랭한 전문용어로 바뀌었다고 한다. (브루노 베텔하임, 앞의 책 참조.) 미국의 영향권에 있는 우리 나라에서는 이것들을 보통 이드, 자아, 초자아 혹은 이드, 에고(혹은 이고), 수퍼에고(수퍼이고)로 번역하지만 이는 프로이트의 의도에서 상당히 멀어져 있다. 프로이트의 의도를 살리자면 그것(혹은 거시기), 나, 윗나 등으로 번역하는 것이 마땅하며 그렇게 사용하는 논자들도 종종 있지만, 이 경우 정착된 용어를 바꾸는 것은 또 다른 혼란을 초래할 수 있기 때문에 이것들은 그대로 이드, 자아, 초자아라는 용어를 사용하는 것이 좋다고 생각된다.

100) 이청준, 앞의 글, 326쪽.
101) 위의 글, 374쪽.
102) 위의 글, 281-282쪽.

　두 번째 소설 「벌거벗은 사장님」에는 전짓불이 은폐되고 그것은 눈과 귀로 전치된다. 그는 몰라야 했을 비밀을 알게 된 후 '눈들이 귀들이 사방에서 자신만을 감시하고 있다'고 느끼는데, 여기서 눈과 귀는 전짓불의 은유이며 결국 상징적 아버지의 감시 즉 초자아의 검열을 의미한다. 이러한 증상은 쫓기고 있다거나 감시받고 있다는 박준의 증상과 일치한다. 또한 이 소설에서 사장이 '운전수의 목을 잘라야 했던 것은 모든 운전수들이 비밀을 지켜주지 못했기 때문'이라고 서술하는 대목은 특히 주목을 요한다. '목을 자른다'는 것은 단순한 해고에 대한 비유를 넘어 상징적 의미에서의 죽음이다. 비밀을 지키지 않는 것은 금기에 대한 위반이며 금기의 위반은 곧 죽음을 의미하기 때문이다. 이 소설은 서술자의 말대로 현대판 「임금님의 귀」라고 말할 수 있는데, 「임금님의 귀」 역시 이와 유사한 의미를 지닌다. 복두장이가 임금님의 귀가 당나귀라는 비밀을 폭로한다면(금기를 위반하면) 그것은 진짜 죽음을 불러온다. 진술은 곧 죽음이라는 면에서 박준의 증상과 일치한다.[103]

　박준의 누이가 가져다 준 세 번째 소설에는 전짓불 경험이 원형과 거의 차이가 없이 혹은 다소 변형된 형태로 반복된다. 전시 상황에 '아주머니 접니다. 지금 순경에게 쫓기고 있어요'라고 말하면서, 다락으로 숨는 마을 청년은 다름 아닌 아버지의 감시로부터 끊임없이 쫓겨 다니는 박준 자신이며, 그를 쫓는 경찰은 전짓불 즉 상징적 아버지이다. 또한 다락으로 숨는 행위는 모태로의 퇴행을 의미한다. 이 소설에 등장하는 또 다른 삽화에서의 전짓불 역시 같은 의미를 지닌다. 대학시절 방을 정하지 못해 강의실에서 기숙하던 주인공이 수위의 전짓불에 시달리고

---

103) 김　현, 「소설의 구조」, 『프랑스 비평사』, 문학과지성사, 1983, 191쪽.

있는 것이다. 특히 이 소설이 주인공 G가 심문관에게 자기진술을 강요받는 형식으로 되었다는 점은 박준의 상황과 일치한다. 정신분열 상태에 있는 주인공 G는 심문관에게 끊임없이 선택을 강요받는데, 그럼으로써 G는 결국 정직한 자기진술을 실패하고 만다. 여기서 심문관 역시 전짓불에 대한 은유 즉 상징적 아버지로 이해할 수 있다.104)

이 소설에서 박준의 치료 방식을 두고 벌이는 김 박사와 서술자 '나'의 논쟁은 박준의 갈등이 문학의 차원을 넘어선다는 점을 암시한다는 점에서 중요한 의미를 지닌다.

진술공포증이라는 박준의 증세와 자기진술을 통해서만 그 증세의 병인을 찾아 해소해야 한다는 김 박사의 치료 방법은 그러니까 서로 기이한 배반을 하고 있는 셈이었다. 잔인한 아이러니였다.

「그럼 박사님께선 앞으로도 박준 씨에게 자기진술이라는 걸 계속시킬 작정이십니까.」

「물론 그래야지요. 나의 진단과 치료 방법에 실패의 기록을 남기고 싶지는 않으니까요. 적어도 의사라면 자신의 진단 결과에 대해 그만한 자신과 책임을 가져야지 않겠습니까.」

「하지만 전 어쩐지 잔인한 느낌이 드는군요」

「잔인해도 할 수 없지요. 좋은 결과는 방법을 합리화 할 수 있는 거니까요」

「결과만 좋아진다면…… 하지만 그러다 혹시 진술을 얻기도 전에 환자가 아주 진짜로 미쳐버리는 건 아닙니까. 어제 오늘 거동만 해도 저 같은 문외한에겐 진짜 미친 사람과 거의 다른 데가 거의 없어 보이는데 말입니다.」

「그렇기도 하겠지요. 워낙 노이로제라는 병은 증세가 심해지면

---

104) 이 소설은 이청준의 장편소설 『쓰여지지 않은 自敍傳』과 내용이 일치한다. 『쓰여지지 않은 自敍傳』은 실제로 「문화비평」에 『宣告猶豫』라는 제목 아래 1969년 3월부터 1970년 3월까지 연재되다가 중단 바 있다.

정신병의 초기 증상과 흡사한 데가 있으니까요. 시한 우울증이나
공포증 같은 것은 의사도 종종 혼동을 일으키는 수가 있어요. 그
러고 때로는 노이로제가 정말 정신분열증으로 전이되어 가는 경우
도 있을 수 있지요. 하지만 이 환자의 경우는 염려할 필요가 없을
거예요. 같은 우울증이나 공포증이라 해도 정신병적인 것과 노이
로제성은 전혀 다르니까요. 환자의 정신력이나 전기뇌파기로 뇌
활동을 검사해 보면 금새 구분이 되거든요.」
　「정말 자신이 만만하시군요」[105]

　이 소설에 등장하는 김 박사는 자신감에 차 있는 능력 있는
의사다. 그는 객관성을 중요시하는 과학자이며 합리주의자이다.
하지만 그는 자신의 방법에 대해서 한 치의 오류도 인정하지
않으려 하고 남의 의견에 전혀 귀를 기울일 줄 모른다는 점에
서 과학만능주의자이며 독선적 합리주의자이다.[106] 그가 가장
신뢰하는 것은 전기뇌파기의 검사기록이며, 자신의 치료 방법을
고수하는 이유는 오직 자신의 진단과 치료 방법에 실패의 기록
을 남기고 싶지는 않다는데 있다. 위의 인용문에서 보듯, 김 박
사의 치료 방법이 박준의 병증을 더욱 심각하게 만든다고 직감
한 서술자가 그 방법의 수정을 요구하지만, 그는 자신의 치료
방법에 대해서 전혀 회의를 갖지 않는다. 뿐만 아니라 그는 박
준에게 전짓불을 들이댐으로써 박준의 신경증을 심각한 지경으
로까지 몰아간다. 박준이 병원을 도망치자 결국 '나'는 그를 '신
넘에 넘친 듯해 보이면서도 사실은 지극히 비겁하고 치사한 오

---

105) 이청준, 앞의 글, 322-323쪽.
106) 김인환은 '인간주체성의 저 깊은 비밀을 이해하지 못하는 과학은
　　　결국 일탈된 외향성의 길을 걸을 수밖에 없고 서민의 소외를 오
　　　히려 조장하는 역할을 할 수도 있으리라는 것이 이 소설의 주제
　　　인 듯하다'고 한다. (김인환, 「소설가의 소설론」, 『문학과지성』, 문
　　　학과지성사, 1972 겨울, 855쪽.)

기 덩어리'[107]로 인식하기에 이른다. 여기서 보다 큰 문제는 그의 의술이 아니라 그의 독선적 태도이다. 그의 독선적 태도는 문학에 대한 안형의 독선적 태도에 대응된다.

이렇게 볼 때 이 소설은 박준의 신경증을 통해서 도처에 편재한 현실의 억압적 요소들과 그에 대한 도피의 심리를 그리고 있다고 이해할 수 있다. 이 소설의 인물 구성을 정리해 보면 이러한 주제는 더욱 명확히 드러난다. 이 소설의 인물들은 그 입장에 따라 대립적 구조를 이루고 있다. 문학적 견해의 차이로 보면 안형/박준이, 임상적 상황에서는 김 박사/박준이 대립적 구조를 이룬다. 하지만 박준은 직접적으로 자신의 견해를 표명하지 않고 문제의 대상이 될 뿐이다. 이러한 대립적 구조는 서술자 '나'가 박준의 입장을 대변하고 있다는 점에서 박준을 괄호로 묶을 수 있다. 따라서 안형/박준, 김 박사/박준의 구조는 문학적 견해에서 안형/서술자(박준), 임상적 상황에서 김 박사/서술자(박준)라는 이중구조로 대치된다. 김 박사/서술자(박준)의 대립은 안형/서술자(박준)의 대립의 연장선상에 놓인다. 자신의 문학관과 어긋난다고 해서 잡지 게재를 거부하는 안형은 그야말로 엄격한 검열자다. 이런 점에서 안형/서술자(박준)의 대립은 독선적 공리주의/개인의 내면적 진실 추구라는 대립으로 이해할 수 있으며 김 박사/서술자(박준)의 대립은 의사/환자의 관계가 아니라 정상/비정상, 현실에 대한 적응자/부적응자 혹은 독선적 합리주의/감성적 인간주의의 대립 등으로 이해할 수 있다. 이를 소설 전체로 확장해 보면, 이 소설의 인물 구성은 억압자/피억압자의 구조로 파악된다. 김 박사와 안형뿐 아니라 박준의 소설에 등장하는 사장님, 경찰, 대학 수위, 심문관 등은 모두 전자에

---

107) 위의 책, 386쪽.

해당하며, 박준, 서술자 '나', 운전사, 다락에 숨은 마을 청년, 강의실에서 숨어 기거하는 대학생, 심문당하는 G는 모두 후자에 속한다. 이러한 대립은 전짓불/어린 박준의 변주이며, 아버지/박준의 전치이며 억압자/피억압자를 의미한다. 결국 전자는 부정적 현실을 의미하며 후자는 부당한 현실의 피해자라고 할 수 있다.

이렇게 볼 때 아버지에 대한 항거라고 할 수 있는 박준의 진술욕은 부당한 현실에 대한 항거라고 할 수 있다. 그것은 현실원칙의 대변자인 초자아에 대한 항거다. 여기에는 작가의 창작 심리가 내재해 있다. 작가(혹은 예술가)란 혐오감이나 두려움을 불러일으키지 않고 현실원칙의 금기를 말하는 존재이다. 초자아는 오이디푸스 콤플렉스를 거치면서 형성된 것으로서 아버지에 대한 대리표상이지만 진짜 아버지는 아니다. '아이의 초자아는 부모(특히 아버지)라는 전범(典範)에 따라 형성되는 것이 아니고 부모의 초자아에 따라 형성되'는 것으로 '전통과 세대를 뛰어넘어 이어져 내려온 모든 시간을 뛰어넘는 가치의 계승자'[108]이다. 그것은 사회 전체에 내재해 있는 관습, 제도, 규범에 대응된다. 그것은 도덕적 제약의 대표자 즉 현실원칙의 대리자이며 동시에 완전화(完全化)를 향하여 추구해 가는 노력의 변호인이기도 하다. 금기와 전범(典範)이 교차하는 지점에 초자아가 있다. 초자아 체제는 보편적이지만 그 세목은 집단에 따라 다를 수 있으며 거기에는 개인차도 존재한다. 그 실체는 역사적이다.[109]

---

108) 프로이트, 「심리적 인격의 해부」, 『새로운 정신분석학 강의』, 열린책들, 1996, 97쪽.
109) 현실원칙은 외부세계에 처한 유기체를 보존한다. 인간이란 유기체의 경우에, 외부세계는 역사적이다. 성장하는 자아가 직면하는 외부세계는 특수한 사회적 요인과 동인(動因)을 통해서 정신의 에

따라서 그 세목은 끊임없이 수정되어 왔고 수정되어야 한다. 그것을 수정하는 것이 금기를 말하는 존재인 작가의 몫이다. 여기서 문제는 전범으로서의 초자아가 아니라 현실원칙의 대변자로서의 초자아이다. 그것은 사회를 유지하는 바탕이 되기도 하지만 부당하게 인간의 자유를 구속할 수도 있기 때문이다.

박준의 신경증이 일반적인 신경증과 다른 점이 여기에 있다. 부당한 기존의 관습, 제도, 규범에 항거하려고 한다는 의미에서 그는 진정한 작가적 태도를 지녔다. 그의 신경증 역시 괴로운 현실로부터의 도피라고 할 수는 있지만 그것은 단순히 개인적인 의미에 머무르기 만하는 것은 아니다. 그의 진술욕은 부당한 아버지에 대한 항거라 할 수 있으며 또한 그것이 현실원칙을 수정하려는 노력이라는 점에서 그의 신경증은 사회적이다. 그것은 심리적인 차원에서 본다면 목숨을 건 투쟁이다. 그의 투쟁은 개인의 진실을 향한 것이지만 모든 개인에게 두루 통용되는 것이라는 점에서 보편적인 가치를 향하고 있다. 하지만 그는 실패한 작가다. 그는 결국 부당한 기존의 관습, 제도, 규범이라 할 수 있는 '소문의 壁'을 넘지 못하고 좌절하고 말기 때문이다. 하지만 이 소설은 서술자 '나'를 통해 박준의 실패에 대한 극복의 가능성을 열어 놓고 있다.

영향을 미치는 현실의 특정한 사회적·역사적 조직일 수밖에 없다. 현실원칙이란 프로이트의 개념이 역사적 우연성을 생물학적 필연성으로 취급함으로써 이러한 사실을 망각했다는 것은 어느 정도 논의되어 온 것이다. 현실원칙의 영향에 의한 본능의 억압적 변용을 분석하면서 프로이트가 현실이 특정한 역사적 형태를 순수하고 단순한 현실로 일반화했다는 비평은 수긍할 만하다. 그러나 이러한 비평이 프로이트 이론의 진리를 손상시킬 수는 없다. 본능의 억압적 조직은 문명에 내재하는 현실원칙의 모든 역사적 형태를 받쳐 주고 있다는 것이 프로이트의 개념인 것이다. (마르쿠제, 『에로스와 문명』, 김인환 역, 나남, 1982, 44쪽.)

「소문의 壁」은 박준의 신경증의 내력과 서술자 '나'의 갈등이 이중구조를 이루며 두 문제가 안팎의 짝을 이룬다. 소설의 안쪽 층위가 박준의 행적으로 구성되어 있다면 바깥 층위는 '나'의 문제로 시작해서 '나'의 문제로 끝난다. 박준의 정신적 편린(안쪽 층위)을 추적하는 과정은 박준의 심리적 좌절에 대한 이해의 과정이면서 그것은 동시에 서술자 '나' 자신의 문제를 해결하는 과정이다. 이것은 '나'의 박준에 대한 동일시의 과정이다. 박준의 갈등은 결국 서술자 '나'의 문제가 된다. 안형과의 토론이나 김박사와의 대화에서 '나'는 마치 자신의 일인 것처럼 박준을 변론하고 그러면서 '나'는 박준을 이해하게 된다. 이것은 박준에 대한 '나'의 동일시의 과정이다. 이러한 과정은 또 하나의 임상적 상황을 연상케 한다. 여기서 서술자와 박준이 동격이라는 점에서 박준의 정신적 편린은 마치 서술자 '나'의 무의식의 반영으로 읽을 수 있기 때문이다. 따라서 바깥 층위/안쪽 층위의 소설 구조는 서술자 '나'의 현실적 고뇌/박준의 억압적 심리라는 심리적 내면 구조와 호응되며, 그것은 현실적 좌절/원초적 억압이라는 신경증의 이중구조에 대응된다. 말하자면 이 소설은 박준의 임상기록이면서 동시에 서술자 '나'의 임상기록이기도 한 것이다.

이 일은 언제나 자기창의력과 독자에 대한 책임만을 요구한다. 창의력을 포기해 버린다면 독자에 대해 책임도 면제되고 만다. 자기창의력이나 독자에 대한 책임을 포기해 버린 채 잡지를 만들어 가자면 그것처럼 쉬운 일이 없다. 하지만 일단 그것을 포기하지 않으려고 하면 또 그것처럼 어려운 일이 없게 되는 것이다. 잡지에서의 창의력은 언제나 완성되어질 수가 없고 또 결코 완성되어져서는 안 될 성질의 것이기 때문이다.110)

---

110) 이청준, 앞의 글, 269-270쪽.

편집자나 필자나 근본적인 뜻에서는 양쪽이 다 자기진술이라는 것을 업으로 삼고 있는 사람들이고, 잡지 편집이나 집필 작업은 결국 그 자기진술이라는 것이 최초의 성격이 되고 있기 때문이다. 원래부터가 작가(작가라고 말해야 듯이 더 명료해 질 듯 하다)라는 것은 세상을 향해 뭔가 끊임없이 자기진술을 계속 할 의무를 자청하고 나선 사람들이지만, 잡지 편집자 역시 언제나 성실한 자기진술(결국 편집 의도라는 것이 그런 것이 아닐까)을 계속하고 있어야 한다는 점에서 작가와 조금도 다를 바가 없는 것이다. 다만 필자(또는 작가)는 그 진술이 소설이라든가 하는 보다 직접적인 방법으로 행해지고 있는데 비해 잡지 편집자는 자기의 잡지 속에서 그 의도를 이차적으로 실현하게 된다는 점, 그리고 잡지 편집자에게는 자기진술을 실현하기 위해 필자를 동원하고 그 필자에게 일차적인 진실을 요구할 권리가 부여되고 있다는 점에서 조금씩 다르다고 할 수 있다.111)

서술자 '나' 역시 소설이 시작되는 시점에서 신경증 초기의 상태에 들어서 있는 것처럼 보인다. '나'는 자신의 편집 일에 대해 심한 갈등을 느끼며, 매일 퇴근 후 술집을 헤매고, 술이 웬만큼 취하면 '그 무의미한 마감 날짜와의 무의미한 싸움'112)을 끝장낼 퇴직문제에 대한 상념을 되풀이한다. 서술자 '나'의 갈등은 '자기 창의력과 독자에 대한 책임감'을 가지고 잡지 일을 하고자 하지만 그것이 잘 안 된다는 것에서 비롯된다. 그 이유는 작가들에게 글다운 글 혹은 자신의 편집의도와 맞는 글을 얻을 수 없다는데 있다. 작가가 글다운 글을 쓰지 못하는 것은 박준의 신경증에서 드러나듯이 작가가 견디기에 현실의 벽이 너무 완강하기 때문이다. '나'는 작가와 마찬가지로 편집자도 자기진술을 꾀하는 존재라고 생각한다. 작가가 작품을 통해 일차적으로 자기

---

111) 위의 글, 301-302쪽.
112) 위의 글, 269-270쪽.

진술을 행한다면 편집자는 그러한 작가의 작품을 통해서 이차적으로 자기진술을 실현한다. 여기서 창의력과 책임을 포기하지 않는 것은 작가 박준의 자기진술에 대응된다. 마치 박준이 부당한 현실에 편입되지 않음으로써 결국 글을 쓸 수 없었던 것과 같이 '나'는 자신의 편집 의도를 고집함으로써 편집 일에 심한 갈등을 느끼게 되는 것이다. 스스로를 자기진술을 행하는 존재로 인식하고 있다는 점에서 '나'는 단순한 편집자가 아니라 작가적 태도를 지닌 편집자라고 말할 수 있다. 여기서 '창의력과 책임'이란 다름 아닌 부당한 현실원칙의 수정에 대한 노력이라고 할 수 있다. 결국 '나'의 갈등은 작가 박준의 신경증에 이차적 결과에 의한 것이다.

　그러던 어느 날이었다. 이 날은 뜻밖에 재미있는 일이 한 가지 생겼다. 사무실 화장실에서 생긴 일이었다. 건물이 헐어서 그렇기는 하겠지만 우리 사무실 화장실은 여느 건물들의 그것보다는 유난히 불결한 데가 많았다.
　(중략)
　뜻밖의 일이란 거기서 생긴 것이었다. 엉거주춤 코를 쳐들고 앉아 있던 나의 시선이 우연히 못에 걸린 신문지 조각 위에 머물고 있었다. 한데 바로 그 신문지 조각이 문제였다.
　─이 달의 화제작, 화제작가.
　신문지는 벌써 이태쯤 존에 발간된 어떤 주간지의 한 조각이었는데, 거기에는 우선 그런 제호가 크게 눈에 뜨이고 있었다. 그리고 그 제호 한쪽으로는 그 달에 발표된 박준의 소설이 한 편 몇몇 평론가들로부터 합평되어 있었고, 다른 한쪽으로는 그 달의 화제작가로서 박준을 인터뷰한 기사가 실려 있었다.
　나는 정신이 번쩍 들었다. 신문지 조각을 못에서 떼어 냈다.113)

---

113) 위의 글, 349-350쪽.

위의 인용문은 서술자 '나'가 박준의 원초적 억압을 발견하는 장면이며 동시에 자신의 문제의 핵심에 도달하는 장면이다. 이것은 서술자 자신이 임상적 상황에서 원초적 억압과 만나는 장면을 연상케 한다. 여기에서 '신문지 조각'을 '못'에서 떼어내는 행위는 원초적 억압을 해소하는 과정에 대한 은유로 받아들일 수 있다. '신문지 조각'은 마치 억압된 본능충동이 무의식에 고착된 찢어진 기억처럼 보이며 '못'은 그 자체로 고착을 의미하는 것으로 볼 수 있기 때문이다. 이 '신문지' 조각에 실린 전짓불 기억은 박준의 원초적 억압이며 동시에 '나'의 문제 해결의 열쇠다. 이 '신문지 조각'의 복원은 기사의 내용의 완성이며 탈락된 기억의 복원이다. 이것은 정신 분석 치료과정과 유사하다. 정신분석 치료는 억압에 의해 무의식 속에 은폐되어 탈락된 기억을 의식의 차원으로 복원하는 작업이기 때문이다. 따라서 '신문지 조각'을 '못'에서 떼어내는 순간은 바로 임상적인 상황에 '나' 자신의 원초적 억압과 만나는 장면이라고 할 수 있다. '나'는 분명 이 순간부터 자신의 문제를 새롭게 바라볼 수 있는 여유를 가진다. 그는 박준의 전짓불 경험의 의미를 이해함으로써 신경증의 위기에서 한발 벗어나 현실적 갈등을 대처할 능력을 지니게 된다.

이제 내게 확실해 진 것은 그런 박준의 사정만도 아니었다. 박준의 사정이 확실해 진만큼 또 하나 확실해 진 것이 있었다. 잡지 일이 탁탁해 진일이었다. 원고들이 잘 걷히지 않고 있는 것이나 걷혀들어온 원고들이라야 모두 그렇고 그런 이유가 비로소 분명해져 있었다. 전짓불 때문이었다. 박준을 괴롭히고 있는 전짓불은 비단 박준 그 한사람만 지니고 있는 것이 아니었다. 진술이라는 것을 경험해 본 사람들은 그것이 비록 자발적이든 누구의 강요에 의한 것이든, 또는 일부러든 무의식중에든 조금씩은 그 전짓불 빛 비슷한 것을 눈앞에 받아 보지 않은 사람이 없다. 누구나 자기의 전짓불은 가지고 있게 마련이다. 한데 그 전짓불이란 이쪽에서 정직해 지려고 하면 할수록,

그리고 진술이 무거우면 무거울수록 더욱더 두렵고 공포스럽게 빛을 쏘아대게 마련일 수밖에 없었다. 원고들이 잘 걷혀들 리가 없었다. 쉽게 거둬들일 수 있는 글이란 그 전짓불 빛을 견디려 하지 않는 것들뿐이었다. 그런 글들이 신통할 리 없었다. 사정이 거기까지 확실해지고 나자 나는 혼자 실소를 머금지 않을 수 없었다.114)

서술자 '나'는 원고가 잘 걷히지 않는 것이 결국 전짓불 때문이었다고 인식하기에 이른다. 문제는 박준을 괴롭히고 있는 전짓불이 단지 박준 혼자만 지니고 있는 것이 아니라는데 있다. '자기진술이라는 것을 경험해 본 사람들은 그것이 비록 자발적이든 누구의 강요에 의한 것이든, 또는 일부러든 무의식중에든 조금씩은 그 전짓불 빛 비슷한 것을 눈앞에 받아 보지 않은 사람이 없다. 누구나 자기의 전짓불은 가지고 있게 마련'이라는 '나'의 진술은 박준의 문제가 '나' 자신의 문제이며 동시에 사회 전체의 문제임을 드러낸다. 이러한 인식을 갖는다는 것으로 문제가 완전히 해결된 것은 아니지만, 그로써 적어도 문제에서 한 발 물러나 여유를 가지고 현실을 바라볼 수 있는 자세를 견지할 수는 있다. 현실의 확인은 '나'에게 보다 유연한 태도로 현실에 대응하며 창의력과 책임을 가지고 편집 일을 수행할 수 있는 정신적 발판이 된다. 이렇게 볼 때 이 소설은 박준의 신경증과 이에 대한 서술자 '나'의 이해라는 이중구조를 통해 부당한 현실에 대한 좌절과 극복의 가능성을 보여준다.

「소문의 壁」은 박준의 좌절을 통해 현실의 부당한 억압을 드러내는 소설이다. 이 소설에서 현실의 부당한 억압은 박준의 신경증의 원인이 된 전짓불로 상징되고 있다. 「退院」에서 부당한 아버지의 은유로 나타나던 전짓불의 이미지는 「소문의 壁」에서 사회적인 의미로 확대된다. 여기서 박준의 좌절이 단순히 개인적 의미에

---

114) 위의 글, 382쪽.

84

서의 좌절에 머물지 않는다는 것은 중요한 의미를 지닌다. 그것은 기존 문단에 대한 박준의 행위가 비록 패배로 끝났지만 부당한 현실에 대한 항거를 의미하기 때문이다. 이러한 문제는 주로 작가와 현실의 문제로 제시되고 있지만, 그것에 한정되는 것이라기보다 모든 개인과 현실의 문제로까지 확장된 문제라고 보아야 할 것이다. 또한 박준의 좌절이 그것으로 끝나는 것이 아니라 서술자 '나'에 의해 그 극복 가능성이 제시된다는 점도 중요하다. 그 가능성은 가능성으로 끝나는 것이 아니라 「秘火密敎」, 『言語社會學序說』, 『自由의 門』, 『인문주의자 무소작 씨의 종생기』 등으로 이어지며 끊임없이 그 해결점이 모색된다.

이상에서 살펴본 「退院」과 「소문의 壁」은 '나'와 박준이라는 신경증 환자를 통해 현실에서 패배한 인물들의 내면 심리를 잘 보여주고 있다. 이 소설들은 정신이상(精神異常)을 다룬 이청준의 다른 많은 소설들을 이해할 수 있는 근거가 된다.

「병신과 머저리」의 형과 동생, 「별을 보여드립니다」의 실패한 천문학도, 「가면의 꿈」의 천재 검사, 「꽃과 뱀」의 누이, 「빈 방」의 딸꾹질 청년 등은 신경증에 걸려 있거나 신경증은 아니지만 신경증적인 인물들인데 이들은 모두 「退院」의 '나'와 「소문의 壁」의 박준의 사이 어느 지점에 서성이는 존재들이다. 또한 이러한 신경증 상태에서 더욱 진전된 정신증에 걸린 인물들 즉 「황홀한 실종」의 윤일섭, 「겨울광장」의 와행댁, 「조만득 씨」의 조만득 등은 박준과 유사한 혹은 더욱 큰 갈등상태에 처한 인물들이라 할 수 있다. 이들은 보다 더 비극적인 심리 상태를 드러냄으로써 현실의 가혹함을 더욱 강렬하게 제시한다. 여기서 현실은 정신분석적 의미에서 아버지에 대응된다. 이것은 「退院」에서 원형적으로 드러나며, 「소문의 壁」에서는 아버지의 대리자인 현실원칙으로 드러난다.

정신이상을 다룬 이청준의 소설에서 현실은 언제나 억압적으로 드러나며 거기서 인물들은 해결 불능의 갈등상태에 놓여 있다. 현실의 벽은 완강하기 때문에 개인은 그에 대해 속수무책이며 자기 진실조차 드러낼 수 없다. 따라서 인물들은 패배할 수밖에 없는 운명에 처해 있다. 그들에게 증상은 심리적 도피의 영역이다. 하지만 그것은 프롬이 말하는 도피와는 정반대의 의미를 지닌다. 프롬은 유래 없는 자유를 누리게 된 현대인이 그 자유라는 무거운 짐으로부터 벗어나고자 권위에 무조건적으로 복종하는 메커니즘적 노력을 보인다고 했다.115) 하지만 이청준 소설의 정신이상자들은 거꾸로 이러한 부당한 권위를 수락하기를 반대하며 그에 과감히 도전하면서, 이를 극복하지는 못하지만 적어도 거기에 편입되기는 거부하고 있는 것이다. 이들은 프롬이 말하듯이 '자기 자신을 구제하고자 하는 노력을 성공하지 못해서 자기 자신을 생산적으로 표현하는 대신에 신경증적 징후를 통해서 혹은 몽상적인 생활에 틀어박힘으로써 구원을 추구한 사람'으로 '인간적인 가치라는 점에서 볼 때 개성을 전적으로 상실한 정상인보다 무능하지 않은 존재'116)라고 할 수 있다.

---

115) 에리히 프롬, 『자유로부터의 도피』, 이극찬 역, 전망사, 1979, 154-228
　　쪽 참조.
116) 프롬은 다음과 같이 말한다.
　　"사회에 잘 적응하고 있다는 의미에서의 정상적인 인간은 인간적
　　가치에 대해서는 왕왕 신경증적인 인간보다도 훨씬 더 건강하지
　　못한 경우도 있을 것이다. 그는 사회에 잘 적응해 간다고 하지만,
　　그것은 어떻게 해서라도 기대되는 인간이 되려고 그 대가로 그 자
　　신을 포기하고 있을 뿐이다. 이리하여 모든 순수한 개성과 자발성
　　은 상실 될 지도 모른다. 이와 반면에, 신경질적 인간은 그 자신을
　　위한 싸움에서 결코 전적으로 굴복하지 않으려고 하는 인간이라고
　　할 수 있다. 틀림없이 자기 자신을 구해내고자 하는 그의 노력은

　따라서 그들은 어쩔 수 없이 괴로워하고 있지만 그들의 괴로움은 어떤 면에서 정당하다고 말할 수도 있다. 이 소설들에서 현실은 언제나 불화의 공간이며 진실을 외면하는 공간이기 때문이다. 결국 이러한 소설들은 이상심리 자체를 탐구한 것이라기보다는 인물들의 심리적 갈등을 극명하게 표현함으로써 부정적 현실을 극단적으로 드러내고자 하는 시도라고 판단된다.

성공하지 못하여 자기 자신을 생산적으로 표현하는 대신에 신경증적인 징조를 통해서 또는 몽상적인 생활에 틀어박힘으로써 구원을 추구했을 것이다. 그럼에도 불구하고 인간적인 가치라는 관점으로부터 볼 때 그는 개성을 전적으로 상실한 정상인 보다 '무능'하지는 않다." (위의 책, 157쪽.)

3. 위안과 화해 가능성으로의 환상

환상은 실재하지 않는데도 불구하고, 마치 실재하는 것처럼 느끼는 정신 현상이다. 서술적 의미에서 환상에는 누구나 매일 혹은 매순간 경험하는 아주 가벼운 환상에서부터 낮에 꾸는 백일몽(Tagtraum/day-dream)처럼 긴 것 그리고 신경증 환자들이나 정신증 환자들이 겪는 환각이나 망상 등 다양한 형태가 포함되는 것으로 이해된다. 사람들은 스스로 자각하든 자각하지 못하든 수시로 환상으로 빠져든다. 환상이 정상인이나 환자 모두에게 일어나는 정신현상이라는 점에서 보편적이지만 엄격한 의미에서 둘 사이에는 차이가 있다.

보통사람들이 환상에 빠짐으로써 일시적으로 현실 감각을 잃게 되지만 환상에서 깨어나면 완전히 현실 감각을 되찾게 되는 반면 망상에 빠진 환자들은 그것 자체를 현실로 착각한다. 그래서 환상은 그것이 현실과 모순되더라도 자연스럽게 수용할 수 있다. 수용할 수 있을 뿐 아니라 그것은 심하지만 않다면 꿈과 더불어 인간이 문명사회에서 건강하게 살아갈 수 있게 하는 조건이다. 그것은 근본적으로 억압된 소망충동의 성취 과정이기 때문이다. 환상은 인간으로 하여금 끊임없이 현실원칙을 위반하면서 소망충동을 성취하고 다시 현실로 되돌아오게 한다. 환상은 한편으로 꿈과 더불어 인간이 신경증에 걸리지 않고 정상적으로 살 수 있는 가능성을 제공하는 심리적 장치가 되기도 하고, 다른 한편으로 현실원칙을 위반함으로써 이에 도전하고 상상력의 토대가 됨으로써 예술에 자양분을 제공하기도 한다. 또

한 환상은 종교와 같은 거대한 관념을 형성하기도 한다.117)

　이청준 소설에서 증상이 현실 도피의 심리를 드러낸다면 환상은 위안의 대상이며 화해의 가능성이 열려 있는 심리적 공간이라 할 수 있다. 현실이 언제나 괴로움의 공간이며 불화의 공간이라는 점에서 현실은 환상과 대립적이다. 환상은 증상과 달리 현실을 외면하지 않고 그것을 견딜 수 있는 힘을 제공한다. 이청준 소설에서 이러한 환상의 의미가 가장 잘 드러난 소설로 「이어도」를 꼽을 수 있다. 「이어도」는 환상의 섬이라고 할 수 있는 이어도에 대한 제주도 사람들의 믿음이 그들의 삶에서 어떤 의미를 지니는 가를 천착한 소설이기 때문이다. 또한 이와 연장선상에서 이해할 수 있는 소설이 「秘火密敎」이다. 제왕산(帝王山)에서 벌어지는 밀교 행사는 현실임에도 불구하고 현실적이기보다는 환상적인 것처럼 읽혀지기 때문이다.

1) 위안으로서의 환상

　「이어도」는 선우현 중위가 양주호를 만나 천남석의 실종 사고를 둘러 싼 수수께끼를 해결하는 과정을 그린 소설이다. 천남석은 파랑도 수색작전에 파견된 남양일보의 기자다. 그는 수색작전이 수행되는 과정에서 파랑도가 존재하지 않는다는 사실을 확인하고 선우현에게 자신의 어린 시절의 기억을 이야기한 후 스스로 바다에 몸을 던진다. 현장 상황을 고려할 때 천남석이 자살했다고 볼 수 있음에도 불구하고, 상식적으로 볼 때 그가 자살할 이

---

117) 프로이트, 「환상의 미래」, 『문명속의 불만』, 김석희 역, 열린책들, 1997 참조.

유가 전혀 없기 때문에 그의 죽음은 문제적이다. 이 소설에서 천남석의 죽음이 자살이냐 아니냐 혹은 자살이라면 왜 자살을 했는가 하는 의문을 풀어가는 과정은 소설의 핵심적 주제라고 할 수 있는 이어도의 의미를 밝혀가는 과정이 된다. 천남석의 죽음이 이어도의 의미와 밀접한 관계가 있기 때문이다.

이 과정은 주로 천남석의 죽음이 수수께끼를 둘러싸고 벌이는 선우현과 양주호의 대화를 통해서 이루어지는데, 그들의 대화는 시종 대립적 논쟁의 양상을 띠고 있다. 선우현/양주호의 대립은 표면적으로 질문자/답변자의 관계로서 이 소설의 형식적 구성이 된다. 하지만 이 두 인물은 동등한 입장에 있는 것은 아니다. 선우현이 사건 현장에 천남석과 함께 있었음에도 불구하고 그의 죽음의 의미에 대해 아무 것도 모르는 반면, 양주호는 사건 현장에 없었음에도 불구하고 이미 사건의 전모를 모두 파악하고 있기 때문이다. 이 소설은 선우현이 양주호의 답변을 통해서 천남석의 죽음과 이어도의 의미에 대해 이해하는 과정을 형상화하고 있다.

> "물론이지요. 당신들은 아닌 게 아니라 이 세상엔 이어도라는 섬은 실재하지 않는다는 걸 훌륭하게 확인해 주었어요. 그리고 그날 밤 천 기자는 아마 절망을 했던 것도 사실일 겝니다. 그리고 그는 그것을 바라지도 않았구요. 그의 취재 목적도 오히려 그와는 정반대였습니다. 그는 누구보다도 섬을 믿고 싶어 하지 않았던 사람이니까요. 하지만 천 기자는 막상 그가 바랐던 대로 이 세상엔 정말 이어도라는 섬이 실재하고 있지 않다는 사실이 확인되고 난 순간에 오히려 그 섬을 보게 된 것입니다. 그건 참으로 무서운 정말이었을 것입니다. 그는 섬을 찾지 못해서가 아니라 거꾸로 그 섬을 만났기 때문에 절망을 했을 거란 말입니다."
>
> "……"
>
> "아 그야 물론 그가 본 이어도 역시 실재의 섬은 아니었겠지요.

오랫동안 이 섬에 살아온 이어도란 원래가 그 가상의 섬이었습니다. 하지만 어쨌든 천 기자는 그때 문득 그 이상스런 방법으로 자기의 섬을 보게 되었고, 그래서 그는 오히려 절망을 하고만 것입니다. …… 하지만 그건 참으로 황홀한 절망이었을 겝니다.”

“……”

“이제 아셨지만 당신들이 찾아 나선이어도 역시 물론 그런 섬이었습니다. 당신들은 당연히 섬을 찾아 낼 수가 없었지요. 따라서 작전은 처음부터 실패할 수밖에 없었던 것 아닙니까. 더구나 그런 식의 실패로 해서 당신들은 이 섬사람들에게서 마저 영영 우리 이어도를 빼앗아 가버릴 뻔했던 말입니다. 그것을 천 기자가 간신히 다시 살려낸 것이지요. 천 기자의 죽음이 우리 이어도를 지켜낸 것입니다.”118)

선우현은, 수색작전에 참가할 때부터 파랑도가 존재하지 않으리라고 확신하고 있었던 천남석이 자살을 했다는 사실을 미심쩍어 한다. 천남석이 파랑도의 부재에 대해 단순한 확신을 넘어서 소망에 가까운 믿음을 가지고 있었는데도 불구하고 그가 파랑도의 부재를 확인하고서 절망에 빠져 자살을 했다는 것은 명확히 모순이기 때문이다. 천남석의 심리를 단순하게 이해하고 있는 선우현에게 그의 자살은 의문일 수밖에 없다. 하지만 그의 복합적인 심리까지 파악하고 있는 양주호에게 그의 자살은 자연스러운 일이다. 양주호는 파랑도 수색작전의 실패의 지점에서 천남석이 ‘이상스런 방법’으로 이어도를 보게 되었으며 그럼으로써 ‘황홀한 절망’을 하게 되었다고 한다.

여기서 이상스런 방법이란 이어도의 실체가 실재하지 않음으로서 존재한다는 역설적(逆說的)인 방법이다. 이어도란 제주도민의 마음속에 존재하는 환상의 섬이므로 그것이 만약 현실화

---

118) 이청준, 「이어도」, 『가면의 꿈』, 일지사, 1975, 285-286쪽.

된다면 그 의미는 무화(無化)된다. 그것이 존재하려면 역설적으로 현실 부재 증명을 필요로 한다. 이어도는 부재(不在)를 통해서만 그 의미를 유지할 수 있다. 이런 점에서 이어도의 실체에 대해 저주로 일관했던 천남석에게 파랑도가 존재하지 않는다는 사실은 당연히 절망적일 수밖에 없는 것이다. 파랑도의 부재 증명을 통해 그는 역으로 이어도의 존재를 확인할 수 있었기 때문이다. 그런데 천남석의 절망이 '황홀한 절망'이라는 역설적 의미를 갖는 이유는 이어도에 대한 그의 감정이 복합적이었다는 데 있다.

천남석의 이어도에 대한 감정은 극단적으로 이중적이다. 그는 한편으로 이어도를 저주하면서도 다른 한편으로 지극히 사랑하고 있었다고 할 수 있다. 천남석은 파랑도의 부재를 통해 저주스런 이어도의 존재를 확인하고 절망하지만, 절망의 순간 거꾸로 자신의 죽음을 통해서 이어도의 존재를 구해 낸다. 표면적인 의미에서 이러한 모순된 행동을 보이는 것은 그의 이어도에 대한 이중적 감정에서 기인한다. 파랑도의 부재를 통해서 이어도의 존재를 깨닫는 순간은 바로 그가 자신이 얼마나 이어도를 사랑하고 있었던 가를 깨닫는 순간이다. 그의 절망이 황홀한 절망일 수밖에 없었던 것도 이러한 점에서 이해할 수 있다. 그런데 이 지점에서 천남석은 또 다른 모순에 빠질 수밖에 없다. 그가 비록 부재를 통해서 이어도의 의미를 깨달았지만, 파랑도가 존재하지 않는다는 것이 밝혀지는 순간 다시 이어도의 존재도 사라지게 된다. 파랑도는 곧 이어도의 현실적 이름이기도 하기 때문이다.

이어도는 일단 부재를 통해 의미를 가질 수 있는 존재다. 하지만 여기에는 보다 복잡한 문제가 개입한다. 파랑도의 존재가 증명되거나 안 되거나 두 경우 모두 이어도의 존재는 위태로워진다. 파랑도가 발견되면 이어도는 실재하는 것이기 때문에 의미를 상실하며, 그 부재가 증명되면 이어도의 신비한 믿음은 사라지고 한낱 전설로 전락하게 되기 때문이다. 따라서 이어도는 실재해서도 안 되고 실재하지 않아서도 안 된다. 그것은 부재로서 존재하는 것이기는 하지만 부재의 증명도 허락할 수 없는 것이다. 따라서 이어도는 존재와 부재 사이에 존재하는 것이다. 존재와 부재의 증명 불가를 통해 미지의 존재로 남아 있을 때만 그것은 온전히 그 의미를 갖게 된다. 천남석의 자살 원인은 이런 의미에서 이어도를 보존하기 위한 것이라고 할 수 있다. 그는 파랑도의 현실 부재 상황에서 이어도를 향해서 목숨을 던짐으로써 파랑도로부터 이어도를 분리하고 이어도의 존재를 다시 증명하기에 이른 것이다. 결국 양주호의 말대로 작전의 실패로 영영 빼앗길 뻔했던 이어도를, 천남석이 자신의 죽음을 통해서 지켜냈다고 할 수 있다.

천남석의 이러한 이어도에 대한 복합심리의 근원은 바로 그가 죽기 직전에 선우현에게 들려준 자신의 유년시절에 대한 회고를 통해서 이해할 수 있다.

> 소년의 어머니는 무슨 까닭인지 밭뙈기에서 사시사철 쉬지 않고 돌을 추려내고 있었다. 언제나 축축한 습기가 묻어오는 바닷바람은 언덕 위로만 불어왔고, 소년의 어머니는 날만 새면 그 축축한 습기에 온몸을 적시며 여름이나 겨울이나 그 밭뙈기의 돌맹이를 추려내다 시름시름 한 쪽으로 긴 돌더미를 쌓아 가고 있는 것이었다. 그런데 그때 그런 일을 되풀이하고 있는 소년의 어머니한테선 언제나 또 빠짐없이 이어도 노랫가락이 흘러 번지고 있었다. 가사도 분명치 않고 곡조도 그저 그렇고 그런 소리로 소년의 어머니는 언제나 그렇게 돌을 추리면서 이어도 노랫가락을 웅얼거리고 있었다.
>
> (중략)
>
> 소년은 소리만 들으면 짜증이 났다. 그리고 늘 그 어머니의 소

리를 떠나 버리고만 싶었다. 어머니의 소리를 참을 수가 없었다. 하지만 소년은 어머니의 소리를 맘대로 떠나 버릴 수가 없었다. 어머니의 소리를 떠나려면 그는 아버지를 찾아낼 수 있어야 했다. 소년의 아버지는 한 달이면 보름도 더 넘는 날들을 항상 바다로만 나가 지내고 있었다. 한 번 수평선을 넘어가면 이틀이고 사흘이고 좀처럼 다시 그 수평선을 넘어오지 않았다. 아버지가 수평선을 넘어오기만 하면 소년은 아버지 곁에서 어머니의 그 지긋지긋한 소리를 듣지 않아도 좋을 때가 하루쯤 마련되었다. 아버지가 수평선을 넘어오고 나면 어머니는 비로소 돌을 추스리는 일을 그만 두고 집안에서 집안일을 하고 지냈다.[119]

천남석이 자살한 날 밤 선우현에게 남긴 천남석의 어린 시절의 회고담은 주로 아버지와 어머니에 관계된 기억인데, 그것은 모호하면서도 신비한 분위기를 자아낸다.[120] 어린 천남석에게 이어도에 대한 기억은 그의 어머니의 이어도 노랫가락과 교묘히 얽혀 있다. 어린 시절 천남석은 밭뙈기 옆에서 어머니의 이어도 노랫가락을 들으며 지냈고, 그것이 그의 기억에 강하게 각인되었다는 점에서 천남석의 기억에 이어도는 어머니에 대한

---

119) 위의 글, 289쪽.

120) 샤를르 모롱은 한 작가의 작품에서 강박적으로 끈질긴 방법에 의해 나타나는 은유를 '강박적 은유'라고 명명한 바 있다. 그는 그 은유들의 속성을 작가의 무의식에 부여하였다. (안느 끄랑시에, 앞의 책, 168-172쪽 참조.) 이 장면은 이청준의 여러 편의 소설에서 반복 변주되고 있는 것으로 그의 소설 전체를 이해하는데 있어서도 매우 중요한 모티프라 생각된다. 이 장면은 이청준 소설에서 「이어도」를 포함해서 총 다섯 번 등장하면서 반복 변주되고 있다. 이것은 이청준 소설에 나타나는 '강박적 모티프'라고 할 만한 것이다.
　　이청준, 「바닷가 사람들」, 『별을 보여드립니다』, 일지사, 1971, 73쪽.
　　이청준, 「어떤 歸鄕」, 『세대』, 1972. 8, 425쪽.
　　이청준, 「해변아리랑」, 『秘火密敎』, 21-22쪽.
　　이청준, 「서편제」, 『서편제』, 문학과지성사, 1981, 15쪽.

대리표상으로 자리 잡고 있다고 할 수 있다. 정신분석적 측면에서 바다는 무의식을 나타내거나 어머니의 상징이 되기도 한다.121) 또한 섬은 지나치게 강한 어머니에 대한 애착을 의미하기도 한다.122) 이렇게 본다면 천남석에게 이어도는 유아적 자아의 모성에 대한 동경을 의미한다고 할 수 있다. 그런데 여기에서 천남석이 불쾌감을 느끼고 있다는데 문제가 있다. 선우현은, 이런 이야기를 하는 천남석에게서 '자신의 절망을 이기기 위해 그 자기의 섬과 무슨 피나는 싸움이라도 계속하고 있는 것처럼 이어도와 이어도를 꿈꾸는 섬사람들의 삶, 이를테면 그의 섬의 모든 것을 한결같이 부인만 하고 싶어 했'던 것처럼 느낀다. 그 정도로 그의 이야기는 극심한 갈등을 불러일으키는 기억이었다.

천남석에 의하면 그의 아버지가 바다로 나갔다가 열하루 만에 바다가 아니라 뭍으로부터 돌아온다. 그리고 그는 이어도를 보았다고 말한다. 그는 강풍에 배가 부서져 무작정 헤엄을 치던 중 이어도를 보고 그 해변을 향해 가다가 정신을 잃었는데 깨어나 보니 낯선 고깃배의 선실이었다는 것이다. 그는 다른 고깃배로부터 구조된 것이었다. 그는 다시 바다로 나가 돌아오지 않는다. 어머니는 돌아오지 않는 아버지를 기다리며 돌밭에서 돌을 추스르다 어느 초겨울 죽음을 맞이하게 된다. 이러한 아버지와 어머니의 이야기는 섬사람들의 고달픈 삶과 이어도와의 운명적 관계를 적실히 보여준다. 죽을 줄 알면서도 바다로 나가야 하는 남정네들과 그렇게 바다로 나간 남편을 기다리면서 죽어가는 여인네들은 바다에 매인 숙명을 타고난 사람들이다. 하지만 그들은 이어도에 대한 믿음을 통해 이러한 숙명을 고스란히

---

121) 에릭 에크로이드, 『꿈, 상징, 사전』, 김병준 역, 한국심리치료연구
   소, 1997, 211-212쪽.
122) 위의 책, 256쪽.

받아들임으로써 섬과 바다라는 괴로운 현실로부터 벗어나려고 하지 않는다. 따라서 이어도를 믿으려 하지 않는 천남석에게 그것은 섬사람들을 운명적으로 섬과 바다에 묶어 놓는 저주받아 마땅한 존재다. 그런데 원초적 체험이라고 할 수 있는 위의 장면에는 천남석이 이어도를 저주하는 보다 심층적인 원인이 내포되어 있다.

밭뙈기에서 돌을 추리며 웅얼거리는 어머니의 이어도 노랫가락은 어린 시절 천남석에게는 짜증스러운 것이었다. '한숨을 짓는 것도 같고 울음을 우는 것도 같은' 그 소리를 듣고 있으면 그는 '사지에서 힘이 다 빠져나가는 것 같아졌고, 마음까지도 축축한 바닷바람의 습기에 젖어 오는 것처럼 기분이 암울해져 버리곤 했다'123)는 것이다. 그는 그 어머니의 노랫소리로부터 떠나 버리고 싶었으나 떠나 버릴 수가 없었다고 한다. 어머니의 노랫가락은 묘한 주술처럼 그를 이어도와 운명적으로 연결시키고 있다. 이어도 노랫가락은 천남석에게 불쾌감의 신호다. 하지만 불쾌감의 원인이 명확히 드러나지는 않는다. 이런 점에서 어린 천남석에게 그 이어도 노랫가락이 어머니가 아버지를 부르는 소리처럼 들렸던 것은 주목을 요한다.

아버지가 바다로 나가면 어머니는 밭뙈기에서 돌을 추스르며 이어도 노래를 부르고 돌아오면 노랫소리를 멈춘다. 날씨가 험해지면 어머니의 그 노랫가락은 더욱 극성스러워진다. 이 어머니의 노랫소리는 사실상 아버지를 험한 바다로 보내고 걱정스러운 심정을 달래는 소리이며 또한 그렇게 살아가야만 하는 자신의 한스러운 삶을 이겨내는 방편이었을 것으로 짐작할 수 있다. 그것은 때로 밭일의 고단함을 덜어 주는 노동요의 역할을

---

123) 이청준, 앞의 글, 같은 쪽.

했을 수도 있다. 하지만 어린 천남석이 이러한 정황을 제대로 이해할 수 있을 리 없다. 물론 천남석의 기억에는 그러한 이해가 내포되어 있다고 할 수 있지만 그것은 어린 시절의 심리적 각인이 아니라 사후(事後)에 첨가된 것이라고 해야 할 것이다. 아직 합리적이지 않은 어린 천남석은 아버지의 떠남과 돌아옴이 어머니의 노랫소리와 어떤 함수관계를 이루고 있다는, 나름대로의 주관적인 이해를 하고 있었다고 볼 수 있다. 마음이 격해지면 어머니의 노랫가락이 '천가여, 천가여……' 하고 '아버지를 아이 이름이라도 부르는 듯'124) 했다고 기억하는 것은 어린 천남석의 인상에서 그 노래가 아버지를 부르는 것이었다고 확신을 할 수 있었을 것이다.

아버지가 돌아오고 나서도 소년이 이어도의 노래를 들을 수 있는 것은 깜깜한 밤중뿐이었다. 아버지가 돌아오는 날 밤이면 소년은 다른 날 보다도 대개 깊은 잠을 잘 수가 있었다. 잠 속에서 소년은 때때로 웅웅거리는 바다 울음소리나 지붕을 넘어가는 밤바람소리 같은 것을 들을 때가 많았다. 하지만 언제부턴가 소년은 그것이 바다 울음소리나 밤바람소리가 아니라는 것을 알고 있었다. 깜깜한 어둠 속에서 어머니가 다시 그 간절한 이어도의 곡조를 참지 못하고 있는 것이었다. 그리고 그런 때의 어머니 소리는 생시보다도 더욱더 간절하고 안타까운 느낌이드는 것이어서, 어머니는 꿈결 속에서 마치 그 이어도를 정말로 만나고 있는 것 같은 느낌이 들 정도였다. 하지만 흘러드는 듯한 이어도의 곡조도 한고비 지나고 나면, 어머니는 거짓말처럼 이내 잠 속으로 가라 앉아 들어가 버렸고 방안은 이윽고 다시 먼 바닷소리만이 가득해 지곤 했다. 아침이 되면 어머니는 간밤의 일 같은 건 아예 기억에도 없는 듯이 말짱한 얼굴이 되어 있었다.125)

---

124) 위의 글, 291쪽.
125) 위의 글, 290쪽.

매우 모호하게 묘사되어 있는 위의 장면에서 묘하게도 어머니의 노래가 부모의 교합 시 들었던 어머니의 교성의 이미지와 겹쳐지고 있다. 이것은 '최초의 성교 장면(Urszene/primal scene)'126)을 연상케 한다. 어머니는 아버지가 돌아온 날 밤에 '깜깜한 어둠 속에서 어머니가 다시 그 간절한 이어도의 곡조를 참지 못하고 있'었으며, '그런 때의 어머니의 소리는 생시보다도 더욱더 간절하고 안타까운 느낌이 드는 것이어서, 어머니는 꿈결 속에서 마치 그 이어도를 정말로 만나고 있는 것 같은 느낌이 들 정도'로 어머니의 이어도에 대한 소망은 간절한 것이었다. 어머니의 이어도에 대한 소망이 아버지에 대한 소망으로 겹쳐서 어린 천남석의 마음에 각인된 것이다. 결국 천남석에게 이어도는 어머니에 대한 대리표상이며 어머니의 이어도 노랫가락은 아버지를 부르는 어머니의 아버지에 대한 소망의 표현이 된다. 하지만 이어도와 이어도 노랫가락은 분리되어 나타나지 않는다는 점에서 둘은 복합적으로 얽혀 있다.

이러한 이어도에 대한 천남석의 심리는 '이어도 여인'과의 관계를 이해하면 더욱 명료해진다. 술집 '이어도'에 있는 '이어도 여인'의 부모는 그녀가 기억도 할 수 없을 만큼 어렸을 때 바다로 가서 죽었고, 오라비도 나중에 혼자 바다에 나가 죽었다. 나이가 들면서 큰 마을로 찾아다니며 술을 팔기 시작했고, 그러다가 마침내는 천남석을 만나서 술집여자 겸 천남석의 '괴상한 계집노릇'을 한

---

126) 프로이트는 늑대인간을 분석하면서 부모의 최초의 성교 장면을 목격하는 것이 한 인간의 정신에 지대한 영향을 미칠 수 있음을 주장한 바 있다. 그는 그것이 실제적 성교장면인지 아니면 유사한 기억에 대한 재구성인지는 분명하게 판단하기 어렵지만 어떤 경우든 심리적 결과는 동일하다고 한다. (프로이트, 「늑대인간」, 191-205쪽 참조.)

다. 그녀의 이어도 노랫가락은 '노래라고 할 수 없는 괴상한' 것이며 '옛날 시골 마을의 물레방앗간 같은 데서 흘러나오는 노인네들의 노랫가락처럼 애매한 입 속 웅얼거림 뿐'127)이다. 이러한 이어도 여인의 이미지는 그대로 천남석 어머니의 이미지와 겹친다. 그녀의 고달픈 삶은 그대로 천남석 어머니의 삶과 일치하며, 그녀의 웅얼거림은 돌밭 무덤가에서 돌을 나르며 이어도 노랫가락을 부르던 천남석 어머니의 웅얼거림을 닮아 있기 때문이다.

> 천남석은 여인에게 두 가지 해괴한 버릇을 숙명처럼 길들여 놓고 있었다. 여인이 섬을 떠나지 않는 한 잠자리에서 언제나 그 이어도의 노랫가락을 읊조리도록 한 것이 그 첫 번째였다. 그리고 천남석이 여인에게 길들이고 있었던 두 번째 작업은 그녀의 미래의 운명에 관한 것이었다. 여인은 언젠가 자기의 사내인 천남석이 다시 섬으로 돌아오지 못하게 되는 일이 생길 때 반드시 그 소식을 가지고 오는 남자에게 옷을 벗도록 해 놓고 있었다.128)

> "넌 이 제주도 자갈밭에서 죽을 때까지 돌을 추리던 여자였을 게다."
> (중략)
> 여인의 입술에서 문득 희미한 웅얼거림 소리 같은 것이 흘러나오고 있었다. 신음 같기도 하고 한숨소리 같기도 하고, 어떻게 들으면 마치 제주도의 바닷가 어디에서나 들을 수가 있는 바다 울음소리나 파도소리 같은 그 웅얼거림은, 그러나 자세히 들어보니 이어도, 그 오랜 제주도 여인들의 슬픈 민요가락이었다. 중위는 그만 번쩍 정신이 되돌아 왔다. 불시에 등골에서 식은 땀이 솟고 있었다. 천남석의 어머니도 남편이 수평선을 넘어오는 날이면 비로소 그 걱정스런 밤의 어둠 속에서 이어도를 만나곤 했다던가129)

---

127) 위의 글, 282쪽.
128) 위의 글, 302쪽.
129) 위의 글, 300-301쪽.

　위의 첫 번째 인용문에서 알 수 있듯이 천남석은 이어도 여인에게 두 가지 해괴한 버릇을 숙명처럼 길들여 놓고 있었는데, 그것은 첫째 그녀가 섬을 떠나지 않는 한 잠자리에서 언제나 그 이어도의 노랫가락을 읊조리도록 한 것이며, 둘째 언젠가 자기의 사내인 천남석이 다시 섬으로 돌아오지 못하게 되는 일이 생길 때 반드시 그 소식을 가지고 오는 남자에게 옷을 벗도록 한 것이다. 전자는 천남석이 이 여인을 무의식중에 어머니에 대한 이미지를 전이시키고 있었다고 할 수 있고, 후자는 천남석의 소식을 가지고 간 선우현이 천남석의 대리자로 등장하고 있다는 것을 의미한다.

　위의 두 번째 인용문은 천남석의 죽음을 알리러 간 선우현이 이어도 여인과 '이상한 정사'를 벌이는 장면이다. 매우 환각적으로 묘사되고 있는 이 장면에서 이어도 여인은 그대로 천남석의 어머니의 이미지와 겹친다. '넌 이 제주도 자갈밭에서 죽을 때까지 돌을 추리던 여자였을 게다'라는 무의식중에 뱉어내는 말에서 볼 수 있듯이 선우현은 이어도 여인을 천남석의 어머니와 일치시키고 있다. 그는 그녀가 정사 중에 이어도 노랫가락을 읊조리는 것을 알고는 등골에서 식은 땀이 솟을 정도로 섬뜩해하며 천남석의 어머니도 '남편이 수평선을 넘어오는 날이면 비로소 그 걱정스런 밤의 어둠 속에서 이어도를 만나곤 했다'고 하는 천남석의 말을 기억한다. 결국 천남석이 이어도 여인에게 잠자리에서 이어도 노랫가락을 읊조리게 한 것은 자신이 스스로 아버지의 자리에 위치하고 싶은 본능충동의 표현이라고 말할 수 있다.

　이러한 상황들은 천남석의 모성에 대한 과도한 오이디푸스적 본능충동을 드러내고 있다. 천남석의 이어도에 대한 신경증적 이중 감정은 결국 어머니에 대한 과다한 본능충동에서 비롯된 것이라 할 수 있다. 모성에 대한 집착이 강한 만큼 그에 따른 죄책감도 강하게 작용했을 것이기 때문이다. 여기에 이어도 노랫가락이 어머니의 아버지에 대한 소망의 표현이라는 점은 그의 갈등을 더욱 가중시켰다고 생각할 수 있다. 따라서 그가 어머니의 웅얼거림에 대해 불쾌감을 느꼈던 것은 이러한 강렬한 소망충동과 죄책감 그리고 아버지에 대한 질투심의 복합적 작용에 기인하며, 이어도에 대한 극단적인 이중심리 역시 이러한 그의 복합 심리에서 비롯되었다고 할 수 있다. 따라서 천남석의 자살은 어머니에 대한 본능충동과 오이디푸스적 죄책감에 의한 자기처벌의 성격이 강하며, 그것은 결국 갈등 해소의 방편이고 자기구원의 방식이 된다.

하지만 천남석의 죽음이 이렇게 지극히 개인적인 의미만을 지니는 것은 아니다. 천남석에게 이어도는 그의 유아적이며 무의식적인 복합심리뿐 아니라 어머니로 대표되는 섬사람 전체의 운명과 얽혀 있다는 의식적 갈등을 동시에 내포하는 표상이기 때문이다.

> "이런 때 아마 우리 조상들은 이어도라는 섬을 생각했던 모양이지요. 아마 폭풍에 배가 깨지고 나면 그 이어도로 헤엄을 쳐 나갈 수 있을 거라고 말입니다."
> (중략)
> "이어도라는 그 터무니없는 허구가 사람들을 무참하게 속인 거지요. 사람들은 이어도에 속아 죽음이 기다리는 바다를 두려워 할 줄 몰랐습니다. 그리고 폭풍을 만나고도 속수무책으로 이어도만 찾다가 가엾은 물귀신이 되어가곤 했습니다. 선우 중위도 아시겠지만……."
> (중략)
> "배를 타지 않으면 안 될 운명이라뇨? 처음부터 세상을 그렇게 타고난 운명이 어디 있단 말요. 운명은 타고나 진 게 아니라 바로

그 섬이 만들고 있었던 거예요. 이어도의 환상이 그 허망한 마술로 사람들을 섬에서 떠나지 못하게 묶어 놓고 끝끝내 배만 타게 만들어 버린 거란 말입니다. 그러면서 사람들로 하여금 길고 짧은 생애들을 고스란히 이 섬 위에서 견디게 했다가 종내는 그 죽음의 섬으로 가없은 생령들을 흘려 가고 있었던 거란 말이에요."130)

이어도는 제주도민에게 죽음의 섬이면서 동시에 구원의 섬이다. 그것은 섬사람들에게는 숙명과 같은 존재이다. 그것은 그들이 죽으면 거기에서 저승의 삶을 누린다고 여기는 피안의 섬이다. 아무도 본 사람이 없지만 제주도 사람들의 상상의 눈에 그것은 언제나 선명한 모습을 드러내고 있는 수수께끼의 섬이다. 하지만 섬 주민들은 마치 그것이 실재한 것처럼 여기고 그 섬의 실재를 믿고 싶어 한다. 그들은 이어도의 꿈이 있기 때문에 현실의 고된 질곡을 참아 낼 수 있다. 그들은 언젠가 그 섬으로 가서 저승의 복락을 누리게 된다는 희망 때문에 이승에선 어떤 괴로움도 달게 견딜 수가 있다. 이것은 종교적 유토피아131)를 연상케 한다.

섬사람들의 이어도에 대한 소망의 강력함을 고려하면 이어도는 종교적 환상으로서의 절박한 소망 실현의 대상이라고 할 수 있다. 보호를 받고 싶은 욕구, 삶의 위험에 대한 두려움을 달래 준다는 점에서 그리고 특히 이승에서의 생존이 내세로 연장된다는 개념을 통해 소망 실현의 공간적 체제를 제공해 준다는 종교적 속성을 그대로 내포한다.132) 결국 이어도는 현실의 괴로

---

130) 위의 글, 277쪽.
131) 섬이 유토피아의 상징으로 표현되는 것은 동서양을 막론하고 문학의 오랜 관습이다. (아지자·오리비에라·스크트릭 공저, 『문학의 상징·주제어 사전』, 장영수 역, 청하, 1989, 192-194쪽.)
132) 프로이트에 의하면 종교는 한편으로 개인의 강박신경증처럼 강제

움을 위안으로서 견딜 수 있도록 하는 일종의 종교적 환상이라고 할 수 있다. 하지만 이것은 기독교로 대표되는 서양의 유일신적 종교와는 차이가 있다. 이어도의 환상은 신을 요구하지 않으며 죄의식이나 처벌이 전제되어 있지 않고, 그것은 낙천적인 신뢰감을 바탕으로 하고 있으며 조건 없이 모든 사람들을 받아들인다. 이런 점에서 서양적 종교가 부성적(父性的) 체제라면 이어도는 모성적(母性的) 체제에 가깝다.133) 그것은 강력한 아버

적 제약을 가져오고 다른 한편으로는 현실부정과 소망적 환상의 체계를 이루고 있다. (프로이트, 「환상의 미래」, 앞의 책, 222쪽.) 그는 대체적으로 종교에 대해서 부정적이었으나 후에 그것을 역사적 진리로 인정한다. (프로이트, 「인간 모세와 유일신교」, 『종교의 기원』, 이윤기 역, 열린책들, 1997, 176쪽.)

프로이트에 의하면 교리의 형태로 주어지는 종교적 관념들은 환상이며, 인류의 가장 오래되고 강력하고 절박한 소망의 실현이다. 종교적 교리가 그토록 강력한 힘을 발휘하는 비결은 소망의 강력함에 있다. 유아기의 무력감은 아버지의 보호를 받고 싶은 욕구—사랑을 통해 보호받고 싶은 욕구—를 불러일으킨다. 이 무력감이 평생 동안 지속되기 때문에 아버지에 매달려야 할 필요성을 낳는다. 그것은 훨씬 강력한 아버지가 그 대상이 된다. 그리하여 신의 섭리의 자애로운 지배는 삶의 위험에 대한 우리의 두려움을 달래 주고, 도덕적인 세계 질서 확립은 인류 문명 속에서는 대체로 실현되지 않은 정의의 요구를 확실하게 해준다. 이승에서의 생존이 내세에서 연장된다는 개념은 이 소망 실현이 일어날 공간적 체제를 제공해 준다. 아버지 콤플렉스에 대한 갈등을 보편적으로 인정되는 형태로 해결한다면 그것은 개인에게 위안을 줄 수 있다. (위의 글, 205쪽.)

133) 모권사회의 원리는 무조건의 사랑이며 자연적인 평등, 피와 땅이 유대 강조, 연민과 자비 등인데 반해 가부장적 원리는 조건부의 사랑, 계급 구조의 분화, 추상적 사고 남성에의 법률, 국가 등등이다. (에리히 프롬, 「모권이론의 현대적 의의」, 『프로이트와 정신분석』, 최혁순 역, 홍신문화사, 1994, 143쪽.)

또한 부성중심적인 개인 및 사회의 특징은 엄격한 초자아, 죄의식, 부성적 권위에 대한 공손과 애착, 약자를 지배하고자 하는 욕구와 그 쾌락, 자기의 죄에 대한 벌을 감수하려는 태도, 행복을

지의 보호에 대한 요구라기보다는 잃어버린 유아기적 낙원을 연상케 하는 모성적 공간이다.

처음에 천남석에게 이어도는 그것이 현실이 아니기 때문에 헛된 것이었다. 더구나 모든 섬사람들의 불행이 그러한 이어도에 대한 환상적 믿음에서 비롯되었다고 생각하기 때문에 그는 그것을 저주했다. 하지만 위의 인용문에서 보듯, 폭풍이 몰아치는 날 밤, 파랑도 수색작전 종료 시에 이어도의 존재가 무화되려는 순간, 그의 이어도에 대한 애증(愛憎)이 복합적으로 폭발하고 있음을 알 수 있다. 파랑도의 발견은, 폭풍으로 은유되는 고달픈 현실을 이어도에 대한 믿음을 통해 견뎌 왔던 섬사람들의 삶의 의미를 동시에 무화시키는 결과가 되기 때문이다. 그는 지독한 저주의 말을 내뱉으면서도 스스로 죽음을 통해 이어도를 지켜내고, 섬사람들의 운명적 삶을 수호함으로써 그들과 공동의 운명 속으로 들어간다. 이어도를 부정함으로써 그는 자신의 운명으로부터 벗어나려고 애써 왔지만, 이어도의 의미를 깊이 깨닫는 순간 이어도에 대한 믿음을 받아들이고 그것을 거역할 수 없는 숙명으로 수락할 수밖에 없었던 것이다. 따라서 그는 '이상한 방법'으로 이어도를 보게 된 것이고 그의 절망은 '황홀한 절망'일 수밖에 없다. 그의 끊임없는 이어도에 대한 저주는 결국 이어도에 대한 또 다른 사랑의 방법이었다고 할 수 있다.

그런데 이러한 이어도의 존재 위기의 문제는 단지 천남석 자

감수하는 능력의 결여 등이 우세한 반면 모성 중심적 개인 및 사회는 어머니의 무조건적 사랑에 대한 애착에 대한 낙천적인 신뢰감에 특징 지워지는데, 거기서는 죄의식이 훨씬 적고 초자아의 힘은 더욱 약화되며, 쾌락과 행복을 감수하는 능력은 더욱 강화된다. 그리고 이러한 특색과 더불어 약자 및 도움을 필요로 하는 타인들에 대한 공감과 애정의 이상이 도한 발달한다. (에리히 프롬, 「모권이론과 사회심리학과의 관련」, 위의 책, 1994, 130쪽.)

104

신의 불신 속에서만 일어난 것이 아니라 섬사람들 전체로 퍼져 나가고 있었다는 점에서 천남석의 죽음의 의미는 또 다른 의미 를 지닌다.

> 언제부턴가 이곳 제주도 어부들에게선 그 이어도가 아니라 이어 도와 비슷한 또 하나의 이야기가 전해지기 시작하고 있었다. 파랑 도의 소문이 생겨난 것이다. 파랑도의 소문은 이어도하고는 달리 좀더 구체적이고 널리 퍼져나갔다. 망망대해 어느 물길 한 굽이에 잿빛 파도를 깨고 솟아오른 파랑도의 모습을 보았다는 어부들이 곳 곳에서 나타났다. 섬을 보았다는 사람들은 한결같이 하늘과 바다를 걸어 자기의 말이 거짓이 아님을 단언했다. 이윽고 파랑도 소문의 주변에는 서서히 현실적인 이해관계가 얽히기 시작했고, 보다 더 구체적인 관심 속에서 소문의 근원이 따져지기 시작했다. 사람들은 그것이 혹시 썰물 때만 잠깐 모습을 드러냈다가 밀물 때가 되가 되 면 다시 수면 아래로 가라앉는 거대한 산호초 더미가 아닌가 의심 했다. 그게 정말로 섬의 모양을 갖춘 것이라면 남해 지도가 온통 다 시 만들어 져야 할 판이었다.134)

위의 인용문에서 보듯이 이어도의 존재 위기는 파랑도 수색 작전 이전부터 일기 시작했다. 이어도의 실체를 보았다는 사람 들이 등장함으로써 그것을 현실적인 것으로 생각하고자 하는 사람들이 생기기 시작한 것이다. 더구나 거기에는 현실적 이해 관계가 얽히게 된다. 이것은 이미 섬사람들 자체의 이어도에 대 한 믿음에 균열이 생기기 시작한 것을 의미한다. 그들이 자신이 본 섬을 이어도라 생각하고, 그것이 '썰물 때만 잠깐 모습을 드 러냈다가 밀물 때가 되가 되면 다시 수면 아래로 가라앉는 거 대한 산호초 더미가 아닌가 의심'하는 것은, 소박하지만 이어도 를 과학적으로 규명하려고 하는 시도라고 볼 수 있다. 이미 이

---

134) 이청준, 앞의 책, 273-274쪽.

어도에 대한 섬사람들의 믿음이 흔들리는 상황에서 이어도는 파랑도로 발견되든 발견되지 않던 그 존재의 의미를 상실할 위기에 놓인 것이다. 파랑도 수색작전이 이어도에 대한 과학적인 규명의 극단적인 방식이라는 점에서, 이어도의 존재 의미는 더욱 위태로워졌다고 할 수 있다.

　이러한 상황 속에서 천남석은 자신의 죽음을 통해서 이어도의 존재 의미를 수호하는 것인데, 이러한 그의 죽음은 희생제의(犧牲祭儀)의 양식과 유사하다. 하나의 공동체는 위기의 시기에 희생제의를 통해서 그 위기를 극복한다. 이때 공동체의 위기는 전염병이나 가뭄, 홍수와 같은 외부 요인에 의해서 형성될 수도 있고 정치적 갈등이나 종교적 대립과 같은 내적 요인에 의해 이루어질 수도 있다. 그것은 사회적인 것의 근본적인 소멸이나 문화적 질서를 규정하는 '차이들'과 규칙의 소멸 위기이다. 이때 공동체는 희생양(犧牲羊)을 요구한다. 공동체는 집단적 박해를 통해 희생양을 제물로 삼음으로써 집단의 갈등을 해소하고 질서를 복원한다.135) 희생제의는 평정을 위협받는 위기 상황에서 공동체를 유지하고자 하는 예방 수단이다.136) 이 소설에서 이어도가 섬사람들의 삶을 지탱하며 그들의 정신을 하나의 운명으로 묶어 놓음으로써 공동체의 질서를 유지하는 힘을 제공한다는 점에서 이어도의 존재 위기는 공동체의 문화적 질서의 위기에 해당한다. 이어도의 존재 위기는 환상적 존재인 이어도와 현실적 존재인 파랑도의 차이가 소멸에서 비롯된 것이다. 하지만 여기에는 희생양에 대한 집단적 박해는 없다. 천남석은 스스로 희생양의 역할을 담

---

135) 르네 지라르, 「박해의 전형들」, 『희생양』, 김진식 역, 민음사, 1998, 26-43쪽.
136) 르네 지라르, 「희생」, 『폭력과 성스러움』, 김진식 · 박무호 역, 민음사, 1993, 33쪽.

당함으로써 이어도와 파랑도의 존재를 분리하고 그럼으로써 이어도를 존재 위기로부터 구한 것이다. 결국 그의 죽음은 개인적인 차원에서 보면 어머니에 대한 지나친 집착의 해소를 의미하고 그럼으로써 섬사람들의 공동 운명을 수락하는 계기가 되며, 그것은 동시에 스스로 희생양이 됨으로써 해체 위기에 있는 이어도의 환상을 회복하는 사회적 행위가 된다.

그런데 이 소설은 허구적 환상이 현실 속에서 어떻게 실제적인 의미를 담지할 수 있는가 하는 최종적 질문을 던진다. 이것은 이어도의 환상이 섬사람들의 삶에 어떻게 진정한 의미로 작용할 수 있는가 하는 질문이라는 점에서 이 소설의 가장 핵심적 질문이라고 할 수 있는 것이다. 이것은 다시 선우현과 양주호의 논쟁적 대립을 통해서 부각된다.

> 양주호가 처음부터 천남석의 죽음을 자살로 단정하고 나서는 덴 필경 이유가 있을 것이었다. 그는 그게 궁금했다. 그걸 알아야 했다. 그는 그게 궁금했다. 그걸 알아야했다. 천남석의 자살이 사실로 확인될 수 있다면 그의 실종사고를 처리함에 있어서 그의 부대에 바칠 수 있는 공헌은 오히려 둘째 문제였다. 보다 중요한 것은 그 사실 자체였다. 무슨 일에 대해서나 명확한 근거로 해야 하는 선우 중위의 사고방식은 그것이 곧 그의 주장이자 공인다운 미덕이었다. 사실에의 봉사는 언제나 중위를 즐겁게 했다. 사실을 밝혀야 했다. 그는 이제 차라리 어떤 사명감마저 느껴져 오고 있었다. 사실을 알지 못하면 천 기자의 자살은 믿을 수 없었다.[137]

> "전 사실을 볼 수가 없었으니까요. 사실의 확인 없이 그 자살을 믿어 버릴 수는 없는 것 아닙니까?"
> "하지만 이번 경우는 그 사실이라는 걸 단념하십시오. 사람들은 때로 사실에서보다는 허구 쪽에서 진실을 만나게 될 때가 있지요.

---

137) 이청준, 앞의 글, 279쪽.

그런 때 사람들은 그 허구의 진실을 사기 위해 쉽사리 사실을 포기하는 수가 있습니다. 꿈이라고 해도 아마 상관없겠지요. 천남석이 이어도를 만난 것도 아마 그 사실이라는 것을 포기했을 때 비로소 가능했을 것입니다. 그가 주변의 가시적인 현실을 모두 포기해 버렸을 때 그에게 섬이 보이기 시작했단 말입니다. 당신도 아마 그것을 포기하고 나면 보다 쉽게 천남석의 자살을 믿을 수가 있게 될 겁니다. 그리고 아마 어젯밤부터 내가 당신한테 뭔가 해드리고 싶은 일이 있었다면 당신에게서 바로 그 사실에 대한 집착이나 욕망을 포기시키는 일이었을 겁니다."[138]

첫 번째 인용문에서 보듯 다분히 작가의 의도라고 느낄 수 있을 만큼 선우현은 사실에 지나치게 집착한다. 그에게 있어서 사실을 밝히는 것은 '공인다운 미덕'이다. 그는 임무로서가 아니라 '사명감'으로 천남석의 자살을 명확히 하고 싶어 한다. 반면 두 번째 인용문에서 양주호는 사실보다는 허구가 보다 진실에 가까울 수 있다는 점을 환기한다. 그는 천남석이 현실을 포기함으로써 이어도를 만난 것을 강조한다. 그는 처음 만났을 때부터 선우현의 사실에 대한 집착이나 욕망을 포기시키려고 했다고 한다. 그는 허구의 진실이 꿈이라고 해도 좋다고 한다. 여기서 꿈이란 넓은 의미에서 환상을 말하는 것으로 받아들일 수 있다. 비록 환상은 사실이 아니라 허구지만 보다 진실 가까울 수 있다는 점을 강조하고 있는 것이다. 문제는 사실이 아니라 진실이다. 인간의 심리는 때로 물리적 실재보다는 심리적 실재를 더욱 선호하는 경향이 있으며, 이때 심리적 실재는 삶에서 더욱 중요한 의미를 지닌다.[139] 그는 언제나 환상을 옹호할 수는 없지만,

---

138) 위의 글, 311쪽.
139) 프로이트는 심리적 실재에 대해 다음과 같이 말한다.
　　　모든 환상에는 어느 것이든 진실의 씨앗이 숨겨 있다. 그것은 오랫동안 억압되어 왔던 것으로 왜곡된 형태로 의식으로 떠오른

때로는 허구적 환상이 사실보다 더욱 진실에 가까울 수 있다는 점을 간곡히 주장하고 있는 것이다.

여기서 선우현/양주호의 대립은 파랑도/이어도의 대립이며, 드러내면 의미가 없어지고 감추면 의미가 생성된다는 점에서의 드러냄/감춤의 대립이다. 또한 그것은 결국 현실/환상의 대립이며 물리적 실재/심리적 실재의 대립이고 사실/허구 혹은 삶과 유리된 사실/진실로서의 허구의 대립적 의미를 지닌다. 또한 이것은 과학적 합리주의/인간주의적 진실의 대립이라고도 할 수 있다. 여기에서 천남석의 입장은 선우현과 양주호 사이 존재한다. 하지만 그것은 단순한 수치적 중간을 의미하는 것은 아니다. 그는 양자의 복합적 심리의 소유자라 할 수 있는데, 처음에는 전자의 심리가 표면화되고 소설이 진행됨에 따라 후자의 심리가 부각된다. 이러한 변화는 그의 갈등의 심화와 해소의 과정이다. 그는 두 입장을 매개하며 갈등의 심화와 해소의 과정을 통해서 이어도의 의미를 확대 심화한다.

그런데 선우현 역시 결국은 천남석의 길을 따라가고 있다고 할 수 있다. 그는 소설이 결미에서 '천남석은 이제 영영 그 자기의 섬 이어도로 간 사람이 된 것'140)같이 느끼고 있기 때문이다. 그 역시 종국에는 이어도의 존재를 인정함으로서 환상의 허구적 진실을 수락하는 것이다. 그의 이러한 심리적 변화는 이미

다. 이때 확신의 감정은 보상 작용에 의해 엄청난 강도를 갖게 된다. 이제 이러한 확신의 감정은 억압된 진실을 왜곡된 형태로 대체하고 있는 대리표상에 집착해서 어떠한 비판으로부터도 그것을 고수하고자 한다. 따라서 이때 물리적 실재는 그 의미를 상실할 수밖에 없다. 강도의 차이는 있으나 보통 사람의 환상도 마찬가지이다. (Freud, *Delusions And Dreams In Jensen's Gradiva*, The Standard Edition-Volume, 9, p.80.)

140) 앞의 글, 312쪽.

천남석의 대리자로 이어도 여인을 만나는 장면에서 일어나고 있었던 것으로 판단된다. 이 장면에서 그는 마치 자신이 천남석이 된 것과 같은 환각에 사로잡혀 있기 때문이다. 그는 양주호를 통해서 천남석의 자살을 믿게 되었으며 그럼으로써 섬사람은 아니지만 섬사람들의 운명과 이어도의 의미를 철저하게 이해하게 되는 것이다. 이런 점에서 이 소설은 이러한 천남석과 선우현의 심리적 변화를 통해서 허구적 환상이 현실 속에서 어떻게 진실의 의미를 지닐 수 있는가를 보여주고 있다. 더구나 천남석의 주검이 동지나해를 떠돌다 다시 제주도로 돌아왔다는 소설의 결말은, 이어도라는 허구적 환상이 곧 현실적 삶과 절대로 분리되지 않는 것이라는 점을 암시한다.

「이어도」는 이어도에 대한 천남석의 갈등과 해소를 통해서 환상이 현실적 삶에 어떤 의미를 지니는 가를 잘 드러내는 소설이다. 천남석의 갈등은 개인적인 문제에 깊은 뿌리를 두고 있지만 그것은 섬사람 전체의 운명과 얽히면서 보편적 의미를 획득한다. 이어도의 환상은 비록 허구지만 끊임없이 섬사람들의 삶에 관여한다. 그것은 섬사람들로 하여금 괴로운 현실적 삶을 견딜 수 있게 하는 하나의 중요한 심리적 장치다. 그것은 드러남으로써가 아니라 감추어져 있음으로써 의미를 지닌다. 그 이유는 그것이 사실적인 것이 아니라 허구적인 것이기 때문이며, 물리적 실재가 아니라 심리적 실재이기 때문이고, 현실이 아니라 환상적인 것이기 때문이다. 하지만 이러한 의미가 환상에 대한 무조건적인 옹호로 현실을 무시해도 좋다는 것을 뜻하는 것은 아니다. 문제는 진실이지 사실이 아니라는 점이다. 진실이란 사실과 별개일 수 있으며 인간에게 필요한 것은 사실의 강요가 아니라 진실의 추구라는 점을 강조하고 있는 것이다. 이런 점에서 이 소설은 이어도라는 환상을 통해서 경직된 현실 긍정이 과연 옳은가를 질문하면서 인간에게 정작 필요한 것은 과학적 합리주의보다 내면적 진실이라는 점을 역설(力說)하고 있다.

2) 화해 가능의 환상적 공간

「이어도」와 연장선상에서 이해할 수 있는 소설이 「秘火密敎」이다. 「秘火密敎」는 J읍에서 벌어지는 제왕산(帝王山) 밀교 행사를 통해 그것이 우리의 삶에서 어떤 의미를 지니는 가를 질문하는 소설이다.

이 소설의 서술자인 소설가 '나'는 그믐날 밤 고향 선배인 민속학자 조승호 선생의 권유로 그와 함께 제왕산 야간 등산을 함으로써 제왕산의 행사를 경험하게 된다. 제왕산의 행사란 철저히 비밀로 이루어지는 일종의 밀교제의(密敎祭儀)이다. 이 행사는 그믐날 밤 종화주(種火主)의 불씨로 점화를 한 횃불을 들고 산에 오른 모든 사람이 서로 인사하고 대화를 나눈 후 불을 장화대(藏火臺)에 던지고 마지막 남은 사람이 다시 불씨를 간직해 가는 과정으로 이루어진다. 겉보기에 이 행사는 단순히 인사하고 대화를 나누는 것으로 끝나는 것처럼 보이지만 여기에는 의미심장한 인간사의 갈등이 숨어 있다.

이 소설은 조 선생의 내면적 갈등이 밀교 행사를 통해 간접적으로 드러나는 특징을 보인다. 이 밀교 행사는 조 선생의 삶과 밀접한 관계를 지니고 있으며, 또한 그것은 서술자 '나'로 하여금 많은 고민을 불러일으킨다. 이런 점에서 이 소설에서는 밀교 행사의 의미와 이것을 겪으면서 느끼는 조 선생과 나의 심리를 동시에 밝히는 것이 중요하다. 여기서 밀교의 의미는 서술자인 소설가 '나'와 민속학자 조 선생 간의 대화를 통해서 드러난다. 이들의 대화는 「이어도」에서 선우현과 양주호의 대화와 유사하다. '나'와 조 선생이 질문자와 대답자의 관계를 이루고 있다으며, '나'는 아무 것도 모르는 존재인 반면 조 선생은 이미 모든 것을 알고 있는 존재이고, 이들의 대화가 소설의 주요 구성적 요건이 된다는 점에서 그렇다. 하지만 여기서는 그 관계가 대립적인 것은 아니다. 이 소설에서 '나'는 조 선생의 생각에 어느 정도 의문을 제기하기도 하지만, 대체적으로 조 선생의 암시적 설명을 통해 밀교의 의미를 깨달아 간다.

서술자인 '나'가 그의 촌수도 따질 수 없는 일가형을 만나는 장면에서부터 이 행사의 의미가 밝혀지기 시작한다.

시간이 흐를수록 급박해 지는 주위의 분위기 때문이었을까. 아니면 그의 숨겨진 신분에 왠지 편치 않은 위화감 같은 걸 느끼고 있었기 때문인지도 모른다. 나는 하필 이런 곳에서 그를 만난 것이, 그리고 그와 길게 이야기를 나누고 있는 것이 왠지 불안하고 거북스러워지고 있었다. 나는 공연히 자신도 모르게 그와 결별을 서둘러대고 있었다. 보다 더 솔직한 심경을 말한다면 나는 왠지 이곳에서 안 만나야 할 사람을 만나고 있는 기분이었다. 산을 오르게 된 과정에서부터 그 장소와 행사의 내용에 이르기까지 모든 것이 그토록 은밀스러워 보였기 때문이었을 것이다. 한데다 그는 마지막으로 헤어질 때 나의 그런 거림칙스런 기분에 보다 결정적인 한 마디를 보태왔다.

(중략)

"나도 그 사람을 조금 알고 있지만, 오늘 밤 여기선 사람 됨됨이나 그 사람의 일을 문제 삼을 필요가 없으니까. 게다가 오늘 이 불잔치에는 이 골 사람이면 누구든지 참가할 권리가 있는 걸세 누구든지 함께 어울리면서 서로의 마음을 나누기도 하고 어려운 일을 걱정해 주기도 하지. 산 아래에서의 처지나 입장은 허심탄회하게 모두 씻어버린 채 말일세. 그 사람이 자네에게 부슨 말을 했든지 그 사람은 아마 진심이었을 것일세. 오늘 밤 여기선 경계하지 말고 그 사람의 진심을 받아들이도록 하게나."141)

사복사찰직을 지내는 일가형을 만난 '나'는 이유 없는 불쾌감을 느낀다. 만약 이유가 있다면 그가 사복경찰이라는 사실 그 자체뿐이다. 사복경찰이라는 직업 자체가 '나'로 하여금 경계심을 불러일으키고 있는 것인데, 그것은 은밀한 것을 캐내는 그 직업적 속성에서 기인한다. 하지만 조 선생은 밀교 행사에서 '그 사람의 사람됨이나 직업 같은 것은 문제 삼을 필요가 없다'고 한다. 이 행사에는 그 고향 사람들이면 누구든 참가할 권리가 있다는 것이다. 그래서 산 아래에서의 처지나 입장은 허심탄회하게 씻어버리고 '누구든지 서로 함께 어울리면서 서로의 마음을 나누기도 하고 어려운 처지를 걱정'해주면 된다고 한다. 이렇듯 이 행사에서는 신분 고하와 친소를 막론하고 선인이든 악인이든 어떤 사람도 경계할 필요가 없다. 그러니까 이 행사는 일제 강점 당시의 독립운동가와 일제 관리나, 군부정권 당시의 민주운동가와 사복경찰, 혹은 경찰과 현행범 같이 절대 모순의 관계에 있는 사람들도 잠정으로 화해의 상태를 유지할 수 있는 특이한 특성을 지닌다고 할 수 있다. 이것은 이 행사에서 경험한 일을 산 아래에서는 일체 비밀로 하기 때문에 가능하다. 만약 행사 중에 있었던 일을 산 아래에서 문제 삼는다면 이 행사는 유지 될 수 없을 것이기 때문이다.

> "이곳은 산 아래서 이루어지는 모든 세속의 질서가 사라지고 그저 한 가지 이 산 위에서 간절한 소망으로…… 나도 그것이 무엇인지는 확실히 알 수 없지만…… 하여튼 오직 한 가지 소망으로 자신을 귀의시켜, 그 소망으로 하여 모든 사람들이 한데 뭉쳐서 어떤 보이지 않는 힘을 탄생시키고, 그것을 지켜나가는 근거지가 되고 있는 셈이지……."

---

141) 이청준, 「秘火密敎」, 『秘火密敎』, 나남, 1985, 178-179쪽.

　　나는 속절없이 궁금증을 눌러둔 채 조 선생의 이야기를 좇는 수
밖에 없었다.

　　"하지만 어떻게 보면 이곳의 행사가 산 아래의 일들과 아주 상관
이 없는 것도 아니야. 나도 대략 그걸 느껴 온 터이긴 하지만, 선친
의 말씀으론 이곳에도 사람이 줄고 느는 기복이 있어 왔다니까. 언
제라던가…… 당신의 기억으로 그 일제하의 동척(東拓) 설립에 즈
음한 자가 농지신고 때와 식민통치 말기의 징용령 발동 때가 사람
들이 가장 많이 산에 오른 해라던가 그건 이곳 일이 세상일과 아무
런 상관이 없을 수 없다는 반증이 될 수 있는 거지. 내 기억으로도
그건 그래 뵈는 것이…… 사일구가 있기 바로 전해의 그 자유당 치
하의 마지막 해 그믐밤이 내가 전에 철이 들어 나 혼자 겪은 밤으
로는 가장 많은 사람들이 산을 오른 것으로 기억되고 있거든……
산 아래 세상 돌아가는 형편 따라 이 행사에도 사람들의 규모가 달
라지는 증거지……."142)

　　이 행사에서 모든 세속의 질서는 사라진다. 행사에 참가하는
모든 사람은 똑같은 자격을 지니며, 모든 사람이 때가 되면 모
두가 자신이 알아서 행사를 시작하고 자신이 알아서 끝내야 한
다. 특별한 지위가 있다면 그것은 종화주(種火主)뿐인데, 종화주
는 따로 정해지지 않는다. 누구든지 종화주가 될 수 있으며 종
화주가 누구인지 알 수도 없다. 이것은 이 행사가 완전 평등의
공간이라는 것을 의미한다. 하지만 그것은 정치 경제적 평등을
의미하는 것은 아니다. 이것은 누구나 똑같은 인간적 가치를 가
지고 서로를 용서하고 용서받을 수 있다는 종교적 의미에서의
평등이다. 하지만 그것은 서양 종교에서 나타나는 신 앞에서의
평등도 아니다. 이 밀교 행사는 일종의 종교 행사임에도 불구하
고 신이나 피안의 세계를 전제한 것은 아니기 때문이다. 이 밀
교 행사는 누구에게나 열려 있다. 또한 교주도 없고 행사를 주

---

142) 위의 글, 182쪽.

관하는 사람도 없다. 지상(地上)에서의 이해관계를 초월해서 잠시나마 일체의 적대감을 해소하고 서로를 용서한다는 점에서 이 행사는 화해의 공간이라 할 수 있다.

여기에서 용서의 의미는 매우 중요한데, 용서야말로 진정한 화해의 기초가 되기 때문이다. 이러한 용서의 의미는 조 선생의 개인사를 통해서 구체적으로 드러난다.

"…… 그는 해마다 산을 올라갔고 자기 횃불을 마지막까지 지키곤 하였지. 그러면서 누구보다 마음속으로 종화주가 되기를 소망했지. 하지만 그는 자격지심 때문에 차마 그것을 맡고 나설 수가 없었어. 아무도 그를 말리고 나선 사람이 없었지만, 그는 번번이 마지막 순간에 자기 불씨를 구덩이에 던져 넣고 돌아섰지……"

조 선생은 마저 이야기를 계속해 나갔다.

"하지만 그는 끝내 자신의 소망을 단념하지 않았지. 오랜 세월을 기다리던 끝에 어느 해 그믐날 밤 그는 자신의 어린 아들을 누구보다 나중까지 지켜줬지…… 해서 그는 끝내 자신을 대신하여 그 아들로 그해의 종화주를 삼은 게야. 그날 밤도 이곳엔 물론 그를 알아보는 사람이 허다했지만, 아무도 그를 방해하지는 않았으니까…… 부자 2대를 걸쳐 이뤄낸 힘든 소망의 성취였달까…… 그러니까 아마 그런 사람들의 간절한 소망에 비하면 우리는 그저 덧없는 구경꾼에나 불과한 셈이지……."143)

"누가 누구를 용서한다기보다 서로가 서로를 용서하는 것이었지. 그리고 아마 자기 자신을 용서하는 것이겠구. 그야 나와 선친으로 말한다면 일방적으로 용서만 받는 건지 모르지만, 그러니 어쨌든 서로가 상대방을 용서한다는 것, 누가 누구에게 어떤 허물을 지어 온 처지라도 적어도 오늘 밤 이곳에서 누구와도 함께 하나가 되고 있는 일이며, 우리가 함께 똑같은 소망으로 하나가 되는 것은 비로소 하나의 힘을 이루는 일이 되겠지."144)

---

143) 위의 글, 196쪽.

　　조 선생의 아버지는 일제 강점기에 '한국인으로서는 드물게 일본도까지 차고 다닐 수 있는' 소학교 교장이었다. 그는 말하자면 친일파인 셈인데, 자신의 교직자 신분에 대해 내심 지나친 죄의식을 가지고 있었다. 그는 매년 밀교 행사에 참가하면서 종화주가 되어 죄책감을 달래보고자 했으나 자격지심 때문에 그럴 수가 없었다. 그래서 결국 그는 아들인 조 선생의 손을 빌어 종화를 가져다가 일년 동안 정성스레 불씨를 보존한다. 불씨를 보존하는 것은 결국 자신의 죄책감에 대한 속죄의 노력이다. 조 선생은 이러한 과정을 통해 그와 그의 아버지가 용서를 받았다고 한다.

　　여기에서 밀교의 핵심적 의미인 용서의 의미가 부각된다. 역사적 당위성이라는 측면에서 조 선생의 아버지는 처벌받아 마땅한 존재이며, 그의 죄가 단순히 개인적인 차원을 넘어선다는 점에서, 그것은 특정 개인에게 용서받을 수 있는 성질의 것이 아니다. 이런 점에서 용서가 '누가 누구를 용서'하는 것이 아니라 '서로가 서로를 용서'하는 것이고 '자기 자신을 용서'하는 것이라고 하는 조 선생의 말은 주목을 요한다. 이것은 용서의 대상을 필요로 하지 않는다는 점에서 절대적 의미의 용서이다. 이것은 진정한 용서란 타인에 의해서가 아니라 인간의 내부에서 일어나는 자기반성에 의해서만 가능하다는 점을 암시한다. 이는 사람들은 용서를 하기 위해서가 아니라 용서를 받고자 참가한다고 할 수 있는데, 행사에 참가하는 것 자체가 자기반성의 노력이라고 말할 수 있기 때문에, 그것 자체로 이미 용서받을 자격이 생긴다. 종화주가 된다는 것은 그만큼 용서에 대한 소망이 큰 것이고 그만큼 성실한 자기반성을 위한 노력의 행위라고 할

---

144) 위의 글, 198쪽.

수 있다. 이러한 자기용서는 특정 대상이 아니기 때문에 모든 타자에 대한 용서가 된다. 자기용서와 타자에 대한 용서는 동전의 양면처럼 서로 다르지만 하나다. 그래서 그것은 '누가 누구를 용서'하는 것이 아니라 '서로가 서로를 용서'하는 것이고 '자기 자신을 용서'하는 것이 된다. 따라서 이 밀교 행사는 그것 자체로 죄닦음 즉 자기용서의 길을 열어주는 공간이다. 이러한 자기용서야말로 진정한 화해의 바탕이 된다.

　이러한 의미를 지니는 이 밀교 행사는 원시적 불 축제(祝祭)에서 그 원형을 찾을 수 있다. 원시적 불 축제에서 불은 정화(淨化)를 의미한다. 하지만 그것은 단순한 정화가 아니다. 의식(儀式)의 불은 마녀, 악마, 요괴와 같은 인격적인 것이든, 공중에 가득 차 있는 오염, 악과 같은 비인격적인 것이든 간에 일체의 해로운 힘을 태워서 파괴하기 위해 계획된 것이다. 그것은 정신적이건 물질적이건 간에 사람, 동물, 식물의 생명을 위협하는 모든 유해한 요소들을 폭발하고 태워버리는 파괴력 즉 소독제이다.145) 원시적 사회 조건에서 마녀, 악마, 요괴나 악 등의 해로운 힘은 말하자면 인간 사이의 갈등을 일으키며 삶의 조화를 위태롭게 하는 모든 힘이라고 할 수 있다. 오늘날 그것은 개인 간에 갈등을 일으키는 이해관계의 충돌, 처벌과 죄책감, 분노나 가학적 충동으로 나타나는 파괴본능 등으로 표현될 수 있다. 따

---

145) 프레이서에 의하면 불 축제에 대해서는 두 가지 해석이 존재하는데, 다른 해석에 의하면 그것은 모방주술(模倣呪術)의 원리에 입각해서 하늘의 빛과 열의 위대한 근원을 지상에서 모방하여 불을 지름으로써 사람, 동물, 식물을 위해서 필요한 태양의 빛의 공급을 확보하려고 의도한 태양주술이다. 이 의식의 불은 태양과 같이 식물의 성장과 건강과 행복을 위해서 만드는 모든 것의 발달을 촉진하는 생식적이고 창조적인 힘이다. (프레이저, 「불 축제의 해석」, 『황금가지 II』, 장병길 역, 삼성출판사, 1982, 336-345쪽 참조.)

라서 이 밀교 행사에서 불은 개인 간에 일어나는 일체의 갈등의 요소를 해소함으로써 화해의 길로 들어서게 하는 힘을 제공하는 정신적 소독제이다. 여기서 갈등의 요소를 해소한다는 것은 결국 내적 정화를 의미하며 그것은 곧 자기반성을 통한 자기용서를 뜻한다.

여기서 이 소설이 산 아래와 제왕산이라는 완전히 대립적 공간 분할을 전제로 한다는 점은 특히 중요한 의미를 지닌다. 조 선생과 '나'는 산 아래를 '지상'(地上)이라고 표현함으로써 제왕산을 마치 현실적 공간과 완전히 분리된 공간처럼 표현한다. 제왕산은 신비한 분위기를 띠고 있으며 거기에서 벌어지는 밀교 행사가 좀처럼 현실 세계에서 실행될 것 같지 않다는 점에서 이 행사는 개인적 차원에서의 환상은 아니지만 매우 환상적이다.

그처럼 모순된 인간관계가 나란히 공존한다는 것이나 근 백 년 동안 행사가 세상에 알려지지 않고 비밀이 지켜진다는 것은 현실적으로는 이루어지기 힘든 일이다. 무엇보다 산에서 있었던 일을 일체 비밀로 한다는 것도 현실적으로 가능한 일처럼 보이지 않는다. 특히 행사가 이루어지는 그믐날 밤의 이미지는 이러한 생각에 설득력을 더한다. 밤이란 시간 자체가 현실 감각이 한층 물러난 시간이며, 특히 그믐날 밤은 한 해가 마감하고 다음 해가 시작되는 경계 지점이기 때문에 마치 이 행사가 현실 밖의 어떤 시공간에서 이루어진다는 착각을 불러일으키게 한다. 이것은 제왕산을 어떤 현실 초월의 공간으로 인식하게 한다. 제왕산은, 세속적인 지속에 속하지 않으며 영원한 현재로 구성되기 때문에 무한히 회복 가능한 근원의 시간 즉 흐르지 않는 시간으로 돌아간 종교적 축제의 공간이다.146) 이것은 의식적이기

---

146) 멀치아 엘리아데, 「축제의 시간과 축제의 구조」, 『聖과 俗』, 이동

보다는 무의식적이다.147) 서술자 '나'가 '가슴속에 어떤 뜨겁고 신비스러운 힘을 그 속에서 함께 경험한 것 같다'148)고 느끼는 것도 이 행사의 초월적이며 환상적 속성 때문에 가능하다.

하지만 이 행사가 환상적이라는 것은 본능충동의 해제를 의미하는 것은 아니다. 대체적으로 개인이 모여서 집단을 이루면 개인의 윤리적 억제는 약해지고 개인 속에 원시시대의 유물로 잠들어 있던 잔인하고 야비하고 파괴적인 본능이 깨어나지만 암시의 영향을 받으면 집단도 욕망을 자제하고 이기심을 버리고 이상에 헌신할 수 있다는 점149)에서 이 행사는 윤리적 이상(理想) 실현의 공간이라 할 수 있다. 하지만 여기서 윤리적 이상은 부성적(父性的)이라기 보다는 모성적(母性的)이다. 이 행사

하 역, 학민사, 1995, 76-80쪽 참조.

147) 프로이트는 무의식의 특성을 '상호 갈등과 충돌 가능성에서 벗어나 있음', '일차 과정(리비도 집중의 유동성)', '무시간성', '외부 현실을 정신적 현실로 대체함' 등을 꼽는다. 무의식은 개인의 심리적 메커니즘 안에서 이해할 수 있은 것이지만, 이 밀교 행사는 무의식의 첫 번째와 세 번째의 특성과 유사한 의미를 지닌다. (프로이트, 「무의식에 관하여」, 193쪽.)

148) 이청준, 앞의 글, 186쪽.

149) 집단의 윤리를 정확하게 판단하기 위해서는, 개인이 모여서 집단을 이루면 개인의 윤리적 억제는 약해지고 개인 속에 원시시대의 유물로 잠들어 있던 잔인하고 야비하고 파괴적인 본능이 깨어난다는 사실을 고려해야 한다. 집단 속의 개인은 눈을 뜬 원시적 본능을 마음껏 충족시키려고 애쓴다. 하지만 암시의 영향을 받으면 집단도 욕망을 자제하고 이기심을 버리고 이상에 헌신할 수 있다. 고립된 개인의 경우 개인적 이익이 거의 유일한 동인이지만, 집단의 경우에는 개인적 이익이 두드러지는 경우가 드물다. 집단은 개인의 도덕 기준을 더 높이 끌어 올린다고 말할 수도 있다. 집단의 지적 능력은 개인의 지적 능력보다 항상 낮지만, 집단의 윤리적 행동은 개인의 윤리보다 훨씬 낮게 떨어질 수도 있는 반면 개인의 윤리보다 더 높이 올라갈 수도 있다. (프로이트, 「집단심리학과 자아분석」, 『문명 속의 불만』, 89쪽.)

는 죄의식, 처벌, 부성적 권위, 법률, 계급 분화, 국가보다는 사랑과 자연적인 평등, 사람 간의 유대, 타인들에 대한 공감과 애정의 이상 등이 강조되기 때문이다.150) 산 아래가 부성적 질서가 지배적인 공간이라고 한다면, 제왕산은 모성적 질서가 지배적인 공간이다. 이러한 공간적 체제의 성격 때문에 이 행사에서 자기용서와 본질적 화해가 가능해진다고 할 수 있다. 결국 이 밀교 행사는 종교적 환상으로서의 소망의 공간이라고 말할 수 있는데, 그것은 본능충동적 소망이 아니라 자아이상적(自我理想的) 소망의 공간이다. 따라서 산 아래/제왕산의 대립은 현실적 공간/환상적 공간이며 현실/이상의 공간이며 부성적 질서/모성적 질서 혹은 불화/화해의 공간이라는 대립적 의미를 지닌다.

그런데 앞의 예문에서 보듯이 이 밀교 행사는 산 아래 즉 현실의 일들과 무관하지 않다. 산 아래의 상황의 변화에 따라 행사에 참여하는 사람 수가 변하기 때문이다. 조 선생의 말에 의하면 일제하의 동척(東拓) 설립에 즈음한 자가농지신고 때와 식민통치 말기의 징용령 발동 때 그리고 사일구가 있기 바로 전해의 자유당 치하의 마지막 해에 이 행사의 참가자가 가장 많았다. 이것은 행사에 참가하는 사람의 수가 현실적 갈등과 억압의 정도에 비례한다는 것을 의미한다. 현실이 괴로우면 괴로울수록 행사가 현실적 삶에 미치는 영향은 커진다. 현실의 괴로움의 증가는 소망의 증가를 의미하며 따라서 밀교의 의미 역시 커지는 것이다. 이 행사는 괴로운 현실로부터 삶을 지탱할 수 있는 힘을 제시한다고 할 수 있다. 이런 의미에서 이 행사는 이어도와 유사한 의미를 지닌다. 이것은 마치 이어도라는 피안의 세계를 차안으로 옮겨 놓은 것과 같다.

---

150) 주 133번 참조.

하지만 이어도가 현실과 완전히 다른 차원의 세계로 설정된 반면 이 밀교 행사는 어쨌든 차안의 세계 어떤 곳에 존재할 가능성이 있다는 점에서 다르다. 또한 이어도는 괴로운 현실로부터의 위안을 주는 믿음의 대상의 성격이 강하지만 이 밀교 행사는 단순한 위안의 의미를 넘어 인간관계의 불화를 화해로 바꾸려는 이상 실현의 공간이라는 점에서 다르다. 이어도가 삶의 위험에 대한 두려움을 달래 주며 이승에서의 생존이 내세에서 연장된다는 소망 실현의 공간적 체제를 제공해 준다는 종교적 성격이 부각된다면, 이 밀교 행사는 이러한 개인적 소망을 넘어 도덕적인 세계 질서 확립을 통해 인류 문명 속에서는 대체로 실현되지 않은 정의의 요구를 확실하게 해준다는 종교적 성격이 내포되어 있다.151) 여기서 도덕적인 세계 질서 확립은 용서를 통한 화해의 질서를 의미한다.

그런데 특히 이 행사가 비밀이 지켜져야만 그 의미를 유지할 수 있다는 점은 주목을 요한다. 이 문제는 장화대(藏火臺) 주위에 모여 이상스런 모습의 춤을 추는 젊은이들의 행위를 통해 집약적으로 드러난다. 이러한 문제 역시 이들의 춤에 대한 '나'의 질문과 조 선생의 답변을 통해 그 해답이 제시된다. 조 선생은 이 행사를 드러내서는 안 된다는 확고한 신념을 피력한다. 여기서 조 선생과 정반대의 입장에 서 있는 사람이 '춤추는 젊은이들'이다. 따라서 이 행사의 비밀을 유지해야 하는가 말아야 하는가에 대해서 춤추는 젊은이들/조 선생의 대립적 입장이 형성되며, 이때 '나'는 중개자가 된다. '나'와 조 선생 간의 대화를 통해 드러나는 젊은이들의 주장은 두 가지로 요약될 수 있다. 첫째 '산 아래'에 아무런 영향을 미치지도 못하는 밀교적 제의가

---

151) 주 132번 참조.

무슨 의미가 있는가 하는 점이고, 둘째 그러니까 그것을 증거함으로써 '산 위'의 질서를 '산 아래'로까지 확대해야 한다는 것이다. 첫 번째 주장은 그 정도는 다르지만 「이어도」에서 처음에 허구적 환상이기 때문에 이어도를 저주하는 천남석의 태도와 유사하다. 하지만 둘째 문제는 「이어도」에서는 제기될 수 없는 문제다. 이 문제는 이 밀교 행사가 환상적이지만 어쨌든 피안의 공간이 아니라 차안의 어떤 공간으로 설정됐기 때문에 제기될 수 있다.

 "(……) 무엇보다도 우리의 삶이나 이 세계는 논리와 논리가 아닌 것, 혹은 일상이 삶의 덕목으로 선택된 질서와 그것이 아닌 것, 눈에 보이는 것과 보이지 않는 것 다시 말해서 실체와 그림자 그런 두 겹의 힘의 질서로 이루어져 나간다는 게 나의 인식이니까. 현상의 세계와 소망의 세계의 관계라고나 할까. 그래서 나는 그 눈에 보이지 않게 숨겨져 실현을 기다리는 소망의 힘 또한 눈에 보이는 현상의 질서 못지않게 소중스럽게 지켜나가고 싶은 거라네. 어차피 한 번의 폭발로 모든 소망이 실현될 수가 없다면 내일의 세상에도 꿈만은 줄기차게 이어져가야 하니까. 그래서 숨은 힘의 질서 속에 미래의 꿈의 씨앗으로 남아 있으려는 사람들의 노력도 그만큼 용기 있고 값진 것으로 알고 있는 것이구……"[152]

 "산속 깊은 곳에 있는 소망의 옹달샘…… 오랜 세월동안 그 새임과 수맥이 숨겨져 지켜져 옴으로써 그 소망의 물줄기가 세상으로 흘러내리는 것을 본 사람은 아무도 없었지. 하지만 그렇다고 샘물이 아래로 흐르지 않는 건 아니었어. 샘터가 산속에 숨어있는 것처럼 샘물 또한 숲과 땅속으로만 스며 흘렀거든. 그런데 때로 성급한 사람들은 그걸 물이 흐르지 않는 것으로 여기려 들곤 하지 그래서 내놓고 샘터에서 산 아래로 시원스런 관수로를 쳐 내리려 덤벼들지."[153]

---

152) 이청준, 앞의 글, 208쪽.

122

　여기서 춤추는 젊은이들/조 선생의 대립은 결국 드러내면 의미가 없어지고 감추면 의미가 생성된다는 점에서의 드러냄/감춤의 대립으로 파악할 수 있다. 이것은 논리/논리가 아닌 것, 일상이 삶의 덕목으로 선택된 질서/그것이 아닌 것, 눈에 보이는 것/보이지 않는 것 등으로 표현되는데, 결국 현상의 세계/소망의 세계로 귀결된다. 이것은 달리 말하면 현실/환상의 대립이다. 산 위의 질서를 산 아래로까지 확대함으로써 현실화시켜야 한다는 생각, 즉 소망의 세계를 현상의 세계로 편입시켜야 한다는 젊은이들의 생각은 겉보기에 당위성이 있어 보인다. 산 위의 질서는 완벽한 유토피아는 아닐지라도 지상(地上)에서 불가능한 화해를 가능하게 하는 공간인 것은 확실하기 때문이다. 하지만 조 선생의 말대로 그것은 성급한 폭발에 불과하다. 그러한 행위는 결국 행사 자체를 파국으로 몰고 올 것이 뻔하며 현실 속에서 이 행사는 아무런 의미도 가질 수 없을 것이기 때문이다. 이 밀교 행사는 그야말로 ‘증거가 없는 영원한 기다림만의 힘’154)으로써 그 의미를 존속할 수 있다. 그것은 감추어짐으로써만 그 존재의 의미를 지닌다. 그것은 마치 이어도가 존재를 드러내지 않음으로써 그 의미를 갖는 것과 유사하다. 하지만 이 행사의 감춤의 의미는 이어도처럼 미지의 것으로 남아 있어야 하는 것이 아니라 현실적 삶의 질서에 편입되지 않아야 한다는 것을 의미한다는 점에서 다르다.

　따라서 이 행사는 현실에 아무런 영향을 미치지 못하는 것처럼 보이지만 현실적 삶과 유리되어 행해짐으로써 작지만 지속적으로 괴로운 삶을 견딜 수 있는 숨은 힘의 질서가 된다. 이것은 성급하게 관수로로 쳐 내리면 말라버리는 ‘옹달샘’이나, 항상

---

153) 위의 글, 210쪽.
154) 위의 글, 207쪽.

미래적 이상으로 남아 있음으로써 현실의 변화를 꾀하는 '미래
의 꿈의 씨앗'에 비유될 수 있는 것이다. 따라서 산 위의 질서를
산 아래로까지 확대함으로써 현실화시켜야 한다는 생각은 이
행사의 의미를 무화시켜 버리는 결과를 가져올 것이 자명하다.
이런 점에서 불씨도 이 행사에 대한 은유로 이해할 수 있다. 불
씨는 숨겨진 상태로 보존되며, 작지만 매년 모든 횃불에 불을
댕기는 전파력을 지니고 있기 때문이다. 그것은 행사 중 횃불로
타오름으로써 용서를 통한 화해의 이미지를 띠고 있다.

　그런데 소설 말미에서 결국 이 젊은이들이 사람들을 이끌고
산 아래로 내려옴으로써 행사를 파국으로 몰고 간다는데 이 소
설의 마지막 문제가 제시된다.

　　조 선생은 한마디로 이날 밤 나에게 하나의 어려운 공안(公安)
　을 제공해 온 것이었다. 그는 이날 밤의 산행에 나를 동행시킴으
　로써 기이한 소설거리를 제공하고 있었다. 그러나 그것은 동시에
　소설로 씌어질 수 없는 숙명적 자기금기를 수반한 소재였다. 영원
　히 세상에 알려서는 안 되는 기이한 비교의 기이한 예배행사, 그
　것이 세상에 알려질 때는 그것으로 그만 교리와 예배처가 소멸되
　어 지고 말 운명의 지하밀교행사…… 조 선생은 그 교단의 힘이나
　세상에의 기여가 그것의 보안성에 근거해 온 것으로 노출을 한사
　코 경계하고 있었다. 다시 말해 그는 내게 하나의 충격적인 소설
　거리를 보여주고 나서 동시에 그것을 쓰지 못하게 하는 침묵의 굴
　레를 씌워 온 것이다.155)

이 밀교 행사는 감추어져 있어야만 그 의미를 지닌다는 점에
서 환상적이다. 하지만 작가는 그 환상을 현실로 드러내고자 하
는 자기증거욕을 지닌 자다. 감추어져 있어야 할 환상을 현실에

---

155) 위의 글, 213쪽.

드러내야 한다는 작가의 모순을 어떻게 해소할 것인가 하는 문제가 「秘火密敎」가 제시하는 가장 중요한 최종 주제이다. 이 소설에서 등장하는 이상스런 불춤을 추는 젊은이들은 산 위(환상)의 질서를 산 아래(현실)까지 확대하려는 존재라는 점에서 자기증거욕에 충만해 있는 작가적 존재다. 하지만 그들은 직접적으로 그것을 드러냄으로써 조 선생으로부터 혐오감과 우려를 불러일으킨다. 조 선생에 의하면 그들은 성급한 존재다. 이것은 성급할 뿐 아니라 지극히 위험한 방법이다. 그들의 춤이 '원시적이고 충동적인 모습'156)을 하고 있다는 점은 그들의 행동이 본능충동을 그 자체로 드러내는 행위라는 점을 암시한다. 그런 점에서 그들은 자기증거욕만이 팽배한 거짓 작가라고 할 수 있다. 조 선생은 이들 젊은이들과는 다른 방법 즉 감추어야 한다는 숙명의 자기금기를 지키면서 밀교 행사를 드러내야 한다는 작가적 임무를 서술자 '나'에게 부여한 것이다.

　　글을 끝내면서 몇 마디만 덧붙이자면 그러니까 나의 이 어줍잖은 이야기는 기이하게도 그 조 선생의 참담스런 패배에 결정적인 빚을 지고 씌어져 나오게 된 셈이다. 산 위에서의 일이 조 선생의 그런 패배로 끝나지 않았다면 나는 끝끝내 나의 소설의 공안을 해결해 낼 수가 없었을지 모르기 때문이다. 자력으로 그것을 해결할 수 없는 한 나는 이 이야기를 쓸 수가 없었을 터이기 때문이다.
　　그러나 역설적이게도 조 선생의 패배는 그 막막한 공안의 울타리를 스스로 다시 거두어들임으로써 내게 이런 식으로나마 어려운 이야기의 길을 열어준 것이었다.
　　(중략)
　　하기야 나의 소설이라는 것이 애초부터 그 공안의 밖에서, 혹은 어떤 식으로든 그것이 실현되어진 이후에, 이렇듯 허접쓰레기 뒷

---

156) 위의 글, 190쪽.

이야깃거리나 헐떡헐떡 감당해 나가는 노릇인지도 모르지만. 그리고 저 드러남의 비극에 관한 아기장수의 이야기도, 사실에선 드러남이 곧 비극이었지만―그리고 그것은 애초 드러남을 전제로 하고 있는 이야기이기도 하지만―그러나 거기서도, 사실이 일단 비극으로 완성되고 난 다음에는 그것을 다시 만인의 삶으로 함께 완성시켜 나가는 이야기의 과정이 뒤따르는 형식이니까.157)

여기서 '나'는 조 선생의 패배가 없었다면 숙명의 자기금기를 지키면서 밀교 행사를 드러내야 하는 공안이 해결될 수 없었을 것이라고 한다. 조 선생의 패배란 불춤을 추던 젊은이들이 사람들을 산 아래로 몰고 내려오면서 결국 밀교 행사가 파국을 맞게 된 사건을 말한다. 그런데 이미 조 선생은 자신의 패배를 예감하고 있었고 그랬기 때문에 소설가인 '나'를 밀교 행사에 데리고 온 것이다. 소설가인 '나'의 임무는 밀교 행사가 그 비밀이 노출된다면 그것은 이미 무의미해지므로 그것을 다시 비현실적 존재로 복원하는 것이다. 문제는 어떻게 행사를 다시 환상적 공간 속으로 진입시키는가 하는 점이다. 이것은 소설의 허구성을 통해서 성취된다. 조 선생은 이 행사가 종말의 위기에 봉착했음을 깨닫고 소설가 '나'를 불러들임으로써 그것을 체험케 하고 소설이라는 허구의 양식을 통해 다시 그 환상적 속성을 복원하려 시도하고 있는 것이다. 결국 조 선생의 패배란 예정된 패배이지만, 동시에 다른 의미에서 승리의 예고라 할 수 있다. 조 선생의 의도야말로 패배를 통한 승리라는 역설적(逆說的)인 행위가 된다.

조 선생의 패배가 없다면 즉 비밀이 지켜지면 행사는 유지될 것이기 때문에 소설은 필요가 없다. 따라서 조 선생이 패배한 자리에서 소설가인 '나'의 임무가 시작된다. 즉 젊은이들에 의해

---

157) 위의 글, 221-222쪽.

노출됨으로써 그 의미를 상실할 뻔했던 밀교의 의미는 '나'에 의해 소설화됨으로써 또다시 허구의 세계로 들어가게 되는 것이다. 그런데 이 소설은 보다 복잡한 구조를 통해서 감춤으로서 드러낸다는 소설의 역설적 방식을 보여준다. 위의 인용문은 소설 끝에 '붙임'이라는 후기의 형태로 부가된 부분인데, 이것은 마치 이 소설이 허구가 아니라 현실인 것처럼 가장한다. 이것은 독자로 하여금 이 소설이 허구와 현실의 애매한 경계에 놓이는 것처럼 보이게 한다. 마치 안팎이 서로 통하는 뫼비우스의 띠 구조와 같다. 결국 「秘火密敎」는 소설이란 감추면서 드러내는 역설적 양식이라는 소설론으로 끝을 맺음으로써 밀교의 환상적 속성을 지켜내고 있다.

 「秘火密敎」는 밀교의 의미를 통해 인간의 내면적 불화가 어떻게 화해가능의 세계를 창출해 갈 수 있는가를 제시하고 있는 소설이다. 여기서 화해란 무엇보다 자기반성이라는 자기용서를 바탕으로 이루어지는 것이며 그것은 동시에 불특정의 타자로 확대됨으로써 가능하다. 하지만 이 소설은 이러한 화해의 세계가 현실 속에서 온전히 실현되는 것이 얼마나 어려운 일인가를 동시에 보여준다. 현실 속에서 인간 간의 이해관계는 복잡하고 미묘하다. 제왕산에서 벌어지는 밀교 행사가 화해의 공간일 수 있는 것은 인간 간의 이해관계를 해체했기 때문에 가능한 것이다. 그것은 현실과 동떨어져 있다는 이 행사의 환상적 속성에 기인한다. 이 행사는 환상처럼 현실 밖에 있어서 현실에서 직접적으로 실현되는 것은 아니지만 현실에 관여하며 인간의 삶을 지탱하는 소망적 이상을 형성한다. 또한 이러한 환상의 문제는 자연스럽게 소설의 문제로 넘어간다. 이 소설 말미에서 제시하듯 여기서 환상의 의미는 소설의 역할이나 힘을 의미하기도 한다. 소설의 환상적 속성, 그것은 현실이 아니며 현실화되지 않지만 항상 현실에 관여하며 현실적 삶에 대한 반성과 미래적 비전을 제시하고 있기 때문이다.

이상에서 살펴보았듯이 「이어도」와 「秘火密敎」는 이어도의 환상이나 밀교 행사와 같은 환상적 공간이 현실적 삶에서 어떤 의미를 지니는 가를 잘 보여주는 소설들이다. 그것은 현실적 측면에서 감추어진 세계지만 감추어져 있음으로 해서 현실적 삶에서 힘을 발휘한다. 그것은 현실 밖에 있을 때만 의미를 유지할 수 있다.

「이어도」는 천남석의 죽음을 통해서 이어도라는 종교적 유토피아의 환상이 현실적 삶에서 어떤 의미를 지니는가를 잘 드러내 주고 있다. 이어도는 비록 허구적 환상이지만 현실적 삶과 완전히 유리된 것은 아니다. 그것은 괴로운 현실에서 삶을 유지하는 힘을 제공하는 심리적 장치라고 말할 수 있다. 「秘火密敎」는 진정한 화해는 자기용서를 바탕으로 이루어질 수 있으며, 이러한 자기용서는 철저한 자기반성을 통해서 이루어질 수 있음을 강조한다. 하지만 동시에 이 소설은, 진정한 화해가 현실적 삶이 아닌 밀교 행사라는 환상적 공간에서 이루어진다는 점에서 인간 간의 화해가 얼마나 어려운 일인가를 암시한다. 밀교 행사와 같은 이상적 소망은 현실과 동떨어져 있는 듯하지만 끊임없이 현실적 삶에 관여하여 그것을 유지하고 변화시키는 힘을 제공한다. 현실은 여전히 불화의 공간으로 남지만, 이러한 환상적 이상이 작지만 지속적인 힘으로 작용함으로써 인간 화해의 미래적 소망을 담지한다는 점에서, 이 소설은 현실의 부정과 긍정을 동시에 제시하고 있다.

「이어도」와 「秘火密敎」는 이청준 소설에서 다음 세 가지 점의 중요한 의미를 지닌다. 첫째 이어도라는 종교적 유토피아의 환상이 『당신들의 천국』에서 보다 현실적인 의미로 발전하며, 『남도 사람』 연작, 「벌레 이야기」 등에서도 다루어지고 있는 용서의 의미가 「秘火密敎」에서 집약적으로 드러난다는 점이다. 둘째 이 소설들이 다루는 환상의 문제가 최종적으로 허구와 사실 사이의 대립으로 발전하며, 그것이 이청준 소설의 핵심적 주제라고 할 수 있는 소설의 문제와 만난다는 점이다. 이것은 우리의 삶에서 중요한 것은 때로 사실보다도 허구적 진실이라는 점을 강조하는 것이다. 셋째 이어도나 밀교 행사가 모성적(母性的) 공간 체제를 이루고 있다는 점이다. 이 두 소설 뿐 아니라 「退院」이나 「소문의 壁」에서 극명하게 드러나듯이 이청준 소설에서 부정적 현실은 대체로 부성적(父性的) 질서에서 기인한다고 할 수 있는데, 이 두 소설은 괴로운 현실로부터 삶을 지탱하면서 그 극복의 가능성을 모성적 공간 체제에서 찾고 있다.

4. 승화와 자유의 양식으로서의 예술

프로이트에 의하면 예술도 꿈과 같이 현실의 억압에 의해 좌절된 소원성취의 장이다. 예술은 증상이나 환상처럼 현실원칙을 위반하면서 억압된 소망충동을 성취한다. 하지만 그것은 증상과 같은 도피의 구조로 이루진 것은 아니다. 또한 환상이 비록 예술에 상상력을 불어넣는다는 점에서 예술과 환상은 불가분의 관계에 놓여 있지만 환상 자체는 궁극적으로 현실 밖에서 이루어진다는 점에서 예술과 다르다. 예술은 '예술적인 환상 덕분에 상징과 대리표상이 실제적 감정을 불러일으킬 수 있는, 관습적으로 수용된 현실'158)이라는 점에서, 증상이나 환상과 달리 현실적이다. 예술은 '소망을 좌절시키는 현실과 충족시키는 상상의 세계 사이의 중간 지대를 이룬다.'159) 예술은 무의식적 본능충동으로부터 출발하지만 의식의 동의를 거쳐 현실에서 승인된다. 예술은 간접적으로 현실에 개입해서 현실의 변화를 꾀하고 종국에는 현실이 되기도 한다.

이것은 예술가의 승화 능력에 의해 가능하다. 증상이나 환상이 그 존재를 현실 속에 드러낼 수 없는 감추어진 세계 속에서만 본능충동의 만족을 꾀하는 수단이라면 예술은 본능충동에서 출발해서 승화의 과정을 거쳐 현실의 세계로 떠오르는 특권을 지녔다. 보통사람은 백일몽이라는 환상에서만 만족하지만 예술

---

158) Freud, *Scientific Interest in Psycho-analysis*, The Standard Edition, 13, p.188.
159) 위의 글, 같은 쪽.

가는 환상을 통해서 작품을 창조한다. 예술가는 자신의 백일몽의 내용 가운데 다른 사람들이 이해할 수 없는 모든 개인적인 것들을 걸러내고, 다른 사람들도 함께 즐길 수 있는 형태로 가공하는 법을 알고 있다. 예술가는, 백일몽이 경멸스러운 원천들에서 연유했다는 사실이 쉽게 드러나지 않을 때까지, 그 내용을 완화시켜 표현할 줄도 안다.[160] 예술가는 그러한 과정을 거쳐 작품을 완성함으로써 자신의 소망충동을 수용자와 공유한다. 예술은 개인적인 차원에서 소망충동의 성취를 의미하지만, 그것을 현실에 드러냄으로써 타인과 공유한다는 점에서 사회적 속성을 내포한다. 그래서 예술은 본능충동에 대한 대리 만족을 제공하기도 하지만, 귀중한 감정적 경험을 공유할 기회를 제공하여 모든 문화권이 절실히 필요로 하고 있는 동질감을 고조시킨다. 이런 예술 작품은 특정한 문명의 성취를 생생히 표현하여 문화적 이상을 인상적으로 전달하며, 그 문명에 속한 사람들에게 자기애적 만족을 주기도 한다.[161] 이때 승화된 작품은 창조적 예술가의 자아이상(自我理想) 안에 주체적으로 내면화되고 사회적으로 고양된 이상(理想)과 합치한다.[162]

이청준 소설에서 예술 혹은 예술가는 가장 많이 다루어지는 소재이면서 가장 중요한 주제이다. 「줄」의 줄광대, 「시간의 門」의 사진사, 「날개의 집」의 화가 등이 그 대표적인 예이며 「매잡이」의 매잡이나 「과녁」의 궁수는 예술가적 장인의 모습을 보여준다. 특히 「병신과 머저리」에서 비롯하여 「소문의 壁」에서 『인문주의자 무소작 씨의 종생기』에 이르는 소설들은 이청준 소설

---

160) 프로이트, 『정신분석 강의』, 534쪽.
161) 프로이트, 「환상의 미래」, 184쪽.
162) 나지오, 「승화」, 『정신분석학의 일곱 가지 개념』, 백의, 1998, 121쪽.

의 중심 주제라고 할 수 있는 예술로서의 소설의 문제를 다루고 있어, 예술의 문제는 그의 소설 전체에서 가장 핵심적 주제라고 할 수 있는 것이다. 이 장에서는 예술적 승화라는 측면에서 『남도 소리』 연작을, 자유를 지향하는 양식으로서의 문학이라는 측면에서 『言語社會學 序說』 그리고 『自由의 門』을 분석하기로 한다.

1) 예술적 승화로서의 판소리

 『남도 사람』은 「서편제」, 「소리의 빛」, 「仙鶴洞 나그네」, 「새와 나무」, 「다시 태어나는 말」 등 다섯 편으로 이루어진 연작소설이다. 물론 다섯 편 전체가 일정한 관계를 유지하고 있지만 내용상 특히 앞의 세 편이 긴밀한 연관 관계를 이루고 있으나, 뒤의 두 편은 다소 거리가 있다. 「서편제」와 「소리의 빛」에서 소리꾼 남매와 그 아버지 사이의 갈등과 해소 과정을 소상히 다루고 「仙鶴洞 나그네」에서 그 해소 과정은 보편적인 의미로 확대된다. 「새와 나무」는 여기에서 사뭇 다른 내용으로 이루어져 있으며, 「다시 태어나는 말」은 또 다른 연작소설 『言語社會學序設』과 내용이 겹치면서 두 개의 연작소설 전체를 종합한다. 여기서는 주로 앞의 세 편을 중심으로 논의를 전개하기로 한다.
 「서편제」와 「소리의 빛」은 약 30년 전에 잃어버린 '뼈 다른 누이'[163]를 찾아 헤매는 한 사내의 이야기이다. 그는 누이의 소식이 전해지는 곳이면 어디든지 쫓아다니며 누이를 만나고자 한다. 하지만 그는 결국 누이와 해후(邂逅)하지만 자신의 신분

---

163) 이청준, 「다시 태어나는 말」, 『남도 사람』, 문학과비평사, 1988, 165쪽.

을 밝히지 않고 하루 저녁 판소리 장단만 맞추고 떠난다. 이 소설에서 사내가 누이를 찾아 헤매는 이유를 밝히는 것이 중요한 과제인데, 그것은 주로 아버지와의 갈등에서 비롯된다.

소년은 날마다 그 무덤가 잔디에서 고삐가 매인 짐승 꼴로 긴긴 여름을 기다려야 했다. 그리고 언덕바지 무덤가에서 소년은 더러 물비늘 반짝이며 섬 기슭을 돌아나가는 돛단배를 내려다보기도 했고, 더러는 또 얼굴을 쪄오는 듯한 여름 태양 볕 아래 배고픈 낮잠을 자기도 했다. 그러면서 이제나 그제나 밭고랑 사이로 들어간 어미가 일을 끝내고 나오기를 기다렸다. 하지만 여름마다 콩이 아니면 콩과 수수를 함께 섞어 심은 밭고랑 사이를 타고 들어간 어미는 소년의 그런 기다림 따위는 아랑곳을 하지 않았다. 물결 위를 떠도는 부표처럼 가물가물 콩밭사이를 오락가락 하면서 하루종일 그 노랫소리도 같고 울음소리도 같은 이상스런 콧소리 같은 것을 웅성거리고 있었다. 어미의 웅웅거리는 노랫가락 소리만이 진종일 소년의 곁을 서서히 멀어져 갔다간 다시 가까워져 오고, 가까워졌다간 어느 틈샌가 다시 까마득하게 멀어져 갈 뿐이었다.

(중략)

어쨌거나 그날 그 모습을 볼 수 없는 노랫소리는 진종일 해가 지나도록 숲 속을 흘러 나왔고, 그러자 한 가지 이상스런 일이 일어났다. 밭고랑만 들어서면 우우우 노랫소리도 같고 울음소리도 같던 어미의 그 이상스런 웅얼거림이 이날따라 그 산소리에 화답이라도 보내듯 더욱더 분명하고 극성스럽게 떠돌아 번지기 시작한 것이다. 그러면서 어미는 뜨거운 햇볕아래 하루 종일 가물가물 밭이랑 사이를 가고 또 오갔다. 그리고 마침내 산봉우리 너머로 뉘엿뉘엿 햇덩이가 떨어지고, 거뭇한 저녁 어스름이 서서히 산기슭을 덮어 내려오기 시작하자, 진종일 녹음 속에만 숨어 있던 노랫소리가 비로소 뱀처럼 은밀스럽게 산 어스름을 타고 내려와선, 그 뱀이 먹이를 덮치듯이 아직도 가물가물 밭고랑 사이를 떠돌던 소년의 어미를 후닥닥 덮쳐 버린 것이었다.164)

---

164) 이청준, 「서편제」, 위의 책, 18-20쪽.

이 장면은 앞에서도 제기했듯이 이청준 소설에 다섯 번 등장하면서 어머니를 두고 아버지와 벌이는 오이디푸스적 갈등을 암시적으로 드러낸다.165) 하지만 무엇보다도 「서편제」에 이르러 이 장면의 의미는 명료히 떠오른다. 위의 인용문에서 어머니의 모습이 확실하게 드러나며, 특히 「이어도」에서는 불확실했던 아버지에 대한 기억이 선명히 나타나기 때문이다. 이 장면에서 어머니는 밭고랑 사이를 오가며 소년으로부터 멀어졌다 가까이 다가오는 행동을 반복한다. '고삐가 매인 짐승 꼴'로 '노랫소리도 같고 울음소리도 같은 이상스런 콧소리 같은 것'을 웅얼거리며 '진종일 소년의 곁을 서서히 멀어져 갔다간 다시 가까워져 오고, 가까워 졌다간 어느 틈샌가 다시 까마득하게 멀어져 가'는 어머니를 보면서 이 유아적 자아는 하염없이 어머니를 기다린다.

이 장면은 마치 프로이트가 자신의 손자를 관찰함으로써 이해할 수 있었던 반복강박의 심리를 연상케 한다. 한 살 반의 아이는 나무 실패를 던지면서 가버린(fort)을 의미하는 '오-오-오-오' 소리를 냈고, 실패를 당기면서 '거기에'라는 의미의 'da'라고 소리쳤다. 그는 실패의 사라짐과 돌아옴을 통해서 어머니의 부재와 출현을 재현한 것이다. 이것은 어머니의 부재에 대한 괴로움을 극복하는 수단이다. 실패의 부재는 일시적인 불쾌감을 일으키지만 그것이 다시 출현할 것을 예상할 수 있기 때문에 궁극적으로 쾌감을 담보한다. 이 놀이의 진정한 목적은 어머니의 즐거운 귀환이다. 이 유아적 자아는 어머니의 부재라는 괴로운 현실을 놀이로 대체함으로써, 그것을 스스로 통제할 수 있는 상황으로 재현함으로써 이를 극복하고 있는 것이다.166) 위의 장면에서 이

---

165) 주 120번 참조.
166) 프로이트, 「쾌락원칙을 넘어서」, 19-21쪽.

유아적 자아는 일부러 어머니의 부재와 출현을 통제하고 있는 것은 아니지만 스스로 일정한 규칙을 만듦으로서 어머니의 부재를 견디면서 어머니의 귀환을 즐기고 있다고 생각할 수 있다. 하지만 프로이트의 손자가 어머니의 부재와 출현을 놀이로 대체함으로써 본능의 포기에 대한 보상을 얻을 수 있었지만, 사내의 경우는 아직 본능의 포기를 결단할 필요는 없다. 여기에는 아직 어머니에 대한 본능충동의 방해자는 등장하지 않기 때문이다.

아버지의 부재로 인해 사내는 완벽하지는 않지만 여전히 낙원의 복락을 누릴 수 있었던 것으로 파악할 수 있다. 하지만 '그러던 어느 날', 이 유아적 자아에게 '이상스런 일'이 벌어진다. 어머니에 대한 본능충동의 방해자가 등장한 것이다. 그것은 '이상스런 노랫가락 소리'와 더불어 등장한다. 그것은 어떤 낯선 소리꾼의 소리다. 그 소리는 하루 종일 산으로부터 들려오는데, 그는 마치 어머니의 웅얼거림이 그에 대한 화답처럼 느껴진다. 그리고 '마침내 산봉우리 너머로 뉘엿뉘엿 햇덩이가 떨어지고, 거뭇한 저녁 어스름이 서서히 산기슭을 덮어 내려오기 시작하자, 진종일 녹음 속에만 숨어 있던 노랫소리가 비로소 뱀처럼 은밀스럽게 산 어스름을 타고 내려와선, 그 뱀이 먹이를 덮치듯이 아직도 가물가물 밭고랑 사이를 떠돌던 소년의 어미를 후닥닥 덮쳐 버린 것'이었다. 이것은 소리꾼과 어머니의 교합장면에 대한 묘사다. 이것은 말하자면 '최초의 성교 장면'[167]이라고 할 수 있는 것으로 「이어도」에서보다 더욱 선명하게 묘사되고 있음을 알 수 있다. 이 사건으로 인하여 소년에게 소리는 어머니에 대한 본능충동의 방해자로 각인된다. 하지만 그것은 소년의 기억에 한 개의 표상이 아니라 복합적인 표상으로 자리한다.

---

167) 주 126번 참조.

　　사내는 끝내 나 어린 오뉘를 소리꾼을 만들기가 소원인 것 같았
다. 하지만 그 어린 사내 녀석은 정반대의 생각을 품고 있었다. 언
제부턴가 그는 자기의 손으로 그 나이 먹은 사내와 사내의 소리를
죽이고 말 은밀한 계획을 세우고 있었다. 어미를 죽인 것이 바로
사내의 소리였다. 언젠가는 또 사내가 자기를 죽이게 될지도 모른
다는 두려움이 항상 녀석을 떨리게 했다. 소리를 하고 있을 때밖
엔 좀처럼 입을 여는 일이 드문 버릇이나 사내의 그 말없는 눈길
이 더욱더 녀석을 두렵게 했다. 어미의 원한을 풀어 주고 싶었다.
사내가 자기를 해치려 들기 전에 이쪽에서 먼저 사내를 없애 버려
야만 했다. 사내를 두려워하면서도 그의 곁을 떠나지 못하고 있는
것은 마음속에 그런 음모가 꾸며지고 있기 때문이었다. 그가 시키
는 대로 북채 잡이 노릇까지는 터놓고 거역을 할 수가 없었다. 순
종을 하는 체해 보이면서 때가 오기를 기다리고 있었다.
　　사내가 소리를 하고 있을 때, 그 하염없고 유장한 노랫가락 소
리를 듣고 있노라면 녀석은 번번이 그 잊고 있던 살기가 불현듯
되살아 나오곤 했다. 그는 무엇보다도 그 사내의 소리를 견딜 수
가 없었다. 그는 무엇보다도 그 사내의 소리를 견딜 수가 없었다.
그리고 그 소리를 타고 이글이글 떠오르는 뜨거운 햇덩이를 참을
수가 없었다.168)

　　이 소설의 전체를 지배하는 갈등 즉 사내와 의붓아비와의 갈
등은 근본적으로 부친살해의 본능충동에서 비롯된다. 사내는 평
생을 부친살해 충동에 시달린다. 어린 시절 사내는 소리꾼 즉
의붓아비가 어머니를 죽게 만들었다고 원망을 하고 있다. 그는
의붓아비를 죽임으로써 어머니의 원한을 갚아주고 싶어 한다.
뿐만 아니라 그는 언젠가 또 사내가 자기를 죽일지도 모른다는
생각으로 항상 두려움에 떤다. 그는 의붓아비가 자신을 해치려
들기 전에 자신이 먼저 의붓아버지를 없애버려야만 된다고 생
각한다. 하지만 이러한 생각은 지극히 주관적인 망상에 가깝다.

---

168) 이청준, 앞의 글, 26-27쪽.

의붓아버지 때문에 어머니가 죽었다는 생각이나 의붓아버지가 그를 해칠 것이라는 생각이 모두 사실과 전혀 다르기 때문이다. 이는 전형적인 부친살해 충동과 거세불안 심리를 드러낸다. 의붓아버지가 자신을 죽일지도 모른다는 생각은 자신의 살해 충동에 대한 투사(Projektion/Projection)에 불과하다. 그러니까 의붓아버지가 자기를 죽일지도 모른다는 생각은 자신의 부친 살해의 충동이 역전된 것이다. 또한 어머니에 대한 원한을 갚아주고 싶다는 생각은 결국 자신의 원한을 갚겠다는 생각의 다른 표현이라 할 수 있다. 어머니는 의붓아버지에게 원한을 가졌을 리 없기 때문이다. 그런데 여기서 문제가 되는 것은 정작 어머니를 죽인 것이 의붓아버지라기보다는 그의 소리라고 이 사내가 느끼는데 있다. 그래서 의붓아버지의 그 하염없고 유장한 노랫가락 소리가 그로 하여금 살기를 불러일으킨다. 그 소리는 밭 가는 어머니를 기다리며 쬐었던 뜨거운 햇덩이의 이미지와 겹친다. 그를 참을 수 없게 만드는 것은 '소리'와 '햇덩이'의 복합적 표상이다.

> 괴롭고 고통스런 얼굴이었다. 하지만 어떻게 된 심판인지 사내는 그 고통스런 소리의 얼굴을 버리고는 살 수가 없었다. 머리 위에 햇덩이가 뜨겁게 불타고 있지 않으면 그의 육신과 영혼의 속절없이 맥을 놓고 늘어졌다. 그는 그의 햇덩이를 만나기 위해 끊임없이 소리를 찾아다니지 않으면 안 되었다. 그런 식으로 이날 이때까지 반생을 지녀온 숙명의 태양이요 소리의 얼굴이었다.[169]

> 그러나 녀석에겐 아직도 그 골짜기를 길게 메아리 쳐오던 사내의 마지막 소리를 피해갈 곳은 아무데도 없었다. 그날 이후로 그는 어느 때 어느 곳에서나 소리를 만나기만 하면 그때의 그 사내

---

169) 위의 글, 21쪽.

의 소리를 다시 듣곤 했다.170)

　"아닐세, 자네 소리에는 내게 무엇보다도 반갑고 소중한 것이
있었네. 소리보다도 나는 그 소리 속에서 그것을 만나러 이 세월
을 허송하고 다녔을지도 모르는 소중한 것이네."
　(중략)
　"(……) 소리를 들으면 어렸을 적에 그 밭두렁 가에 누워 보던
바다비늘이 아슴아슴 떠오르고 골짜기 숲으로 복더위를 씻어가던
한줄기 바람결이 내 얼굴을 지나가고…… 아니 그보다도 소리만
들으면 그 이마 위에서 무섭게 들끓고 있던 여름 햇덩이를 다시
보게 되곤 하니 말일세. 그런데 말이네, 그런데 난 오늘 밤 자네한
테서 내 눈썹을 불태울 것 같은 그 무섭게도 뜨거운 햇덩이를 다
시 보게 된 것일세."171)

　"그야 오라비는 옛날에도 노인을 해치지는 못했지요. 노인을 해
치고 싶어만 했다뿐, 소리 때문에 되려 당신 쪽에서 몸을 피해 달
아난 위인이었다지 않습니까. 오라버닌 제 소리에 살기가 일었을
지 모르지만 제 소리 때문에 또 당신 쪽에서 먼저 몸을 피해가신
것입네다."172)

　첫 번째 인용문에서 보듯 소리와 햇덩이의 이미지는 교묘하
게 얽혀 있다. 마치 그것들은 같은 의미를 지닌 것처럼 묘사된
다. 그것들은 사내에게 괴롭고 고통스런 것이지만, 동시에 그는
그것들을 버리고는 살 수가 없다. 하지만 '햇덩이를 만나기 위해
끊임없이 소리를 찾아다니지 않으면 안 되었다'는 말에서 알 수
있듯이 분명 둘은 분리된 의미를 지닌 표상이다. 결국 사내가
평생을 찾아 헤맨 것은 누이가 아니라 소리이며 보다 근본적으

---

170) 위의 글, 30쪽.
171) 이청준, 「소리의 빛」, 위의 책, 41-45쪽.
172) 위의 글, 51쪽.

로는 소리에 내포된 햇덩이이다. 두 번째 인용문에서 알 수 있듯이 소리는 사내에게 강박적 표상이다. 그는 사내의 소리를 피해 달아났으나, 어느 때 어느 곳에서나 소리를 만나기만 하면 그때의 그 사내의 소리를 다시 듣게 된다. 그는 그 소리의 그늘에서 벗어날 수 없다. 세 번째 인용문에서 소리와 햇덩이의 의미는 보다 명료하게 드러난다. 그는 누이의 소리에는 무엇보다도 '반갑고 소중한 것'이 있는데, 그것은 소리보다도 그 소리 속에서 '그것을' 만나기 위해 세월을 허송하고 다녔을지도 모를 정도로 소중한 것이라 한다. 그것은 다름 아닌 햇덩이로 표상되는 어렸을 적에 그 밭두렁가에 바다와 골짜기 숲의 정경이다. 소리는 어린 시절 어머니와 복락을 누리던 공간으로 사내를 이끌고 간다. 따라서 그 정경은 햇덩이로 표상되며 햇덩이는 결국 어머니에 대한 본능충동에 대한 대리표상이 된다. 네 번째 인용문에서 보듯 소리는 의붓아버지에 대한 살기를 불러일으킬 뿐 아니라 의붓아버지에 대한 두려움을 자아내기도 한다. 그것은 경쟁자로서의 아버지 혹은 아버지의 금기나 거세위협의 대리표상으로 이해할 수 있다.

위의 분석에서 볼 수 있듯이 사내의 심리에 드러나는 소리와 햇덩이의 이미지는 매우 복합적이다. 이것은 본래 밭뙈기에서 겪었던 경험이 사내에게 복합적 이미지로 각인되었기 때문이라고 파악된다. '햇덩이'가 어머니에 대한 본능충동에 대한 대리표상이라면 '소리'는 아버지의 금기 혹은 거세 위협에 대한 대리표상이다. 하지만 소리로 표상되는 의붓아버지의 이미지는 햇덩이의 이미지와 불가분의 관계로 결합되어 있다.[173] 그것은 동전의 양면처럼 붙어 다닌다. 따라서 정작 사내가 갈구하는 것은 햇덩이로

---

173) 주 81번 참조.

표상되는 어머니와의 행복한 관계이지만 그것은 소리를 통해서만 만날 수 있다. 이러한 소리와 햇덩이의 모순 관계가 사내로 하여금 소리를 그토록 고통스러워하면서도 그것 없이는 살아갈 수 없게 만든다. 결국 사내가 평생 누이를 찾아 헤맸지만 사실 그가 찾아 헤맨 것은 누이의 소리에 내포된 햇덩이이다.

누이에 대한 사내의 심리는 더욱 복합적이다. 누이가 의붓아버지의 소리를 대신하고 있으며 그 소리가 햇덩이의 의미를 내포하고 있다는 점에서 그녀는 소리와 햇덩이의 이미지를 나란히 지니고 있는 존재다. 하지만 누이가 사내에게 보다 중요한 의미를 지니는 것은 그녀가 장님이라는 사실이다. 이 소설에서 누이의 실명(失明)은 '놀라운 비밀의 핵심'[174]이라고 표현되고 있는데, 그것이 놀라운 비밀이 되는 것은 누이를 눈멀게 한 사람이 다름 아닌 그 아버지라는 사실이다. 아버지가 자신의 친딸을 눈멀게 한 표면적 이유는 '눈으로 뻗칠 사람의 영기가 귀와 목청 쪽으로 옮겨가서 눈빛 대신 사람의 목청소리를 비상하게' 만듦으로써, 딸로 하여금 득음(得音)의 경지에 이르게 하기 위한 것이다. 하지만 이러한 이유는 미심쩍다. 아버지가 딸의 눈을 멀게 한 것이 사실은 딸이 도망을 칠까 봐 겁이 났기 때문에 행해졌다는 사실이 죽기 전 아버지의 고백을 통해 밝혀진다. 하지만 실명을 한 후 실제로 그녀의 소리가 윤택해졌다는 사실을 고려할 때, 아버지의 행위의 동기는 두 가지가 복합된 것이었다고 할 수 있다. 전자가 표면적인 이유라면 후자는 내면적인 이유라고 할 수 있는 것이다. 하지만 이러한 사실과는 별개로 누이의 실명 사실은 사내의 심리에서 보다 근원적인 충격으로 받아들여지는 것으로 파악된다.

---

174) 이청준, 「서편제」, 23쪽.

이 소설에서 눈먼 사람이 사내가 아니라 누이라는 점은 중요한 의미를 지닌다. 정신분석적 측면에서 실명(失明)은 거세를 의미한다.175) 오이디푸스 시기에 거세를 당했다고 느끼는 존재는 여자 아이이며, 남자 아이는 남근이 없는 여성의 성기를 보고 거세 위협을 느끼기 때문이다. 남자 아이는 어느 시기에 또래의 여자 아이에게 남근이 없는 것을 보고 원래 있었으나 가세된 것으로 이해하고 거세 위협을 느끼게 된다.176)177) 이로 볼 때 사내에게 누이의 실명은 거세위협의 복합심리로 작용한다고 생각할 수 있다. 그래서 그녀의 실명이 아버지의 고의에 의해서 이루어졌다는 사실이 사내에게 일반적인 의미를 넘어서는 심리적 충격을 가하고 있는 것이다. 사내는 누이를 보며, 어쩌면 자신이 당할지도 모르는 환란을 눈앞에서 목격하면서 두려움에 떨고 있다고 할 수 있다. 말하자면 사내는 누이를 보면서 '나도 아버지에게 대항하면 누이처럼 장님(거세)이 될 지도 모른다'고 생각하며 공포에 떨고 있는 것이다. 물론 그것은 의식이 아니라 무의식적 현상이다.

이렇게 볼 때, 사내의 심리적 갈등의 해소는 누이와의 관계를 통해서 이루어진다는 점은 매우 중요한 의미를 지닌다.

---

175) 프로이트는 호프만의 모래인간을 분석함으로써 실명(失明)과 거세 공포가 밀접한 관계에 있다는 점을 강조한 바 있다. (프로이트, 「두려운 낯설음」, 『창조적 작가와 몽상』, 참조.) 오이디푸스가 자신의 눈을 찌름으로써 자기를 처벌한 것도 이러한 맥락에서 이해할 수 있다.

176) 프로이트, 「성욕에 관한 세 편의 에세이」, 『성욕에 관한 세 편의 에세이』, 314쪽.

177) 고원 역시 누이의 실명이 거세를 의미하는 것으로 보고 있으나, 왜 누이가 거세의 위치에 있는가에 대해 주의를 기울이고 있지 않다. (고원, 앞의 글, 248쪽.)

여인은 소리를 굴렸다가 깎았다가 멎었다가 풀었다가 하면서 온갖 변화무쌍한 조화를 다 이끌어 냈고 손님에 대해서도 때로는 장단을 딛지 않고 교묘하게 그 장단 사이를 빠져 넘나드는가 하면 때로는 그 장단을 건너가는 엇붙임을 빚어내어 손님의 장단 솜씨를 마음껏 즐기게 하고 있었다.
　그것은 마치 소리와 장단이, 서로 몸을 대지 않고도 능히 상대편을 즐기고 있는 요부의 희롱과도 같은 것이었고, 희롱이라기보다는 기막힌 요술이었고, 요술이라기보다는 그 몸을 대지 않는 소리와 장단의 기묘하게 틈이 없는 포옹과도 같은 것이었다.
　하지만 그 기묘한 포옹 속에서도 손님과 여인은 역시 놀라움이 있었다. 손님 쪽에 무슨 변화가 있었다면 그는 여인의 소리에서 어렸을 적 그의 햇덩이를 만나 그 햇덩이의 뜨거운 열기를 무서운 인내로 견뎌내고 있는 듯 일그러진 얼굴에 땀방울이 송송 솟아나고 있다는 것과, 그리고 그 열기에 숨이 차오르는 듯이 헐떡헐떡 거친 숨소리를 힘겹게 깨물어 삼키고 있다는 것뿐이었다. 그리고 여인은 마치 손님의 그 햇덩이가 그의 이마 위에서 더욱더 뜨겁고 고통스럽게 불타오르기를 열망하듯 긴긴 밤 소리에 여느 때보다도 지침이 없다는 것뿐이다.178)

위의 인용문에서 보듯 사내는 누이와 '몸을 대지 않는 소리와 장단의 기묘하게 틈이 없는 포옹'을 한다. 이는 의식적인 차원에서는 오랫동안 헤어져 있던 혈연을 만난 감격으로 이해할 수 있다. 하지만 무의식적 차원에서 본다면 이것은 예술을 통한 개인적 승화의 과정과 같다. 그는 누이와 함께 소리와 북장단을 맞추며 어머니와의 행복한 관계를 예술적 차원에서 재현하고 있다는 점에서 탈성화된 방식으로 억압된 본능충동을 해소하고 있다고 생각할 수 있기 때문이다. 여기서 사내에게 누이는 전이된 어머니이다. 누이는 어머니의 대리표상인 햇덩이의 이미지를

---

178) 이청준, 「소리의 빛」, 47-48쪽.

내포하는 소리를 하는 존재일 뿐 아니라 남성에게 여자 형제는 어머니를 대신하는 존재가 될 수 있다는 점에서 어머니의 대리자가 된다.

하지만 누이와 북장단을 맞추며 사내는 햇덩이를 보는 순간 다시 두려움에 떨게 된다. 누이의 소리가 햇덩이를 불러오지만 그 소리는 아버지의 금기와 떨어질 수 없으며, 특히 그녀의 실명이 그로 하여금 거세 위협을 연상케 하기 때문에, 사내는 소리에 내포된 금기와 싸우면서 햇덩이를 보고 있기 때문이다. '그 햇덩이가 그의 이마 위에서 더욱더 뜨겁고 고통스럽게 불타오르기를 열망하듯 긴긴 밤 소리'에서 '고통스러운'과 '불타오르기를 열망하듯'이라는 모순적 표현은 이러한 바탕에서 이해할 수 있다. 위의 인용문은 사내가 유년시절에 경험한 오이디푸스 상황을 암시적으로 재현하는 장면이라고 할 수 있다. 신경증이 이러한 재현을 통해서 그 증상이 해소되듯이 이로써 사내는 더 이상 누이를 쫓아다니지 않게 된다는 점에서 이 장면은 사내의 억압이 근원적으로 해소되는 순간이다. 하지만 모든 갈등이 해소되는 것은 아니다. 그것은 여전히 한(恨)으로 남는다.

> "하지만 어쨌거나 그 여자가 제 아비를 용서한 것은 다행한 일이었을지 모르는 노릇이지. 아비를 위해서도 그렇고 그 여자 자신을 위해서도 그렇고……. 여자가 제 아비를 용서하지 못했다면 그건 바로 원한이지 소리를 위한 한은 될 수 없었을 거 아닌가. 아비를 용서했길래 그 여자에겐 비로소 한이 더욱 깊었을 것이고……"179)

---

179) 이청준, 「서편제」, 32쪽.

"이미 짐작이 드셨겠지만, 그 여자의 소리가 어떤 것이었겠습니까……. 사람들은 흔히 남도 소리를 한의 가락이라 말들 하지요. 하지만 그걸 좀더 옳게 말하자면 한풀이 가락이라고 말해야 할 거외다. 남도 소리는 우리의 마음속에 그 몹쓸 한을 쌓는 것이 아니라, 거꾸로 그 한으로 굳어진 아픈 매듭들을 소리로 달래고 풀어내는 것이란 말이외다. 그래 그 한의 매듭이 깊은 사람들에겐 자기소리로 그것을 풀어내는 일 자체가 삶의 길이 되는 수도 있는 거지요. 작자의 누이라는 여자가 아마 그런 경우였을 거외다. (……)"180)

"그러고 보면 아마 자네 오라비라는 사람이 그렇게 가버린 것도 자네의 그 한을 다치지 않으려는 것이 아니었는가 싶네. 사람들 중엔 때로 자기 한 덩어리를 지니고 그것을 소중하게 아끼면서 그 한 덩어리를 조금씩 갈아 마시면서 살아가는 위인도 있는 듯 싶데 그랴. (……) 더군다나 자네같이 한으로 해서 소리가 열리고 한으로 해서 소리가 깊어지는 사람이라면 더더욱 그것을 소중히 여겨야 할 것일세. 자네 오라비도 아마 그 점을 알고 있었던 듯싶네. (……) 자네 오라빈 자네 소리에 서린 한을 아껴 주고 싶은 나머지, 자네한테서 그것을 빼앗지 않고 떠나기를 소망했음에 틀림없을 걸세."181)

위의 첫 번째 인용문에서 보듯 누이는 자신의 눈을 앗아가 버린 아버지에 대한 원한(怨恨)을 한(恨)182)으로 바꾸어 놓았다. 이

---

180) 이청준, 「다시 태어나는 말」, 위의 책, 69-170쪽.
181) 이청준, 「소리의 빛」, 54쪽.
182) 한(恨)은 마음속에 억압된 어떤 정서로서 한국인의 고유 콤플렉스(이규동, 「한을 희석·표백하려는 정신 역동」, 『동서문화』, 1978. 8.), 한국인의 특유한 현상으로 민중의 역사적 계층의식(한완상, 「한에 대한 민중 사회학적 시론」, 『현대 자본주의의 공동체』, 한길사, 1980.), 아픔의 기나긴 축적으로 원한과 고난에 시간이 더해진 것(고은, 「한의 극복을 위하여」, 『한국사회연구』, 한길사, 1980.), 한국인의 고유 감정 즉 한국적 슬픔의 정서로서 한국인의 가장 중요

144

것은 아버지에 대한 용서를 통해 가능한 것인데, 이 과정은 소리를 통한 승화의 과정이라고 할 수 있다. 그런데 이러한 누이의 아버지에 대한 용서는 사내에게 그대로 전이되는 것으로 이해된다. 사내가 '그 여자가 제 아비를 용서한 것은 다행한 일이었을지 모르는 노릇'이라고 말하는 것은 이미 누이의 아버지에 대한 용서를 깊이 이해하고 있으며 사내 자신도 의붓아버지를 용서하고 있다고 할 수 있다. 누이의 소리를 통해서 사내 역시 한(恨)의 승화를 이루고 있는 것이다. 두 번째 인용문에서 보듯 남도소리는 그것 자체가 한의 가락이며 동시에 한풀이의 가락이기 때문에 이러한 용서는 가능하다고 할 수 있다. 누이는 평생 소리를 통해서 한을 쌓고 푸는 반복의 과정을 되풀이하고 있었던 것인데, 그것은 곧 아비에 대한 용서의 과정이며 동시에 그의 삶 자체가 된

한 인간적 국면(문순태, 「한이란 무엇인가」, 『민족문화1집』, 이삭, 1985.) 등으로 파악된다. 한(恨)이란 매우 모호한 개념이어서 좀처럼 정의 내리기 어렵지만, 그것은 대체로 한국 사람이 한국의 전통적·사회문화적 삶에서 겪는 자신의 사회적 상황이나 경험에 의한 고통스러운 감정을 한국의 사회문화적 맥락에서 나름대로 대응 처리한 결과로 생기는 심리상태로, 전통적으로는 넋두리, 굿, 판소리, 탈춤 등과 근래에는 예술, 문학, 사회개혁 운동 등의 한풀이의 사회적 방법을 통해 해소의 길을 찾는 것으로 파악할 수 있다. (민성길, 「한(恨)의 정신병리학(精神病理學)」, 『코리안 이마고2』, 인간사랑, 1998 참조.) 이렇게 보면 한(恨)이란 심리적 갈등이나 상처만이 아니라 그에 대한 일정한 심리적 대응 처리 과정을 필요로 한다. 이 과정은 오랜 시간을 요구한다. 그것은 쌓이면서 풀어지는 과정을 반복하면서 해소된다고 할 수 있는데, 이러한 과정은 모호하나마 체념의 과정이라고 생각해 볼 수 있다. 한(恨)이 한국 문화의 특수성을 바탕으로 발생하는 것이므로 정신분석적 차원에서 정의 내리기 어렵지만, 그것이 현실적 갈등이나 상처에서 비롯된다는 점에서 현실적 좌절로 인한 억압된 소망충동이라는 보편적 성격을 갖는다는 것은 분명하다. 여기에 체념이라는 시간적 과정이 요구된다는 점에서 그 특수한 성격이 규정될 수 있다.

다. '한의 매듭이 깊은 사람들에겐 자기 소리로 그것을 풀어내는 일 자체가 삶의 길이 되는' 것이다. 세 번째 인용문은 사내가 누이와 함께 소리와 장단을 맞추고는 자신의 신분을 밝히지 않고 떠난 이유를 밝히는 대목이다. 사내는 누이에게 한과 소리는 삶을 견디는 한 양식이 되고 있음을 이해하고 그것을 빼앗지 않기 위해서 자신의 신분을 밝히지 않고 떠난다. 그의 이러한 행동은 한이 자신에게도 똑같이 적용되기 때문이기도 할 것이다.

이러한 누이의 소리를 통한 사내의 갈등의 해소 과정은 「仙鶴洞 나그네」에서 보편적 의미로 확대된다. 「仙鶴洞 나그네」는 사내의 개인적 갈등보다는 선학동의 마른 포구에 비상학(飛翔鶴)이 다시 날게 된 경위를 다루고 있다. 이 소설에서 사내가 선학동을 찾게 된 이유가 누이를 다시 찾겠다는 것보다는 포구에 떠 있는 관음봉(觀音峰)의 그림자 즉 비상학을 보고자 하는 데 있으며, 이 소설의 주요 구성이 되고 있는 주인 사내와의 대화도 물이 마른 포구에 다시 비상학이 날게 된 경위에 관심이 집중된다.

뿐더러 관음봉 산록에 명당이 있다 함은 이 마을을 선학동이라 부르게 된 데에도 또 하나 깊은 내력이 있었다. 산의 이름을 관음봉이라 한다면 마을 이름도 마땅히 관음리 정도가 되는 게 상례였다. 그러나 마을은 옛부터 이름이 선학동이라 하였다. 까닭인즉, 마을 앞 포구에 밀물이 차오르면 관음봉이 문득 한 마리 학으로 그 물 위를 날아오르기 때문이었다. 포구에 물이 들면 관음봉의 산 그림자가 거기에 떠올랐다. 그런데 그 물 위로 떠오르는 관음봉의 그림자가 영락없는 비상학의 형국을 자아냈다 하늘로 치솟아 오른 고깔 모양의 주봉은 힘찬 비상을 시작하고 있는 학의 머리요, 길게 양쪽 산줄기는 그 날개의 형상이 완연했다.[183]

---

183) 이청준, 「仙鶴洞 나그네」, 앞의 책, 61쪽.

이 소설에서 먼저 제기할 문제는 비상학의 의미이다. 선학동의 풍경은 '장삼자락을 좌우로 길게 펼쳐 앉은 법승(法僧) 형국의 관음봉'과 그 앞에 펼쳐진 포구로 요약될 수 있다. 여기에 한 가지 기이한 이야기가 전해져 오는데, 그것은 이 포구에 물이 차오를 때 지령음(地靈音)이 들리며 그 소리가 들리는 명당 줄기에 조상의 묘를 쓰면 자손들이 음덕(陰德)을 입는다는 것이다. 하지만 무엇보다 이 선학동을 규정하는 것은 그 이름에서 알 수 있듯이 밀물이 들어왔을 때 그 포구에 떠오르는 관음봉의 그림자가 비상학의 형상을 하고 있다는 점이다. 여기서 관음봉과 포구는 그 형상에서 각각 남근과 여성의 성기를 상징한다고 할 수 있다. 그렇다면 비상학은 다름 아닌 남녀의 교합을 의미한다. 하지만 이것은 성적인 이미지에서 사뭇 벗어나 있다는 점에서 승화된 이미지로 나타난다. 이것은 서양적이기보다는 동양적 이미지에 가깝다는 점에서, 선학동은 음양(陰陽)이 조화(調和)를 이루고 있는 이상적 공간을 연상케 한다. 이렇게 음(陰)과 양(陽)이 조화를 이루고 있는 공간에 조상의 묘를 쓰면 후손이 잘된다는 풍수지리적 해석은 자연스럽게 이해될 수 있다. 따라서 비상학은 조화의 상징으로 받아들일 수 있다.

이러한 비상학은 의붓아비의 소리와 깊은 관계가 있다. 사내가 30년 전 의붓아버지와 누이와 함께 이곳을 찾아 북장단을 익히고 갔으며, 의붓아비는 비상학과 어울려 소리를 하고 누이의 소리에도 그 비상학의 이미지를 심어주려 했다. 또한 '해질녘 포구에 물이 차오르고 부녀가 그 비상학과 더불어 소리를 시작하면 선학(仙鶴)이 소리를 불러낸 것인지 소리가 선학을 날게 한 것인지 분간을 짓기 어려운 지경'184)이었다는 주인 사내의

---

184) 위의 글, 68쪽.

회고나 '아배의 소리는 그러니께 그 시절에 늘 물 위를 날아오른 학과 함께 노닐었'185)다는 누이의 기억은 아버지와 비상학의 관계를 잘 보여준다. 비상학은 곧 의붓아버지의 소리에 대한 은유가 된다. 이것은 누이나 마을 사람들뿐 아니라 사내에게도 마찬가지이다. 하지만 누이나 마을 사람들에게 비상학이 조화의 상징이듯이 의붓아비의 소리는 조화로운 예술로 인식되지만, 사내에게 비상학은 의붓아버지의 소리와 어우러져 있기 때문에 금기의 의미와 햇덩이의 이미지를 동시에 내포한다.

사내가 30년 만에 이곳을 찾은 이유가 무엇보다 비상학을 다시 보기 위한 것이라는 것도 이러한 점에서 이해할 수 있다. 그는 무엇보다 의붓아비의 소리가 어우러진 비상학을 통해 그의 햇덩이를 다시 만나기 위해 선학동을 찾은 것이다. 하지만 이 소설에서 비상학의 이미지는 「서편제」나 「소리의 빛」에서 드러나는 햇덩이의 이미지와는 사뭇 다르다. 여기에는 의붓아버지의 소리에서 느끼던 두려움이나 살기가 나타나지 않는다. 사내는 이미 누이를 만나고 누이의 한을 이해하면서 자신의 갈등을 어느 정도 풀었기 때문일 것이다. 이제 사내에게 비상학은 일반적인 의미에서의 조화와 정상적인 어머니에 대한 소망의 상징으로만 나타난다. 사내는 비상학을 만남으로써 두려움 없이 햇덩이를 볼 수 있고 조화로운 세계를 만날 수 있는 것이다. 문제는 포구의 물이 마름으로 해서 아무도 더 이상 비상학을 볼 수 없다는데 있다. 이것은 개별적인 갈등의 문제를 넘어서 조화가 깨진 세계의 불화를 의미한다. 포구를 메워 간척공사를 함으로써 바다를 들판으로 만들었음에도 불구하고 형편은 그리 나아진 점이 없을 뿐만 아니라 마을 인심도 뒤숭숭해졌다는 점은 비상

---

185) 위의 글, 77쪽.

학이 상징하는 조화로운 삶이 얼마나 중요한 가를 보여준다. 그 런데 더욱 중요한 문제는 물이 마른 포구에서 다시 비상학을 볼 수 있었던 경위인데, 그것은 다름 아니라 누이의 소리에 의 해서 가능해진다. 선학동에 다시 비상학이 날기 시작한 경위를 요약하면 다음과 같다.

누이는 20년 전에 죽은 아버지의 유골을 수습해 선학동 산하 에 묻고자 다시 그곳을 찾는다. 그것은 아버지의 유언이기도 하 며 누이의 소망이기도 했지만 원래 명당이라고 소문이 난 선학 동에는 유골을 묻을 만한 땅이 없다. 뿐만 아니라 비상학이 날 지 않는 선학동에 유골을 묻는 것은 아무런 의미가 없다. 아비 가 선학동에 묻히기를 소망한 것은 살아서 그의 소리가 그랬듯 이 죽어서도 비상학과 어우러지길 바랐기 때문이다. 누이는 초 조해 하지 않고 만조 때가 되면 마른 포구를 바라보고 소리를 하며 날을 보낸다. 그러던 중 누이는 마른 포구에 물이 차오르 고 비상학이 나는 것을 본다. 비상학을 보는 것은 누이뿐 아니 라 함께 온 노인과 주막집 주인 사내와 그리고 마을 사람 모두 에게 확대된다. 선학동에는 다시 비상학이 날기 시작한다. 어느 날 밤 누이는 아버지의 유골을 암장하고 그 길로 선학동을 떠 난다. 하지만 마을 사람들은 그런 누이의 태도가 당연한 듯이 아무도 서로 묻는 법이 없다.

마치 전설과 같은 위 이야기의 핵심은 결국 성한 사람이 볼 수 없었던 비상학을 장님인 누이가 본다는 역설(逆說)에 있다. 이러한 역설은 삶의 진실은 물리적 실재보다는 심리적 실재에 가깝다는 점을 강조한다. 이것은 또다시 소설의 허구적 진실의 문제와 만난다. 「이어도」에서의 이어도라는 허구적 환상의 의미 와 「秘火密敎」의 결말부에서 보이는 밀교의 환상적 속성을 유 지하기 위한 소설화 과정은, 이 소설에서 장님인 누이가 비상학을 본다는 것으로 변주되고 있는 것이다. 하지만 이 소설에서 누이의 소리 예술은 이어도의 허구적 환상이나 밀교의 환상적 속성과는 사뭇 다르다. 누이의 소리 예술은 현실 밖에만 머물러 있는 것이 아니라 현실에 깊이 개입하여 사람들의 생각을 변화시킴으로써 현실 자체의 개조를 수행하고 있기 때문이다. 누이의 소리 예술은 불화의 공간을 조화의 공간으로 변화시킴으로써 사회적으로 고양된 이상(理想)과 합치한다.

또한 이 소설에서 비상학을 날게 한 누이가 장님이라는 사실은 예술가의 한 속성을 보여준다는 점에서 중요한 의미를 지닌다. 에드먼드 윌슨은 「상처와 활」에서 필록테테스의 전설을 빌어 예술가의 운명을 설명한다. 그에 의하면 예술가는 창조적 비전을 획득한 대가(對價)로 혐오스러운 질병을 갖게 되었으며, 비록 사회에서 버려지긴 하지만 그의 치유력 때문에 사회는 그를 필요로 한다고 한다.186) 그러한 예술가들은 어쩔 수 없이 사람들과 떨어져 있으므로 그의 생각은 정교해지고 따라서 삶의 비밀을 잘 알게 된다. 고약한 질병의 당사자는 그 때문에 사회에서 혐오스러운 존재이고 의지할 데 없는 사람이 되지만 동시에 누구나 존경하고 정상인이 필요로 하는 초인적 기예의 명수이다.187) 윌

---

186) 필록테테스는 적수 없는 활과 치명적인 화살을 상속받았다. 트로이 전쟁에서 그리스 편으로 참가하고자 하나 전쟁터로 가다가 독사에게 물려 상처의 고약한 냄새 때문에 섬에 버려진다. 그러나 그의 활과 화살이 없으면 전쟁에서 이길 수 없다는 사실을 알고 분노하는 그를 설득하여 전쟁에 참가하도록 한다. 그는 결국 승리를 그리스의 가져온다. 여기에서 상처나 고약한 냄새는 예술가들의 반사회적 속성 혹은 신경증적 기질 등을 의미하며 활과 화살은 사람들에게 감동을 불러일으킴으로써 마음의 병을 치유하는 창조적 속성을 의미한다. 눈이 먼 호메로스는 좋은 예이다. (유종호, 「프로이트와 문학」, 『문학이란 무엇인가』, 민음사, 1991, 200-203쪽.)

슴이 말하는 예술가와 누이는 완전히 일치하는 것은 아니지만 본질적인 의미에서 유사하다고 할 수 있다. 누이가 사람들로부터 혐오감을 불러일으키는 것은 아니지만 장님이기 때문에 사람들로부터 어느 정도 격리되어 의지할 데 없이 살아야 하고 그럼으로써 그녀는 소리의 명수가 되었다고 할 수 있기 때문이다.

연작소설 『남도 사람』의 첫 번째 소설인 「서편제」와 두 번째 소설 「소리의 빛」은 사내의 오이디푸스적 갈등을 그 누이의 소리라는 예술을 통해 해소되는 과정을 보여주는 소설이다. 사내는 이러한 과정을 통해 의붓아버지에 대한 원망(怨望)을 해소하고 모성에 대한 그리움을 정상적으로 회복한다. 네 번째 소설 「새와 나무」에서 사내는 여전히 방황하고 있는 것으로 그려지고 있지만 오이디푸스적 갈등은 보이지 않는다. 여기서 사내 방황은 정상적인 의미의 모성에의 갈망이라고 할 수 있는 것이다. 세 번째 소설 「仙鶴洞 나그네」는 사내의 이러한 개인적인 갈등 해소가 보편적 의미를 획득하는 과정을 보여준다. 여기에서 선학동(仙鶴洞)은 음양(陰陽)의 조화(調和)의 세계로 드러나며, 누이의 소리 예술은 불화로부터 조화를 회복하는 힘을 지닌다. 이 소설에서 누이의 소리는 개인적 차원에서 사내의 갈등을 해소하고 선학동의 조화를 회복한다는 점에서 승화로서의 예술의 의미를 잘 드러내고 있다고 할 수 있다.

2) 자유의 양식으로서의 문학

이청준은 등단 초기부터 최근까지 많은 소설 속에서 소설가

---

187) 위의 글, 같은 쪽.

와 소설의 문제를 다루어 왔다. 이러한 계열의 소설은 「병신과 머저리」를 비롯하여 「소문의 壁」과 이와 연장선상에 있는 『쓰여지지 않은 자서전』과 『조율사』가 있으며, 「떠도는 말들」, 「자서전들 쓰십시다」, 「支配와 解放」, 「夢魘發聲」, 「다시 태어나는 말」로 이루어진 『言語社會學 序說』 연작과 『自由의 門』 그리고 『인문주의자 무소작 씨의 종생기』에 이른다. 「이어도」에서 제기되는 사실과 허구의 문제, 「秘火密敎」 결말 부분에서 밀교를 소설화하는 문제 등도 이와 유사한 영역에 속한다고 할 수 있다.

소설의 형식을 빌어서 소설론을 주장하는 「支配와 解放」은 이러한 소설과 소설가의 문제를 집약적으로 드러내는 소설이다. 이 소설은 자서전 대필 작가 지욱이 소설가 이정훈이 '작가가 왜 글을 쓰는가'라는 연제(演題) 아래 이루어진 강연 녹음테이프를 듣는 과정을 소설화했다. 지욱은 『言語社會學 序說』 전체에 등장하면서 자신이 쓰는 대필 자서전에서 진실을 찾을 수 없음을 절실히 깨닫고 있으며, 특히 말의 진정한 의미가 상실된 현실에 대해 작가로서 깊은 회의를 품고 있는 인물이다. 그는 이정훈의 강연에서 이러한 문제에 대한 일말의 가능성을 찾아보려고 한다. 그것은 연작 전편(全篇)에 드러나는 지욱의 고민에 대한 해결의 실마리를 제공하며 이청준 소설에 나타나는 소설론의 주요한 근거가 된다.

현실의 질서에는 자신이 굴복하고 실패할 수밖에 없으므로 이번에는 거꾸로 자신에게 굴복해 올 수밖에 없도록, 그 세계 자체를 아예 자기 식으로 뒤바꿔 놓을 수 있을 어떤 새로운 질서를 음모하기 시작한단 말입니다. 좀더 문학적인 표현을 빌어 말한다면, 자기의 삶의 근거를 마련하려는 일종의 복수심이지요.188)

---

188) 이청준, 「支配와 解放」, 『잃어버린 말을 찾아서』, 문학과지성사,

> 그 세계가 자신 속에만 감금되어 버리지 않고 그로써나마 다른
> 동기시대 사람들의 자발적인 동의 와 넓은 공감을 얻게 되기를 기
> 대합니다. 자기의 복수심을 이념화시키고 그것을 다시 보편적인 인
> 간정신의 질서로까지 확대시켜 나감으로써 자신의 삶을 넓게 해방
> 시켜 나갈 수 있게 되기를 소망합니다. 한사람의 작가가 되기를 기
> 대하게 된다는 말입니다.189)

이정훈에 의하면 작가의 최초의 창작 동기는 복수심이다. 그
에 의하면 작가는 현실에서 좌절된 존재다. 작가에게 있어서 글
을 쓰는 것은 그를 좌절시킨 현실에 대한 복수 행위이다. 하지
만 그것은 글을 통해서 이루어진다는 점에서 현실적 복수를 의
미하는 것은 아니며 개인적인 차원의 문제도 아니다. 작가는 자
신을 좌절시킨 현실의 질서를 자기식의 새로운 질서로 바꾸어
놓으려 한다. 작가는 자기의 복수심을 이념화함으로써 그것을
보편적인 인간정신의 질서로까지 확대시키려고 한다는 것이다.

이정훈이 말하는 작가의 복수심이란 프로이트가 말하는 예술
가의 창작 동기와 유사하다. 프로이트에 의하면 예술가의 창작
동기는 다른 사람들을 신경증으로 몰아가는 현실적 소망충동의
좌절에서 비롯된다. 신경증과 예술 행위는 유사한 동기로 출발
해서 다른 결과를 낳는 심리적 과정이다. 예술가는 승화를 통해
억압된 소망충동을 해소하는 특이한 능력을 지닌 존재다. 하지
만 그것은 단지 개인적인 차원에 머물지 않는다. 예술가는 작가
자신의 가장 개인적인 소망충동이 요구하는 환상을 왜곡함으로
써 그것을 사회적 양식으로 만든다. 그럼으로써 '동일한 저지된
소망으로 인해 고통 받는 다른 사람들과 자신의 작품을 교류함

1981, 114쪽.
189) 위의 글, 116쪽.

으로써, 예술가는 그들에게 동일한 해방을 제공'190)한다. 독자가
작가와 나누는 것은 무의식적 과정에서 일어나는 동일한 소망
성취의 과정이다.

그런데 한 작가가 사회적인 공인을 받게 될 때 다른 문제가
발생한다. 그것은 작가의 책임 문제이다.

> 보다 나은 세계를 위해서, 보다 많은 사람들의 보다 행복한 삶
> 을 위해서, 조금 더 구체적으로 말하면 가난한 사람들을 궁핍으로
> 부터 구해 내기 위해서, 압제받는 사람들의 자유와 생존을 지키기
> 위해서, 또는 민족을 위해서, 사회 정의의 실현을 위해서, 불의를
> 고발하기 위해서, 진실을 증언하기 위해서 등등…… 인간 사회 본
> 래의 도덕률에 합당한 일은 무엇이나 나무랄 데 없는 작가의 책임
> 이요 작가의 몫으로 말해질 수가 있습니다.
> 하지만 솔직하게 까뒤집어 놓고 보면 여기에는 엉뚱한 속임수가
> 끼어들 여지가 있습니다.
> (중략)
> 독자와 사회에 대한 한 작가의 책임이란 그러니까 결국 그의 개
> 인적인 삶의 욕망과 독자들의 삶을 위한 어떤 일반적인 가치 질서
> 의 실현이라는, 복수가 기여가 되어야 한다는 그 지극히도 이율배
> 반적인 관계 속에서 힘들게 마련되어져야 할 운명의 것임 알 수
> 있게 됩니다.191)

이정훈은 한 개인이 자신의 복수심을 이념화함으로써 작가가
될 경우 독자에 대한 책임이 생기게 되는데, 이때 작가는 자신
의 최초의 동기 즉 좌절된 소망을 망각하고 독자에 대한 책임
만을 강조하는 오류를 범하게 된다고 한다. 이것은 말하자면 '엉
뚱한 속임수'가 되어버리는 것이다. 자신의 내적인 소망과 무관

---

190) 프로이트, 「과학에 대한 정신분석의 관심」, 『정신분석 운동』, 열린
    책들, 1997, 38-39쪽.
191) 앞의 글, 117-119쪽.

154

하게 외부적 동기만 추구하는 것은 진실일 수 없기 때문이다. 이때 작가는 인간 사회의 외형적 도덕률 즉 현실원칙에만 복무함으로써 개인적 소망이나 진실은 외면하게 된다. 이것은 「소문의 壁」에서 경직된 역사적 당위성만을 고집하는 안형의 태도와 같다. 사실상 문제는 '거창한 지식이 아니라 정직한 욕망'이다. '욕망만이 인간에게 사실을 시인하고 겸손과 미지의 영역으로 자신을 개방하는 용기를 선사할 수 있'192)기 때문이다. 독자에 대한 작가의 책임이란 거창한 이념으로서만 충족될 수 없다. 따라서 작가의 책임 문제는 개인적인 소망충동과 독자들의 삶을 위한 일반적인 가치 질서의 실현이라는 이율배반적인 관계 속에서 힘들게 마련되어져야 할 운명에 놓이게 된다.

이러한 이정훈의 문제 제기는 『言語社會學 序說』 전체에 나타나는 지욱의 갈등과 유사하다. 지욱은 삶의 진실과 유리된 말들에 대해 심각한 회의에 빠져 있는데, 그것은 그의 소설에 대한 고민과 일치한다. 말이 진실한 삶으로부터 유리되어 그 진정한 의미가 퇴색되었듯이 소설 역시 그렇다. 그는 특히 자서전 대필이 '알맹이 없는 남의 이야기'193)임을 절실히 깨닫고 자서전 쓰기를 그만둔다. 힘을 행사하면서까지 자서전을 내려고 하는 코미디언 피문오는 말할 것도 없고, 그가 마지막 희망을 걸었던 최상윤을 만나서도 실망하기는 마찬가지였기 때문이다. 최상윤은 충청북도 어느 벽지에서 야산을 개간하여 3만여 평의 황무지를 젖과 꿀물이 흐르는 일급 옥토로 일구어 낸 의지의 사나이이다. 하지만 그를 만나고서 지욱은 그의 회의 없는 신념에 대해 가식의 냄새를 맡게 된다. 겉으로는 지고한 도덕률을 내세

---

192) 김인환, 「문학과 정신분석」, 『문학의 새로운 이해』, 문학과지성사, 1996, 237쪽.
193) 이청준, 「자서전들 쓰십시다」, 『잃어버린 말을 찾아서』, 64쪽.

우고 있지만 그의 자서전 역시 자기 동상을 짓는 행위에 불과하기 때문이다. 피문오의 부도덕한 행위나 최상윤의 허위적 도덕률은 모두 자기진실을 외면한 채 외부적 가치에만 편입시키는 행위이다.

자신의 삶의 진실로부터 출발하지 않았다는 점에서 자서전이 진정한 문학이 될 수 없다는 것은 자명한 사실이다. 하지만 '자서전이란 거 그거 모두 자기 손으로 제 얘길 쓰는데 거짓말 안 꾸며대고 배길 놈이 있느냐 말야'194)라고 내뱉는 코미디언 피문오의 말에서 자기진실의 문제는 단순히 대필의 문제가 아님이 드러난다. 이 소설에서 자서전 대필 작가를 등장시키는 것은 문학의 의미를 궁구하기 위한 작가의 의도적 장치라고 볼 수 있기 때문에 그것은 허위의 문학에 대한 비유적 표현이라고 볼 수 있다. 문제는 작가가 얼마나 자기진실에 충실한가에 있다. 그것은 밖에서 오는 것이 아니라 무엇보다 우선 자기의 소망으로부터 출발해야 하며, 그래야만 독자로부터 동의와 승인을 얻을 수 있다. 따라서 밖에서 오는 말들은 떠도는 말들 혹은 소문에 불과한 것이 된다.

바깥 세계에 대한 복수심이나 그 현실의 질서를 자기 식으로 뒤바꿔 놓고 싶은 욕망이란 보다 더 문학적인 발상법으로 말한다면 그것은 결국 그가 꿈꾸고 모색해낸 새로운 질서로 그 세계를 지배하고 싶은 욕망에 다름 아닌 것입니다. 그리고 그러한 지배 욕망을 과연 한 작가와 독자 사이를 구체적으로 연결하는 어떤 조화로운 관계 질서를 창조해 갈 수 있게 된다는 점에서, 일방적으로 파괴만을 꿈꾸는 복수심에서와는 달리 그의 독자에 대한 명백한 문학의 책임 문제가 뒤따라오게 되는 것입니다.

그리하여 한 작가는 이 독자에 대한 책임과의 관계 위에서 세계

---

194) 위의 글, 96쪽.

를 보다 효과적으로, 그리고 가능하면 완벽하게 지배하기 위하여, 끊임없이 새로운 세계의 새로운 질서를 꿈꾸는 것입니다. 또 그러한 지배에의 꿈으로 하여 현실의 풍속에서 패배하고 돌아온 작가 자신의 삶도 위로를 받고 구원을 받을 수가 있게 되는 것입니다.[195]

그가 찾아낸 새로운 세계의 문이 그의 독자에게 승인되고 현실로 바뀌는 순간에 그는 다시 그 현실로부터 패배할 수밖에 없으며, 그곳에는 이미 그가 서 있을 곳은 사라져 버린다는 것을 알고 있기 때문입니다. 그는 그의 힘을 다 해 새로운 세계로의 출구를 젖힌 순간에 그것을 그의 독자들에게 내맡기고 그 자신은 또 다른 세계를 꿈꾸기 시작하는 것입니다. 그런 의미에서 작가는 당연히 이상주의자일 수밖에 없는 것이지요.[196]

이정훈은 작가가 자기의 소망과 책임의 이율배반을 해결하기 위해서는 복수심을 지배욕으로 발전시켜야 한다고 한다. 복수심이 그렇듯이 지배욕 역시 현실적인 지배를 의미하는 것은 아니다. 작가는 세계의 새로운 질서를 통해서 독자를 지배한다. 새로운 질서란 작가의 복수심에서 비롯된 것이지만, 작가가 독자를 온전히 지배하려면 필연적으로 책임을 망각할 수 없기 때문에 작가의 지배욕은 개인적 소망과 사회적 책임 사이의 조화로운 관계를 창조해 갈 수 있게 된다는 것이다. 하지만 문제가 여기에서 끝나는 것은 아니다. 작가가 새로운 세계 질서를 제시하고 독자에게 승인될 때 그것은 현실의 질서로 변하기 때문에 미래적 꿈을 지향하는 작가는 또다시 패배의 운명을 겪게 되기 때문이다. 그래서 작가는 또 다른 질서를 꿈꾸게 되고 그럼으로써 자신이 창조한 새로운 질서의 세계에 그가 설 자리는 없다.

---

195) 이청준, 「支配와 解放」, 124-125쪽.
196) 위의 글, 127쪽.

그런 의미에서 작가는 끊임없이 자기갱신을 시도하며 현실에서
는 영원히 이방인으로 존재하는 예술가로서 이상주의자일 수밖
에 없다. 이정훈이 주장하는 이러한 작가의 지배욕은 대상을 파
괴하고 소화함으로써 자기화하는 구순기의 가학적 지배욕197)에
서 출발한다고 할 수 있다.198) 하지만 이것은 실제적인 지배를
의미하는 것도 아니며 개인적 충동을 넘어서 사회적 질서로 확
대되어 간다는 점에서 승화된 형태로 드러난 것이다.

　　그렇다면 우리의 삶과 관계하여 가장 깊고 큰 진실이라는 것은
무엇입니까. 우리의 삶을 가장 삶다운 삶으로 돌아가 살게 하는 옳
은 질서는 무엇입니까. 우리나라의 어떤 평론가 한 사람은 우리의
삶을 삶답지 못하게 하는 모든 비인간적인 풍습과 제도와 문물과
사고를 통틀어 우리의 삶을 <억압>하는 것들이라고 표현한 일이
있습니다만, 우리의의 삶을 그 억누름으로부터 벗어져나서 완전한
삶, 본래의 자유롭고 화창한 삶으로 돌아가 있게 하는 질서는 무엇
입니까. 그것은 자유의 질서입니다. 그 자유의 질서야말로 우리의

---

197) 가학적 충동은 항문기의 중요 특징이지만, 구순기에 이미 치아의
　　등장과 함께 나타난다. (프로이트, 「정신분석학 개요」, 158쪽.) 칼
　　아브라함은 구순기를 초기 빠는 단계와 가학적 구순 단계로 나누
　　는데, 후자가 바로 가학적 충동이 출현하는 시기로 모든 것을 게
　　걸스럽게 먹어치우는 특징이 나타난다. (Laplanche and Pontalis,
　　Oral-sadistic stsge, Op. cit. p288.) 이러한 가학적 구순기는 동일
　　시의 근원을 형성하기도 하며 나르시시즘을 설명하는 중요한 근
　　거를 제시하기도 하는데, 이 시기는 갈망하거나 존중하는 대상을
　　먹음으로써 자기화 하고, 그 대상을 소멸시키는 것이 특징이기 때
　　문이다. (프로이트, 「집단심리학과 자아분석」, 『문명속의 불만』,
　　121쪽.)
198) 이빨로 깨무는 어린애는 어른이 되면 풍자, 조롱, 야유 등 말로
　　물것이고, 또한 변호사나 정치가나 논설위원이 될 것이다. (캘빈
　　S 홀, 「인격의 발달」, 『프로이트 심리학 입문』, 황문수 역, 범우
　　사, 1993, 138쪽) 이런 점에서 작가도 이런 부류에 속한다고 할
　　수 있다.

가장 크고 깊은 삶의 진실이 아닐 수 없다는 말씀입니다.199)

이정훈은 작가가 자신이 만든 새로운 세계 질서에 대해 독자의 동의와 승인을 얻으려면 그것은 마땅히 삶의 진실을 바탕으로 해야 한다고 한다. 작가는 삶의 진실로써 그의 지배 수단을 삼는다. 여기에서 삶의 진실이란 작가의 삶의 진실이면서 동시에 독자들의 삶의 진실이 된다. 삶의 진실은 '우리의 삶을 삶다운 삶으로 돌아가 살게 하는 옳은 질서'이며 억압으로부터의 해방 즉 자유의 질서다. 여기서 억압이란 우리의 삶을 삶답지 못하게 하는 모든 비인간적 풍습과 제도와 문물과 사고를 통틀어 말하는 포괄적인 의미에서의 억압이다. 따라서 작가는 독자에게 억압이 해제되는 자유의 세계를 열고 독자의 동의와 승인을 통해 그 세계를 현실화시킴으로써 억압적 질서를 바꾸려는 존재다. 동시에 현실의 자유는 완전할 수 없기 때문에 작가는 끊임없이 좌절과 좌절에 대한 복수 그리고 또 다른 지배에 대한 꿈을 반복하는 존재이다.

이정훈이 주장하는 자유의 질서는 프로이트를 수정함으로써 새로운 미학이론을 수립한 마르쿠제의 미학을 통해 더욱 깊이 이해할 수 있다. 마르쿠제는 과잉억압과 수행원칙이라는 새로운 용어를 통해서 프로이트의 이론을 수정한다. 마르쿠제에 의하면 프로이트의 현실원칙은 보편적 성격 안에서는 인정되지만 그럼에도 불구하고 그 역사적인 형태를 간과한 개념이다. 그래서 그는 현실원칙의 역사적 형태로 수행원칙이라는 개념을 제안한다. 인간과 자연을 지배하는 각종의 지배양식은 현실원칙의 다양한 역사적 형태로 귀착되는데, 현실원칙은 문명의 상이한 단계마다

---

199) 위의 글, 130-131쪽.

각기 다르게 나타나기 때문이다. 이러한 수행원칙의 개념은 억압의 개념을 기본억압과 과잉억압으로 나눔으로써 더욱 명확해진다. 문명에 있어서 인류 영속을 위하여 필수적인 본능의 수정이 기본억압이라면 특정한 지배 체계에 기인하는 부가적 조정이 과잉 억압이다. 과잉억압이란 지배자가 사회적인 지배를 하기 위해 필요한 억제일 뿐 문명을 유지하기 위한 것은 아니다. 따라서 수행원칙은 단지 현실 원칙의 역사적 형태로서만 의미를 지니는 것이 아니라 과잉억압을 수행함으로써 필요 이상의 자유를 구속한다.200) 사회적 혁신은 수행원칙을 수정함으로써 과잉억압을 기본억압에 가깝게 만드는 것이다. 여기에서 제기되는 것이 예술의 문제다.

환상은 '성욕의 도착된 표현으로서 구성적 역할을 할 뿐 아니라, 예술적 상상력으로서 도착을 완전한 자유와 만족의 이미지에 연결시킨다.'201) 환상은 현실원칙을 위반하면서 만족을 꾀하는 심리적 장치이므로 현실적인 의미에서 도착이지만 자아나 이드에게는 자유의 표현이 된다. 환상은 지속적인 위반을 통해 수행원칙에 틈을 만든다. 예술가는 환상에 미학적 형식을 부여함으로서 작품을 완성하고, 예술 작품은 수행원칙에 대한 비판이라는 '상상력의 진리'를 실현한다. 예술은 개인적인 수준에서뿐만 아니라 역사적인 수준에서도 '억압된 자들의 귀환'이다.202) 따라서 예술작품은 수행원칙을 수정함으로써 과잉억압을 기본억압에 가깝게 완화한다. 작가가 작품 속에서 새로운 자유의 질서를 창조하고 독자의 동의와 승인을 얻음으로써 독자를 지배

---

200) 마르쿠제, 「억압의 개인적 기원」, 『에로스와 문명』 참조.
201) 위의 글, 55쪽.
202) 마르쿠제, 「환상과 유토피아」, 위의 책 참조.

한다는 이정훈의 주장은 마르쿠제의 이러한 이론을 바탕으로 더욱 명징하게 이해할 수 있다. 이정훈이 말하는 '우리의 삶을 삶답지 못하게 하는 모든 비인간적인 풍습과 제도와 문물과 사고를 통틀어 우리의 삶을 <억압>하는 것들'이란 다름 아닌 수행원칙에 의해 실현되는 과잉억압으로 받아들일 수 있으며, 자유의 질서란 과잉억압이 기본억압에 수렴되는 질서라고 이해할 수 있기 때문이다. 결국 소설은 자기갱신을 통해 자유를 쟁취하는 사회적 예술 양식이 된다.

「支配와 解放」은 이정훈의 강연을 통해서 작가의 글쓰기 문제에 대해서 밝힌 소설이다. 이것은 『言語社會學 序說』 연작 전편(全篇)에 나타나는 지욱의 갈등에 대한 일단의 해결을 제시하며 동시에 이청준 소설에 나타나는 작가의 글쓰기 문제를 집약적으로 드러내고 있다. 하지만 이정훈의 이러한 주장이 그대로 작가의 글쓰기에 대해서 모든 해결을 제시하는 것이라고 말할 수는 없다. 소설의 결미에서 지욱은 이정훈의 강연 테이프 역시, 그가 떠도는 말을 감금하듯 녹음테이프를 보관하는 서랍에 넣고 자물쇠로 잠금으로써 안도감을 느끼기 때문이다. 이런 점에서 지욱은 이정훈의 주장에 어느 정도 동의하는 태도를 보이지만, 그것 역시 그에게 다른 테이프와 완전히 차별적인 의미를 지니지는 못하는 듯하다. 그의 주장이 비록 유력하다고 하더라도, 그것 또한 하나의 주장에 불과하기 때문일 것이다. 결국 「다시 태어나는 말」에서 초의(草衣) 선사(禪師)의 다도(茶道)와 『남도 사람』 연작의 소리꾼을 통해서, 이에 대한 완전한 해소를 모호하게나마 제시하는데, 그것은 문학의 진실은 주장이 아니라 삶의 진실과 일치할 때 성취될 수 있다는 사실을 암시하고 있다고 할 수 있다.

『自由의 門』은 「支配와 解放」에서 다룬 주제를 형상적 차원에서 심화한다. 이 소설은 추리소설가 주영섭이 백상도 노인의 살인 행각을 추적하는 과정을 그린 소설이다. 주영섭은 두 차례의 살인 사건이 동일범의 소행임을 짐작하고 추적하는 과정에서 지리산에 은거하는 백상도 노인을 만나게 된다. 주영섭은, 백상도의 살인이 그의 왜곡된 기독교적 신념에서 비롯된 것임을 알고 그를 회유하여 산 아래로 데려오려 했으나 실패하고 죽음을 맞이하게 된다. 이 소설은 백상도와 주영섭의 대립을 통해서 예술로서의 소설의 의미를 심화한다.

백상도는 젊은 시절 신학교를 다니다가 우연히 기독교적 밀교(密敎)를 접하게 되고 평생 동안 밀교의 계율을 지키며 산 노인이다. 그는 6·25 전쟁 당시 군인의 신분으로 전투에 참가하지만 유달리 운이 좋아 목숨을 부지하게 되는데, 그러한 행운이 신의 뜻이라 생각하는 강 군목(軍牧)의 권유로 기독교에 귀의한다. 이데올로기의 참극 속에서 가족이 몰살되는 불운을 겪게 되면서 그의 기독교에 대한 신념은 더욱 독실해 지고, 급기야 그는 신에 대한 극단적인 믿음을 바탕으로 하는 지하교단에 투신하게 된다. 그것은 세상에 그 모습을 드러낸 지상(地上)의 교회 밑에 감추어진 또 다른 교단이다. 이 교단의 성직자들은 지하(地下) 교단(敎團)의 특별 수련을 통해 절대적 믿음으로 무장한 사람들로서 반드시 평범한 사람들 곁에서 평범한 사람으로 살며 비밀리에 그들의 믿음을 실천해야 한다는 점에서 일반적인 의미에서의 성직자와는 다르다. 그들은 생명과 삶의 주재자이신 여호와 하나님 앞으로 나아가 그분의 심판이 내릴 때까지 오로지 선을 실천하며 살아가야 한다. 그런데 그들에게 무엇보다 중요한 교리는 절대로 자신의 신분을 드러내거나 그 행업을 세상에 증거 해서는 안 된다는 것이다. 그들의 선행은 비밀리에 수행되어야 한다는 절대적 계율을 전제로 하는 것이다.

　백상도는 비밀 기도의 과정을 거친 후 노동판 인부가 되어 노무자들을 갈취하는 폭력배들을 기독교에 귀의하게 만드는데 성공하는 등의 성과를 올린다. 하지만, 탄광의 광부가 되어 그 환경을 바꾸기 위해 은밀한 투쟁을 하는 과정에서 지독한 좌절을 경험하게 된다. 탄광의 불합리한 상황을 폭로하기 위해 끌어들인 잡지 기자가 낙반사고로 죽게 됨으로써 모든 사건이 은폐되기 때문이다. 그에게 현실의 벽은 자신의 종교적 이상을 펼치기에 너무 높은 것이었다. 이러한 좌절은 그로 하여금 현실과 교단에 대해 깊은 회의에 빠지게 만들고 결국 심각한 심리적 굴곡을 겪게 된다. 그는 계율을 버리는 대신 그에 대한 과장된 신념으로 무장하는 한 편 그와는 모순된 자기증거욕에 시달리게 된다.

　　노인이 산에서 그 절세의 절망과 외로움을 견디게 한 것은, 그 끝없는 채밀행각을 계속해 오면서 사자들의 무덤을 지어 그 죽음을 증거하는 일이나 끈질긴 기도의 힘들만은 아니었다. 그의 외로움과 절망의 절정은 그 유인과 살인극이 고비를 넘겨주고 있었다. 사람을 불러들여 자신을 증거하고 그 욕망을 지우고 나선 그의 입을 다시 막아버리는 잔인스런 유인살인, 그것은 그의 인간적인 충동과 신앙의 계율을 교묘한 방법으로 타협지어 주고 있었다. 그건 어쩌면 노인이 이 산에서 행해 온 가장 지혜로운 기도의 방법이랄 수도 있었다. 그는 그것을 자기종말의 기다림과 그에 대한 증거를 구함에서라 했지만, 결과는 어쨌든 두 사람의 죽음뿐이었다. 그리고 그의 더한 외로움과 절망뿐이었다. 그는 유인과 살인으로 해서까지 그의 기도를 계속해 온 것이다.203)

　그가 주로 산에 들어와서 하는 일은 꿀을 채집하는 일이다. 이외에 의미 있는 일이라고 하면 6·25 전쟁 당시 지리산 전투

---

203) 이청준, 『自由의 門』, 나남, 1989, 236쪽.

에서 죽어 간 이름 모를 유골을 수습해 무덤을 만들어 줌으로써 그들의 죽음을 증거하는 것이다. 하지만 이러한 행위가 근본적으로 그의 회의를 해결해 줄 수는 없는 것이다. 그것은 선(善)을 행한다기보다 자신의 깊은 외로움을 달래는 행위일 뿐이기 때문이다. 여기에서 백상도는 자기모순에 빠진 복합적 심리를 드러낸다. 그는 표면적으로 선(善)을 행해야 한다는 기독교 교리에 대한 철저한 신념을 가지고 있으면서 실제로는 현실에서 완전히 물러나 선의 실천에서 멀어져 있다. 또한 그는 한편으로 비밀을 유지해야 한다는 지하 교단의 계율에 대한 철저한 신념을 지니고 있지만 다른 한편으로 그와 대조적으로 자신을 드러내고자 하는 강렬한 자기증거욕에 시달리게 된다. 이러한 자기모순은 결국 살인을 통해 그 해결점을 찾는다. 그의 살인행각은 그가 꿀물을 미끼로 벌을 유인해 벌집을 알아내서 꿀을 채집하는 것과 같이 교묘한 방법으로 이루어진다. 그는 마치 자신이 원하지 않은 듯 사람들을 산으로 유인하고, 자신도 어쩔 수 없는 듯이 비밀을 누설한다. 그리고 그 사람이 벌집을 지나게 함으로써 간접 살인을 저지른다. 그의 살인은 마치 자신에게는 아무런 잘못이 없는 듯이 이루어진다.

결국 백상도의 유인 살인은 인간적인 충동과 신앙의 계율을 교묘한 방법으로 타협해 자기모순을 해결하는 수단이다. 산으로 사람들을 꾀어서 자기 이야기를 토로함으로써 자기증거욕이라는 인간적 충동을 해소하고, 간접 살인을 통해 비밀 유지라는 계율을 수호하고 있기 때문이다. 따라서 그것은 가장 '지혜로운 기도의 방법'이 된다. 그의 이러한 행동의 근저에는 이드가 초자아와 결합함으로써 본능충동을 만족시키는 심리적 메커니즘이 도사리고 있다.204) 그의 살인행각은 비밀을 지켜야 한다는 초자아의 명령과 이드의 가학적 충동이 교묘하게 타협하여 이루어졌다고 볼 수 있다. 여기서 자기증거욕은 이러한 가학적 충동과 교묘히 결합된다. 백상도의 자기증거욕이란 작가의 자기진술욕의 일종이라고 할 수 있는데, 이것은 말하자면 이정훈이 말하는 지배욕의 왜곡된 형태이다. 이정훈이 말하는 작가의 지배욕이란 결국 타자를 자기화하려는 구순기적 지배욕의 승화된 형태라고 할 수 있는데 반해, 백상도는 이와는 다르게 이념적 동기를 통해서 자신의 가학적 충동을 해소하고 있는 것이다.205)

이 소설은 이러한 백상도의 왜곡된 교조적 신념이 주영섭의 문학론과 대립을 이루면서 작가의 자기진술의 의미가 본격적으로 제기한다.

> "(……) 어르신은 그것을 영구불변의 절대 계율로 지켜가려는데 반해 소설의 길은 끊임없이 자기반성과 변화가 이루어져 나간다는 것이지요. 소설은 그 증거 행위 자체의 순간을 향유할 수 있을 뿐, 그것이 이룩해 낸 어떤 현상세계의 절대 지배질서, 더욱이 그것이 우리 삶의 자유와 사랑을 부인하는 반인간적 계율화의 길을 갈 때는, 그것을 누리거나 돌아서기보다도, 거기에 대해 새로운 증거를 행해 나갈 준비를 서둘러야 하거든요. 그래 그것을 일종의 소설의 숙명이라 했습니다만, 소설이란 그렇듯 그의 증거행위가 한 순간 모두 도로가 되어버린다 하더라도, 그렇기 때문에 오히려 더 그것을 포기함이 없이 증거와 도로를 끝없이 되풀이해 가는 과정 속에

---

204) 초자아는 본래 자아를 통해 이드의 본능충동을 제어하는 심리적 영역이지만 특수한 경우 이드에게 공격적 본능충동을 조장할 수도 있다. 이것은 주로 지나친 왜곡된 이념이 낳은 결과로 종교전쟁이나 민족전쟁에서 드러난다. 이러한 경우 초자아는 종교적 신념이나 민족 수호라는 이념적 동기를 제공함으로써 자아는 추호의 죄책감도 없이 이드의 공격적 본능충동을 만족시키기 위해 인간이 저지를 수 있는 가장 잔인한 범죄를 저지르게 된다. (프로이트, 「왜 전쟁인가」, 『문명 속의 불만』, 358-360쪽 참조.)

205) 주 198번 참조.

　그 참값을 드러내는 것이라 할 수 있지요. 거기에 바로 소설의 증
거의 본질과 의미도 깃들어 있는 것이구요"
　(중략)
　"그것은 소설의 파탄이 아니라 오히려 재생산이며, 그로써 아무
것도 보여줄 수 없는 것이 아니라 우리의 삶과 정신의 자유, 나아가
소설 자체의 자유를 보여주는 것입니다. 어느 때 소설이 그 자신의
계율을 바꾸어버리는 것은 그 소설을 버리는 것이 아니라 그 문학
자체의 타성과 상투성이 빚어낸 계율의 절대화로부터 소설 본래의
목적의 자리로 돌아가는 것이니까요. 그 인간의 삶에 대한 실천적
사랑의 자리로 말입니다. 왜냐하면 소설이 그의 기성의 계율을 바
꾸거나 버리는 것은, 그것으로써 그 소설 자체가 하나의 변화의 징
후, 그 징후의 기후로서 보다 직접적인 기능을 수행해 나가는 일이
거든요. 그리고 그로써 소설은 그 전향적 창조성 속에 계속 다시 태
어나는 것이며, 더 나은 삶과 세계의 질서, 바로 자유의 질서를 향
해 나아갈 수 있는 것이지요."206)

　위의 인용문에서 보듯 주영섭의 문학에 대한 관점은 「支配과
解放」에서의 이정훈의 주장과 흡사하다. 하지만 이정훈의 주장이
주로 작가의 창작 심리 쪽에 초점을 맞춰져 있다면 주영섭의 생
각은 문학 작품 자체의 의미에 대한 주장이라는 점에서 다르다.
주영섭의 주장은 두 가지로 요약될 수 있다. 첫째 소설의 자기증
거는 반성과 변화를 통해서 현상세계의 절대 지배 질서 혹은 인
간 삶의 자유와 사랑을 부인하는 반인간적 계율화에 반대하는 것
을 바탕으로 하기 때문에, 그 바탕에서 벗어나면 소설은 과감히
자기계율마저 바꾸어야 한다는 것이다. 둘째 소설이 계율을 바꾸
는 것은 소설의 파탄이 아니라 더 나은 삶과 세계의 질서 즉 자
유의 질서를 향해 나아가는 소설 본래의 목적을 수행하고자 하는
노력이라는 것이다. 이것은 결국 끊임없는 자기갱신을 통해 수행

---

206) 이청준, 앞의 책, 254쪽.

원칙을 수정함으로써 보다 자유로운 삶을 지향하는 사회적 양식으로서의 문학에 대한 주장이라고 할 수 있다. 이에 반해 백상도의 계율은 어떠한 상황에서도 변할 수 없는 고정불변의 절대적인 원칙이다. 그것은 극단적으로 엄격한 아버지의 상징 즉 엄격한 초자아에 대한 대리표상이라는 점에서 주영섭의 문학적 이념과는 완전히 대립적이다. 이렇게 볼 때 백상도/주영섭의 대립은 종교적 신념/소설의 자유정신이나, 계율의 절대 수호/계율의 수정 가능의 의미로 받아들일 수 있다.

백상도의 계율을 일종의 문학적 태도에 대한 은유로 받아들일 때, 그것은 또 다른 의미를 지닌다. 백상도의 갈등이 자기증거욕에서 온다는 점에서 그것은 문학적 신념에 대한 은유로 받아들일 만한 것이다. 백상도의 자기증거욕이 현실적 좌절에 대한 복수심의 발로라는 면에서, 그것은 이정훈이 주장하는 작가적 속성을 지니고 있다고 말할 수 있다. 하지만 백상도의 자기증거욕은 철저하게 현실과 유리된 이념 뒤에 숨어 버림으로써 진실을 외면하고 오로지 타자에 대한 가학적 충동만이 은밀하게 드러나고 있다. 주영섭의 말대로 소설의 길은 '끊임없이 자기 반성과 변화가 이루어져 나'가는 것이며 '우리 삶의 자유와 사랑을 부인하는 반인간적 계율화의 길'을 스스로 갱신해야 하는 숙명을 지닌 것이다. 소설 역시 자유와 사랑이라는 보편적 가치로부터 완전히 벗어날 수 없는 것이다. 이렇게 볼 때 백상도/주영섭의 대립은 극단적 이념주의/문학적 자유주의 혹은 교조적 문학/창조적 문학 그리고 은밀한 가학적 충동/자유와 사랑으로 바뀌게 된다.

사실상 극단적인 이념주의나 교조적인 정신 위에는 타인에 대한 가학적 충동이 은밀하게 숨어 있는 경우가 많다는 점을 고려하면 백상도의 심리는 쉽게 이해할 수 있다. 이것은 지배자의 심리를 대변한다는 점에서 백상도의 계율을 수행원칙에 대한 은유로 받아들일 수도 있다. 그것이 수행원칙을 지시하는 것은 아니다. 수행원칙이 사회 역사적 차원에서의 억압적 초자아를 의미하는 반면 백상도의 계율은 개인의 내면에 형성된 교조적 계율을 의미하지만, 하나의 역사적 단계에서 수행원칙은 마치 고정 불변의 계율처럼 인간에게 작용함으로써 그 수정이 죄악처럼 느껴지도록 개인의 심리를 억압하는 것이기 때문이다. 이렇게 볼 때 백상도의 계율은 수행원칙의 은유적 표현으로 이해할 수 있으며, 백상도/주영섭의 대립은 수행원칙의 고수/수정의 대립이 된다.

이렇게 본다면 『自由의 門』은, 부단한 자기갱신을 통해서 타성과 상투성에서 벗어날 때, 문학이 그 본질을 유지할 수 있으며 또한 수행원칙의 수정에 의해 현실을 자유의 질서로 변화시켜 가는 역할을 담당할 수 있다는 점을 강조하는 소설이다. 이는 문학은 무엇보다 자유의 양식이라는 점을 드러내는 것이다. 주영섭이 지리산에 들어간 행위는, 죽음을 무릅쓰고 소설의 자유정신을 지켜나가려는 예술가적 자세라고 할 수 있다. 그는 비록 백상도에게 죽게 되지만 그의 죽음은 궁극적으로 역설적(逆說的) 승리를 의미한다. 소설의 말미에서 주영섭의 죽음을 통해 그와의 대결에서 이긴 백상도가 '묘하게 뒤집혀진'207) 패배감에 사로잡히는 장면은 이러한 역설적 의미를 잘 드러낸다. 주영섭의 역설적 승리는 부당한 아버지를 넘어서는 길이며, 억압적 초자아 혹은 수행원칙의 수정을 암시한다. 『自由의 門』에 이르러 이청준 소설은 비로소 부당한 아버지를 넘어서 자유의 세계로 나아가고 있는 것이다. 하지만 주영섭의 죽음은, 그 길이 목숨을

---

207) 위의 책, 264쪽.

168

건 투쟁을 통해서만 가능할 만큼 어려운 길이라는 점을 암시한
다.208)

　「서편제」와 「소리의 빛」은 사내의 오이디푸스적 갈등을 그
누이의 소리라는 예술을 통해 해소되는 과정을 보여주는 소설
이다. 사내는 이러한 과정을 통해 의붓아버지에 대한 원망(怨
望)을 해소하고 모성에 대한 그리움을 정상적으로 회복한다. 앞
서 살펴보았듯이 이러한 갈등은 「退院」이후 이청준 소설의 다
양한 인물을 통해 나타나는 것인데, 이 두 소설에 이르러 온전
한 해결을 보고 있다. 특히 「仙鶴洞 나그네」는 사내의 이러한
개인적인 갈등 해소가 보편적 의미를 획득하는 과정을 그린 소
설이다. 여기에서 선학동(仙鶴洞)은 음양(陰陽)의 조화(調和)의
세계로 드러난다. 여기서 누이의 소리라는 예술 양식은 조화의
균열을 회복하는 힘을 지닌다. 이 소설에서 누이의 소리는 개인
적 차원에서 사내의 갈등을 해소하고 선학동의 조화를 회복한
다는 점에서 승화로서의 예술의 의미를 잘 드러내고 있다고 할
수 있다.
　「支配와 解放」과 『自由의 門』은 소설이란 무엇이며 작가는
어떤 존재인가를 천착한 소설이다. 이 소설들은 「소문의 壁」에
서 박준의 실패 지점에서 다시 시작되고 있다는 점에서 이청준
소설에서 중요한 의미를 지닌다. 「支配와 解放」에서 작가의 소
망과 책임의 이율배반의 문제는 바로 박준의 고민을 그대로 반

---

208) 여기서 주영섭이 죽음을 통해 역설적 승리를 이룬다는 것은 매우
　　흥미롭다. 유아적 자아에게 있어 아버지에 대한 항거는 거세를 의
　　미하며 정신분석학에서의 거세는 곧 죽음을 의미하기 때문이다.
　　자유의 획득이란 아버지에 대한 항거이며 그것은 목숨을 건 투쟁
　　일 수밖에 없다.

영한 것이다. 개인의 정직한 소망을 망각하고 책임만을 강조하는 것은 결국 외부적 가치에 편입되는 것을 의미하기 때문이다. 하지만 이 소설의 문제는 여기서 머물지 않고 작가가 어떻게 자유의 질서를 행할 수 있는가를 보여 준다. 전자가 소설의 형식을 빌어 작가의 소설론을 제시했다면 후자는 이를 형상적 차원에서 다루었다고 할 수 있다. 여기서 소설이란 현실에서 억압된 소망을 사회적 차원에서 드러내는 행위이며, 수행원칙의 수정에 의해 과잉억압을 기본억압에 수렴하려는 노력이라고 요약할 수 있다. 이것은 결국 소설이 자유의 양식으로서의 예술이라는 점을 의미한다. 이러한 문학관이나 작가관은 『自由의 門』을 통해서 구체적으로 형상화되는 것이다. 이것은 왜곡된 종교적 믿음을 지닌 백상도와 추리소설가 주영섭의 대립을 통해서 극명하게 드러난다. 목숨을 걸고 백상도를 찾아가 죽음을 통해 역설적 승리를 이루는 주영섭은 자유의 의미를 잘 보여준다. 여기서 자유란 부당한 아버지에 대한, 억압적 초자아에 대한 혹은 부당하고도 억압적인 현실에 대한 저항이며 결국 수행원칙의 수정을 의미한다.

결국 「남도 사람」의 판소리나 「支配와 解放」과 『自由의 門』에서 다루고 있는 예술의 문제는, 예술 그 자체의 문제로 끝나는 것이 아니라 보편적 삶의 문제로 귀결되고 있다. 그것은 개인적인 문제에서 현실과의 화해를 의미한다. 하지만 그 화해란 현실을 그대로 수락하는 것을 의미하는 것은 아니다. 이청준 소설에서 현실은 언제나 그대로 수용하기에는 부당하며, 불합리한 것으로 가득 차 있는 곳이기 때문이다. 여기서 화해란 현실에 대해 부단히 질문하며 부정하고 수정하려는 노력으로 나타난다. 그래서 그것은 결국 자유의 획득 과정이 된다. 그것은 타자에 대한 이해 즉 사랑과 용서를 전제로 한다. 사랑과 용서가 전제되지 않는 부정은 단순한 부정으로 그칠 것이기 때문이다. 이런 점에서 「날개의 집」이나 『인문주의자 무소작 씨의 종생기』도 같은 맥락에서 이해할 수 있다. 「날개의 집」은 세민이, 예술은 땅이나 흙 혹은 사는 일에 대한 참사랑이라는 스승 유당의 말을 깊이 깨닫는 과정을 보여주는 소설이며, 『인문주의자 무소작 씨의 종생기』에서 사람들에게 재미있는 이야기만을 주려고 노력했던 무소작이 스스로 꽃씨를 뿌리는 할머니로 변하여 이야기 속으로 사라지기 때문이다. 여기서 소설, 이야기 혹은 예술은 삶과 일체를 이루는 어떤 것으로 되어가는 것이다.

5. 結　論

　본 논문은 지금까지 증상, 환상, 예술이라는 심리적 기제를 통해서, 이청준의 소설에 등장하는 인물들의 현실 대응 방식을 정신분석적 입장에서 해석하고 그 문학적 의미를 밝히고자 하는 목적 아래 진행되었다.

　신경증 증상, 환상 그리고 예술은 모두 정신분석적 의미에서 현실 대응 방식이라 할 수 있다. 이것들은 모두 꿈과 같이 현실에서 좌절된 소망을 충족하는 심리적 기제이다. 증상은 억압된 소망충동의 대체물이다. 증상은 현실원칙의 억압에 의해 좌절된 본능충동이 자아와의 타협을 통해 대리표상을 형성함으로써 우회적인 방법으로 만족을 꾀하는 수단이다. 이것은 대체적으로 현실 도피의 성격이 강하다. 환상 역시 현실적으로 좌절된 소망충동을 만족하는 심리적 수단이지만, 이것은 현실과 완전히 대립해 있는 것은 아니다. 환상이 지나치면 신경증이 되기도 하지만, 이것은 대체적으로 괴로운 현실을 견디는 힘이 된다. 환상은 좌절된 소망충동의 성취과정이며 만족스럽지 못한 현실에 대한 보상이라 할 수 있다. 창조적 예술가들의 예술 행위는 환상의 과정과 유사하다. 예술가의 예술 행위와 보통사람의 환상의 차이는 보통사람의 환상이 완전히 개인적인 차원에 머물러 있는 반면 예술가는 자신의 환상을 미학적으로 승화시킴으로써 개인의 정신적 테두리를 넘어서 동시대 개인들에게 공감대를 불러일으키고 때로는 인류 보편의 정신세계로까지 확대된다는데 있다.

　Ⅱ장에서는 신경증의 현실도피 심리라는 차원에서 「退院」과

「소문의 壁」을 다루었다. 「退院」은 일인칭 서술자 '나'의 진술을 통해 현실부적응의 청년 심리를 미묘하게 포착하고 있는 소설이다. 가벼운 신경증 환자인 서술자 '나'는 원인 모를 위장병에 시달린다. 그의 신경증은 어린 시절 광 속의 전짓불 체험에서 비롯되었다. '나'의 이러한 심리적 외상은 '나'로 하여금 아버지로 은유되는 현실원칙을 정상적으로 받아들이지 못하게 하고 어머니에 대한 본능충동 역시 포기되지 않은 채 고착되어 현실부적응의 신경증을 유발하게 되었다고 할 수 있다. 여기서 미스 윤은 여러 점에서 중요한 의미를 지니는데, 그녀는 어머니의 대리표상이며 임상적 상황에 비유하자면 분석의(分析醫)에 해당된다. '나'는 그녀의 도움으로 어느 정도 정신적 회복을 성취한다. 이 소설은 일인칭 서술자 '나'의 고뇌가 지극히 개인적 차원에서 그려지고 있지만 이청준의 작품 세계를 이해하는데 중요한 단서들을 제공하고 있다는 점에서 매우 큰 의미를 지닌다.

「소문의 壁」은 박준의 신경증을 통해 불합리하고 억압적인 현실을 극명하게 드러내는 소설이다. 박준의 신경증은 어린 시절 전짓불 체험과 자신의 작품이 거부되는 현실이라는 이중의 좌절로 인해 발생한 것이다. 이것은 개인적인 차원에서 시작되어 사회적인 의미로 확대된다. 그는 비록 신경증을 통해 현실로부터 도피했지만, 그의 신경증은 전짓불로 은유되는 아버지 즉 부당한 현실에 대한 항거를 의미하기 때문이다. 여기서 전짓불은 중요한 의미를 지니는데, 그것은 박준 개인에게는 엄격한 아버지에 대한 상징이며, 사회적으로는 억압적 현실이 된다. 이 소설에서 박준의 신경증은 주로 작가와 현실의 문제에서 다루어지고 있지만, 그것은 문학의 문제를 넘어서, 개인과 현실의 문제로까지 확대되는 것으로 보아야 할 것이다. 특히 이 소설에서 박준의 좌절은 그것으로 끝나는 것이 아니라 서술자 '나'에 의해 그 극복 가능성이 제시된다는 점도 중요하다.

정신이상을 다룬 이청준의 소설에서 현실은 언제나 억압적으로 드러나며 거기서 인물들은 해결 불능의 갈등상태에 놓여 있다. 현실의 벽은 완강하기 때문에 개인은 그에 대해 속수무책이며 자기진실조차 드러낼 수 없다. 따라서 인물들은 패배할 수밖에 없는 운명에 처해 있다. 그들에게 증상은 심리적 도피의 영역이다. 하지만 그들의 도피는 현실이 부당하다는 점에서 도리어 정당할 수 있다. 그들은 부당한 권위를 수락하기를 반대하며 그에 과감히 도전하면서 이를 극복하지는 못하지만, 적어도 거기에 편입되기는 거부하고 있는 인물들이다.

Ⅲ장에서는 「이어도」와 「秘火密敎」를 환상이라는 차원에서 분석했다. 「이어도」는 이어도에 대한 천남석의 갈등과 해소를 통해서 환상이 현실적 삶에 어떤 의미를 지니는 가를 잘 드러내는 소설이다. 천남석은 이어도에 대해 지극한 증오와 사랑이라는 이중 감정을 지녔는데, 그것은 어머니에 대한 과다한 본능 충동에서 비롯된 것이라 할 수 있다. 그에게 이어도는 어머니의 대리표상이기 때문이다. 하지만 천남석에게 이어도는 어머니의 혹은 섬사람 전체의 삶과 얽혀 있는 대리표상이기도 하기 때문에 그것은 단지 개인적인 의미만을 지니는 것은 아니다. 이어도는 섬사람들이 괴로운 현실을 위안으로 견딜 수 있도록 하는 환상이라는 심리적 기제라 할 수 있는 것이다. 이 소설은 경직된 현실 긍정이 과연 옳은가를 질문하면서 허구적 환상을 인정해야 할 때도 있다는 점을 강조하고 있다.

「秘火密敎」는 밀교의 의미를 부각함으로써 인간의 화해가능성을 제시하고 있는 소설이다. 여기서 화해란 무엇보다 자기반성이라는 자기용서를 바탕으로 이루어지는 것이며 그것은 동시에 불특정의 타자를 향함으로써 가능하다. 하지만 이러한 세계

174

가 현실 자체가 되기는 쉽지 않다. 제왕산에서 벌어지는 밀교의 환상적 속성은 사실상 이러한 화해가 현실 속에서 쉽게 이루어질 수는 없는 것이라는 점을 암시한다. 하지만 이러한 화해는 성급히 이루어 질 수 없는 것이지만 그 현실화는 포기될 수도 없는 것이다. 이 행사는 환상처럼 현실 밖에 있는 소망적 이상(理想)이지만 우리의 삶에 은밀히 관여하면서 삶을 지탱하는 힘을 제공하고 그러면서 그 화해의 미래적 이상은 현실화시키는 노력을 멈추지 않게 한다. 특히 이 소설은 밀교라는 모성적 공간을 설정함으로써 현실적 부성의 질서에 작용하는 이러한 숨은 힘이 어떻게 현실적 삶에 힘을 제공하는가를 가를 잘 보여준다.

「이어도」와 「秘火密敎」는 환상이 현실적 삶에서 어떤 의미를 지니는가 하는 점을 잘 보여주는 소설들이다. 「이어도」는 천남석의 죽음 통해 제주도 섬사람들에게 이어도가 어떤 의미를 지니는가를 잘 드러내 주고 있다. 이어도는 종교적 환상으로서 괴로운 삶을 유지하는 힘을 제공하는 심리적 기제라고 말할 수 있다. 하지만 그것은 단지 제주도 사람들에게만 해당하는 것이 아니라는 점에서 보편적인 의미를 띤다. 「秘火密敎」는 환상은 아니지만 밀교의 환상적 속성을 통해서 어떻게 인간이 화해 가능의 길로 나갈 수 있는가를 잘 드러내 준다. 그것은 무엇보다 자기용서를 바탕으로 이루어질 수 있으며 자기용서는 타자에 대한 용서이기도 하다. 이러한 용서의 문제는 『남도 사람』 연작, 「벌레 이야기」 등에서도 다루어지고 있는데 특히 「秘火密敎」는 이 문제에 대한 작가의 해석이 집약적으로 드러났다고 할 수 있다.

Ⅳ장에서는 승화로서의 예술이라는 차원에서 『남도 사람』 연작과 자유의 양식으로서의 예술이라는 차원에서 「支配와 解放」과 『自由의 門』을 다루었다. 「서편제」와 「소리의 빛」은 사내의

오이디푸스적 갈등을 그 누이의 소리라는 예술을 통해 해소되는 과정을 보여주는 소설이다. 사내는 이러한 과정을 통해 의붓아버지에 대한 원망(怨望)을 해소하고 모성에 대한 그리움을 정상적으로 회복한다. 「仙鶴洞 나그네」는 사내의 이러한 개인적인 갈등 해소가 보편적 의미를 획득하는 과정이다. 여기에서 선학동은 음양의 조화의 세계로 드러난다. 누이의 소리라는 예술 양식은 조화의 균열을 회복하는 힘을 지닌다. 이 소설에서 누이의 소리는 개인적 차원에서 사내의 갈등을 해소하고 선학동의 조화를 회복한다는 점에서 이중적 의미에서 승화로서의 예술의 의미를 잘 드러내고 있다고 할 수 있다.

「支配와 解放」은 소설이란 무엇이며 작가는 어떤 존재인가를 천착한 소설이다. 이것은 소설이란 첫째 현실에서 억압된 소망과 그 사회화라는 의미를 지니며, 둘째 수행원칙의 수정에 의해 과잉억압을 기본억압에 수렴하려는 노력이라고 요약할 수 있다. 이것은 결국 소설이 자유의 양식으로서의 예술이라는 점을 의미한다. 『自由의 門』은 이러한 소설적 의미를 형상적 차원에서 다룬 소설이다. 이 소설은 왜곡된 종교적 신념을 지닌 백상도와 유연한 문학적 자유정신을 지닌 주영섭을 대조시킴으로써 문학의 의미를 천착한다. 특히 여기서 두 사람의 대결이 주영섭의 죽음을 통한 역설적 승리로 끝난다는 사실은 의미가 깊다. 이는 부당한 아버지를 넘어서는 길이며, 억압적 초자아 혹은 수행원칙의 수정을 의미하기 때문이다. 『自由의 門』에 이르러 이청준 소설은 비로소 부당한 아버지를 넘어서 자유의 세계로 나아가고 있다. 하지만 주영섭의 죽음은, 그 길이 목숨을 건 투쟁을 통해서만 가능할 만큼 어려운 길이라는 점을 암시한다.

「남도 사람」의 판소리나 「支配와 解放」과 『自由의 門』에서 다루고 있는 예술의 문제는 예술 그 자체의 문제로 끝나는 것이 아니라 삶의 문제로 귀결되고 있다. 그것은 현실과의 화해를 의미한다. 여기서 화해란 현실에 대해 부단히 질문하며 부정하고 수정하려는 노력으로 나타난다. 그것은 결국 자유의 획득 과정이 된다. 그것은 타자에 대한 이해 즉 사랑을 전제로 하며 사랑은 또한 용서를 바탕으로 온전히 제 모습을 드러낸다. 이청준 소설에서 이러한 예술의 문제는 「날개의 집」과 『인문주의자 무소작 씨의 종생기』 등으로 이어진다.

프로이트가 종국에 도달한 문제는 문명사회에서 인간이 신경증으로부터 벗어나 어떻게 행복을 누리며 살 수 있는가 하는 것이었다. 금기는 인간의 자유를 구속하는 뿌리가 되지만 그것을 폐기하는 것은 문명의 종말을 가져온다. 문명의 종말이 해답일 수는 없다. 그것은 불가능하기도 하지만 거기에는 신경증보다 더 큰 위험이 존재하기 때문이다. 프로이트는 사실상 이에 대해 아무런 대답을 제시하지 않는다. 다만 '사회는 도덕 기준을 최대한 엄하게 하는 실수를 저질렀고, 그리하여 그 구성원들은 자신의 본능적 기질에서 더한층 멀어질 수밖에 없었다'는 점을 지적하면서, '결정적인 문제는, 인간에게 강요된 부담―본능을 자제해야 하는 희생―을 줄일 수 있는가, 줄일 수 있다면 어느 정도나 줄일 수 있는가, 그래도 필연적으로 남게 마련인 부담을 인간으로 하여금 감수하게 할 수 있는가, 그 희생에 대한 보상을 제공할 수 있는가 하는 것'[209]이라고 한다. 이것은 잠정적 해답을 암시하는데, 그것은 억압을 어떻게 최대한 완화함으로써 인간이 좀더 큰 자유를 누릴 수 있는가 하는 문제이다.

이청준은 사실상 프로이트가 머뭇거리며 대답할 수 없었던 문제와 싸우고 있는 작가라고 생각할 수 있다. 그에게 현실은

---

209) 프로이트, 「환상의 미래」, 176쪽.

항상 부당하고 불합리하며 불화의 세계이기 때문이다. 이런 점에서 이청준의 소설들은 부당한 현실과 이에 맞서는 인물들의 대립으로 이루어져 있다. 하지만 이청준은 여기에서 섣부른 결론을 내리지 않는다. 여기서 인물들은 부당한 현실을 견디면서 거기에 편입되기를 거부하고 그 해결의 가능성을 끊임없이 모색한다. 이들은 억압적 현실에 대해 신경증 환자가 되어 그것을 거부하거나 환상으로 그것을 대체하거나 예술의 현실 부정의 힘을 통해 그것을 개조하는 쪽으로 나간다. 이것은 단선적 흐름을 보이는 것은 아니지만, 대체적으로 억압적 현실과 내적 화해를 이루는 과정이라고 할 수 있다. 초기 소설에서 보이는 신경증적 인물들은 해결 불능의 갈등 상황에 있지만, 그들은 그의 소설 전반에 걸쳐 점차로 현실과 조화로운 삶을 유지할 수 있는 힘을 지니게 된다. 하지만 그것이 무조건적인 화해를 의미하는 것은 아니다. 이청준 소설의 전반에 나타나는 화해의 과정은 현실을 무조건적으로 수락하는 것이 아니라 그것을 비판적으로 수용하는 과정이라고 할 수 있기 때문이다.

이것은 달리 말하면 내적 성장을 이루어가는 과정이라고 할 수 있다. 이 과정은 한편으로 아버지와의 화해를 통해 어머니에 대한 사랑을 정상적으로 회복하는 과정이며 다른 한편으로는 폐쇄적 자아로부터 타자로 시선을 돌려 타자와 함께 사는 길을 찾는 과정을 의미한다. 서론에서 제기했듯이 이청준 소설은 대립적 세계를 전제하는데, 그것은 억압적 아버지로 상징되는 현실과, 소망하면서도 다가갈 수 없는 어머니로 상징되는 고향 혹은 그에 상응하는 이상적 공간을 의미한다. 결국 이 소설들의 인물들은 아버지와의 화해를 통해 어머니에 대한 정상적인 사랑을 회복함으로써 유아적 자아로부터 성숙한 자아로 나가는 경향을 보이는 것이다. 여기서 성숙이란 단순한 성인이 됨을 의미하는 것이 아니라 타자에게 시선을 돌리고 그들을 이해하는 행위 즉 사랑을 의미한다고 할 수 있다.

이청준 소설은 부당한 현실을 성급하게 바꾸려고 하기보다는 진지하게 성찰하고 모색하면서 어떻게 부당한 현실에 편입하지 않고 인간답게 살며 현실을 온전히 견딜 수 있는가를 궁구하는 장이다. 하지만 그것은 단지 견디는 것만이 아니다. 그 견딤 자체가 현실의 틈새를 찾아내 조금씩 균열시킴으로써 변화를 모색하는 노력의 소산이기 때문이다. 이것이 바로 이청준 소설 전체를 관통하면서 서서히 심화되고 있는, 그의 소설의 가장 핵심적인 주제인 자유의 의미라고 할 수 있다.

참고문헌

1. 기초자료

이청준, 『별을 보여드립니다』, 일지사, 1972.

______, 『소문의 壁』, 민음사, 1972.

______, 『調律師・꽃과 소리』, 삼성출판사, 1973.

______, 『가면의 꿈』, 일지사, 1975.

______, 『당신들의 천국』, 문학과지성사, 1976.

______, 『이어도』, 서음출판사, 1976.

______, 『豫言者』, 문학과지성사, 1977.

______, 『살아있는 늪』, 민음사, 1980.

______, 『잃어버린 말을 찾아서』, 문학과지성사, 1981.

______, 『시간의 門』, 중원사, 1982.

______, 『秘火密敎』, 나남, 1985.

______, 『남도사람』, 문학과비평사, 1988.

______, 『自由의 門』, 나남, 1989.

______, 『축제』, 열림원, 1996.

______, 『인문주의자 무소작 씨의 종생기』, 열림원, 2000.

______, 『목수의 집』, 열림원, 2000.

2. 이청준에 관한 연구 자료

1) 단행본

김병익/김현 편, 『이청준』, 은애, 1979.

김치수, 『박경리와 이청준』, 민음사, 1982.

김치수 외, 『이청준론』, 三人行, 1991.

권오룡 엮음, 『이청준 깊이 읽기』, 문학과지성사, 1999.

2) 평 론

강운석, 「60년대 소설 연구(2)-이청준 론」, 『숭실어문15』, 1999.

고 원, 「무의식 세계의 허구적 구성: 「서편제」에 구현된 이청준 소설
       의 미학」, 『현대비평과 이론』, 1996.

______, 「이청준의 『서편제』」, 『프로이트의 문학예술이론』, 민음사,
       1997.

곽봉재, 「죽은 자를 위한 鎭魂의 祝祭: 이청준 원작, 임권택 감독·육상
       효 각색 『축제』」, 『문학과창작』, 1998. 8.

구모룡, 「욕망의 해부학: 『아리 아리 강강-이청준 저』, 『민꽃소리-유
       익서 저』 <서평>」, 『문학과사회』, 1989. 6.

______, 「욕망과 훼손된 삶-이청준·유익서·전상국」, 『한국 문학과 열
       린 체계 담론비평』, 열음사, 1992.

구인환, 「한국 소실의 낙원 의식」, 『선청어문8』, 서울사대 국어과, 1977.

구창환, 「정을병과 이청준을 통해 본 새 세대 문학의 특질과 한계」, 『
       원탁문학-9』, 1969 가을.

권영민, 「숨김의 변증법-소설<아리아리강강>의 경우」, 『현대문학』,
       1988. 12.

권오룡, 「잃어버린 '나'를 찾아서」, 『키 작은 자유인』, 문학과지성사, 1990.

______, 「어둠 속에서의 글쓰기」, 『소문의 壁 - 중단편소설7(전집)』, 열림원, 1998.

______, 「이청준 소설의 '침묵의 시학'연구: 이청준의 <정신주의>와 관련하여」, 『韓國敎員大敎授論叢』, 2000. 12.

권택영, 「이청준 소설의 중층구조」, 『이교도의 성가』, 나남, 1988.

______, 「다름과 닮음의 긴장 관계」, 『현대예술비평』, 1991 가을.

______, 「인간과 인간 사이의 거리 지우기」, 『현대문학』, 1992. 3.

______, 「더 나은 사회를 만들려는 인간의 의지 - 이청준의 <당신들의 천국>」, 『문학사상』, 1999. 3.

______, 「잃어버린 시간을 찾아서, 『제3의 현장 - 장편소설7(전집)』, 열림원, 1999.

김경수, 「관음의 문학」, 『문학과 비평』, 1988 가을.

______, 「삶과 소설쓰기 사이의 긴장」, 『현대소설』, 1990 가을.

______, 「사회적 위기와 제의적 소설」, 『작가세계, 1994 가을.

______, 「이청준 소설의 시학」, 『문학의 편견』, 세계사, 1994.

______, 「메타픽션적 영화소설? - 이청준의 <축제>」, 『작가세계』, 1996 가을.

______, 「지상적 삶을 껴안기 위한 전제」, 『낮은 데로 임하소서 - 장편소설6(전집)』, 열림원 1998.

김교선, 「현대소설과 추상본질의 표현」, 『현대문학』, 1967. 3.

______, 「신진다운 신인의 작품」, 『현대문학』, 1968. 3.

______, 「소설로 쓴 소설론」, 『현대문학』, 1971, 8.

182

______, 「諷刺의 次元에 대하여」, 『현대문학』, 1971. 9.

______, 「작가의 비판의식」, 『창작과 비평』, 1980 봄.

______, 「觀念小說論」, 『표현』, 전라문학회, 1980.

김균태, 「잔인한 도시 소고」, 『난대 이응백 박사 회갑 기념 논문집』, 보
진재, 1983.

김동환, 「이청준 소설의 공간적 정체성: 『南道사람』 연작을 중심으로」,
『한성어문학17』, 1998. 5.

김병익, 「왜 글을 못 쓰는가」, 『문학과 지성』, 1971 가을.

______, 「왜 글을 쓰는가」, 『세계의 문학』, 1977 가을.

______, 「原體驗과 知性의 辨證」, 『이청준』, 은애, 1979.

______, 「말의 탐구, 화해에의 변증」, 『잃어버린 말을 찾아서』, 문학과
지성사, 1981.

______, 「진실과의 갈등－초기의 이청준」, 『병신과 머저리』, 홍성사,
1984.

______, 「사랑, 분노 그리고 관용」, 『세계의 문학』, 1985 가을.

______, 「세 가지 큰 화해: 자연·역사·인간－이청준·김원일·홍성원
」, 『문학과사회』, 문학과지성사, 1996 가을.

______, 「소설가는 왜 소설을 쓰는가: 이청준·김영현·김영하의 경우」,
『문학과 사회』, 문학과지성사, 2001 겨울호.

김성경, 「광기, 그 전복의 힘」, 『현역 중진 작가 연구1』, 한국문학연구
회, 국학자료원, 1997.

김승옥, 「우수를 나타내는 소설」, 『현대문학』, 1985. 11.

김시태, 「이청준 소설의 새로움」, 『현대문학』, 1984. 5.

김열규, 「석화촌 얘기 상, 하, 속」, 『주간조선』, 1980. 2. 24-3. 9.

______, 「찾음의 얘기들」, 『한국문학사』, 탐구당, 1991.

______, 「슬픈 환멸에의 입사」, 『이청준론』, 삼인행, 1991.

김영란, 「이청준 소설에 나타난 동일소재의 변용」, 『부산대어문교육논집』, 1982. 8.

김윤식, 「이청준 ─ 살아있는 늪」, 『한국 소설의 표정』, 문학사상사, 1981.

______, 「심정의 넓힘과 심정의 좁힘」, 『한국 현대 소설 비판』, 일지사, 1981.

______, 「당신들의 천국」, 『황홀경의 사상』, 홍성사, 1984.

______, 「귀향형 소설의 의미」, 『우리 소설과의 만남』, 민음사, 1986.

______, 「글쓰기와 소설쓰기/이청준, 이인성, 최수철」, 『오늘의 문학과 비평』, 문예출판사, 1988.

______, 「고백체와 소설 형식 ─ 이청준의 근작 읽기」, 『외국문학』, 1989 겨울.

______, 「감동에 이르는 길」, 『이청준론』, 삼인행, 1991.

______, 「미백의 사상, 또는 이청준 소설의 글쓰기의 기원에 대하여」, 『작가세계』, 1992 가을.

______, 「유랑민의 상상력과 정주민의 상상력 ─ <서편제>와 <무녀도>」, 『농경 사회 상상력과 유랑민의 상상력』, 문학 동네, 1999.

______, 「기묘년(己卯年)을 빛낸 중진들의 투명한 솜씨들: 이청준·최일남·이호철」, 『문학사상』, 1999. 12.

김인환, 「소설가의 소설론」, 『문학과 지성』, 1972 겨울.

______, 「천로역정」, 『외국문학』, 1985 겨울.

김정숙, 「서사 주체의 다층적 탐색정신: 이청준 소설을 중심으로」, 『어문연구』, 어문연구학회, 1998. 12.

김정희, 「이청준론」, 『덕성어문학』 3집, 1986.

184

김종주, 「떠도는 능기: <이어도>의 정신분석」, 『라캉 정신부석과 문학평론』, 하나의학사, 1996.

______, 「소리의 얼굴: 그 시니피앙의 정신분석」, 『라캉 정신부석과 문학평론』, 하나의학사, 1996.

김종철, 「현실 생활의 착반」, 『시와 역사적 상상력』, 문학과지성사, 1978.

김종회, 「유토피아 소설의 상상력과 현실 인식－이청준의 <이어도>와 <비화밀교>를 중심으로」, 『어문연구59, 60』, 1988.

______, 「도피와 추적, 그리고 기묘한 인간사의 조화」, 『문학정신』, 1992.

김주연, 「사회와 인간」, 『문학과 지성』, 1976 가을.

______, 「슬픈 한국인의 의지」, 『소설문학』, 1980. 6.

______, 「이청준의 세계, 사회 해체 속의 개인」, 『병신과 머저리』, 삼중당, 1981.

______, 「말의 순결, 그 파탄과 회복」, 『세계의 문학』, 1981 가을.

______, 「제의와 화해」, 『비화밀교』, 나남, 1985.

______, 「억압과 초월, 그리고 언어; 「南道사람」<서평>」, 『문학과 비평』, 1988. 5.

______, 「관념소설의 역사적 당위; 최인훈, 이청준, 박상륭 등과 관련하여」, 『문학정신』, 1992. 6.

김지원, 「원형의 샘－이청준의 관념세계」, 『현대문학』, 1979. 6.

김진석, 「짝패와 기생: 권력과 광기를 가로지르며 소설은」, 『작가세계』, 1992 가을.

김천혜, 「치자와 피치자의 윤리」, 『부산문예』, 1971 여름.

______, 「한국소설과 독일 소설의 비교연구」, 『인문논총20』, 1981.

김치수, 「소설에 대한 두 질문/이청준, 윤흥길」, 『문학사회학을 위하여
　　　』, 문학과지성사, 1979.

＿＿＿＿, 「언어와 현실의 갈등」, 『이청준』, 은애, 1979.

＿＿＿＿, 「변화와 탐구의 공간」, 『박경리와 이청준』, 민음사, 1982.

＿＿＿＿, 「말과 소리」, 『박경리와 이청준』, 민음사, 1982.

＿＿＿＿, 「고향체험의 의미」, 『박경리와 이청준』, 민음사, 1982.

＿＿＿＿, 「자기완성을 위한 탐구」, 『황홀한 실종』, 나남, 1985.

＿＿＿＿, 「소설의 신비성과 정체성」, 『문학과 비평』, 1987 봄.

＿＿＿＿, 「한의 삶과 삶의 한」, 『서평문화』, 1993 여름.

김　현, 「미지인의 초상」, 『동서춘추』, 1967. 7.

＿＿＿＿, 「장인의 고뇌」, 『별을 보여드립니다』, 일지사, 1971.

＿＿＿＿, 「생활과 예술의 갈등－＜假睡＞의 문제점」, 『사회와 윤리』, 일지
　　　사, 1974.

＿＿＿＿, 「자유와 사랑의 실천적 화해」, 『당신들의 천국』, 문학과지성사,
　　　1976.

＿＿＿＿, 「욕망과 금기」, 『주간 조선』, 1978. 12. 3-24.

＿＿＿＿, 「대립적 세계 인식의 힘」, 『이청준』, 은애, 1979.

＿＿＿＿, 「새와 상처받은 유년」, 『한국문학』, 1980. 9.

＿＿＿＿, 「이청준의 두 개의 장편소설」, 『우리 시대의 문학』, 문장, 1980.

＿＿＿＿, 「이청준에 대한 세편의 글」, 『문학과 유토피아』, 문학과지성사,
　　　1980.

＿＿＿＿, 「인간이라는 기호의 모습」, 『책읽기의 괴로움』, 민음사, 1984.

＿＿＿＿, 「떠남과 되돌아옴－이청준의 최근 작품에 대하여」, 『현대문학』,
　　　1986. 12.

남진우, 「이야기의 시원, 시원의 이야기」, 『인문주의자 무소작 씨의 종
　　　생기』, 열림원, 2000.

류보선, 「새로운 세계의 모색과 운명의 힘」, 『문학정신』, 1992. 11.

마희정, 「1960년대 이청준 소설에 나타난 자아탐색: 「퇴원」, 「병신과 머
　　　저리」, 「별을 보여드립니다」를 중심으로」, 『開新語文硏究17』,
　　　2000. 12.

박철화, 「고통·화해·성숙－이청준의 자아와 그 진실」, 『가위밑 그림
　　　의 음화와 양화－전집 연작소설3』, 열림원, 1999.

박혜경, 「운명과 역사가 만나는 자리」, 『작가세계』, 1992 가을.

서승석, 「이청준의 작품세계」, 『이대학보』, 1979. 6. 15.

서정기, 「노래여, 노래여」, 『작가세계』, 1992 가을.

성민엽, 「겹의 삶, 겹의 문학」, 『문학과 사회』, 1990 여름.

＿＿＿, 「윤리적인 것과 역사적인 것」, 『문학과 사회』, 1992 겨울.

＿＿＿, 「시간과 싸우는 법: 세기말의 황동규와 이청준」, 『문학과 사회』,
　　　2000. 5.

손경목, 「소멸과 생성의 제의: 「축제」＜書評＞」, 『창작과 비평』, 1993. 9.

손광식, 「이청준의 문학 이해를 위한 한 사고」, 『미원 우인섭 선생 화
　　　갑 기념 논문집』, 집문당, 1986.

송상일, 「소설의 방법」, 『시대와 삶』, 문장, 1979.

＿＿＿, 「소설가 아담의 고뇌－＜벌레 이야기＞, ＜비화밀교＞를 중심으
　　　로」, 『작가세계』, 1992 가을.

송재영, 「지식인 소설의 전개」, 『현대문학의 옹호』, 문학과지성사, 1979.

＿＿＿, 「넋의 문학과 도전의 양식」, 『문학과 지성』, 1979 가을.

송하춘, 「달라진 경향」, 『현대문학』, 1984. 5.

송호근, 「문학적 상상력의 사회학적 구조」, 『대학신문』, 1978. 5. 1.

신덕룡, 「당신들의 천국의 시간론적 해석」, 『현대문학』, 1985. 2.

신동욱, 「진실을 탐색하는 이야기꾼」, 『이청준론』, 삼인행, 1991.

신철하, 「신·인간·소외 — 이청준의 <자유의 문>에 대하여」, 『현대문학』, 1991. 3.

신희천, 「<이어도>의 원형에 대한 연구」, 『북악논총』 3집, 1985.

안남일, 「<時間의 門>에 나타난 時間意識 연구」, 『어문논집』 39집, 1999. 2.

안삼환, 「산업사회의 비판적 동행자들」, 『문학과 지성』, 1977 겨울.

______, 「빗새로 유랑하기/나무로 서있기」, 『문학과 비평』, 1988 가을.

양선규, 「작가의 진지한 자기성찰; 『自由의 門』 <서평>」, 『세계의 문학』, 민음사, 1990 봄.

______, 「환상, 또는 불패의 진서」, 『세계의 문학』 1992 여름.

______, 「신화적 서사구조로의 환원」, 『한국현대소설의 무의식』, 국학자료원, 1998.

양진오, 「섬 바다 강 그리고 인간의 운명」, 『이어도 — 전집 중단편소설8』, 열림원, 1998.

오생근, 「갇혀있는 자의 시선」, 『문학과 지성』, 1974 가을.

______, 「갈등과 극복의 논리」, 『가면의 꿈』, 일지사, 1975.

오세영, 「자아를 발견하는 장소」, 『새어민』, 1977. 5.

오연희, 「복합성의 시학 — 이청준의 <假睡>론」, 『라캉과 문학』, 예림기획, 1998.

오윤호, 「서사적 정체성의 위기와 '자율성'에 대한 공포: 이청준 「매잡이」에 대한 메타픽션적 분석」, 『서강어문』, 1999. 12.

우찬제, 「권력의 역설, 그 문학적 지평」, 『욕망의 시학』, 문학과지성사, 1993.

______, 「틈의 고뇌와 종합에의 의지」, 『타자의 목소리』, 문학 동네, 1996.

______, 「억압 없는 자유를 ,향한 언어 조율사의 반성적 탐색」, 『타자의 목소리』, 문학 동네, 1996.

______, 「한의 역설－이청준의 <남도사람> 연작 읽기」, 『서편제－전집 연작소설2』, 열림원, 1998.

윤지관, 「자유의 꿈과 자유주의 굴레」, 『현대소설』, 1990 겨울.

______, 「억압 사회에서의 소설의 기능－이청준 문학의 의미와 한계」, 『실천문학』, 1992 봄.

이경수, 「이청준 소설의 미학」, 『문학의 편견』, 세계사, 1994.

이경호, 「관념의 몸, 몸의 관념 만들기에 대하여」, 『현대소설』, 1992 여름.

이남호, 「소설 쓰기와 작가의 시대적 역할」, 『씌어지지 않은 자서전』, 중앙일보사, 1987.

이동하, 「형태의 새로움과 내용의 새로움」, 『동서문학』, 1989. 8.

______, 「관념소설의 오늘과 내일」, 『문예중앙』, 1989 겨울.

______, 「인간 숙명에 대한 두 가지 대응 방식」, 『우리 소설과 구도 정신』, 문예출판사, 1994.

______, 「한국 대중소설의 수준」, 『낮은 데로 임하소서』, 홍성사, 1980.

이보영, 「始原의 摸索」, 『현대문학』, 1972. 12.

______, 「화해로의 길」, 『창작과 비평』, 1979 가을.

이사라, 「<시간의 門>에 관한 구조 분석; 기호론적 방법을 통해서 본 이청준 문학론」, 『서울산업대론문집36』, 1992. 12.

이상섭, 「문학의 구조를 어떻게 볼 것인가」, 『연세교육과학8』, 1975.

______, 「너와 나의 천국은 가능한가」, 『신동아』, 1976. 8.

______, 「이청준의 의식소설」, 『언어와 상상』, 문학과지성사, 1984.

이상옥, 「한과 사랑의 변증법」, 『문학과 비평』, 1988 가을.

이상우, 「이청준 소설에 나타난 동종주술적 모티프」, 『서울여대태릉어
문연구5, 6』, 1995. 2.

______, 「죄의식의 표출과 예술가의 고통」, 『현대소설론』, 양문각, 1993.

______, 「정신적 외상과 성격 발전의 왜곡」, 『현대소설론』, 양문각,
1993.

이인복, 『한국문학에 나타난 죽음의식의 사적 연구』, 열화당, 1981.

이재선, 「병적 징후의 환기력」, 『한국 문학의 지평』, 새문사, 1981.

______, 「액자소설의 본질과 그 계승」, 『한국 단편소설 연구』, 일조각,
1975.

______, 「현대소설의 병리적 상징」, 『현대한국소설사』, 민음사, 1991.

이태동, 「부조리 현상과 인간의식의 진화」, 『부조리와 인간의식』, 문예출
판사, 1982.

______, 「구원과 생명력의 바다」, 『흐르지 않는 강』, 문장, 1979.

이형기, 「假睡・옹고집전」, 『月刊文學』, 1969. 9.

이호규, 「개인과 사회의 '관계'에 대한 소설가적 물음」, 『1960년대 소설
연구』, 새미, 2001.

임금복, 「한국적 외디푸스의 초상－<바닷가 사람들>의 경우」, 『비평문학』
7, 1993.

임영환, 「이청준 소설의 심리분석적 연구: 「병신과 머저리」를 중심으로」,
『육사논문집 35』, 1988. 12, 「자아와 초자아의 갈등」, 『한국현대
작가 연구』, 민음사, 1989.

장수익, 「한국 관념소설의 계보-장용학, 최인훈, 이청준의 경우」, 『1960
  년대 문학연구』, 예하, 1993.

장양수, 「죽음으로 완성한 참 예술: 「시간의 門」<서평>」, 『東義論集(인
  문·사회과학)』, 1997. 8.

______, 「한 곡예사의 살신의 선택: 이청준 단편 <줄광대>의 의미, 『東
  義論集(人文·社會科學)』 1998. 2.

______, 「현대인을 향한 不犯尊貴의 戒: 이청준 단편 <과녁>의 의미」,
  『東義論集(人文·社會科學)』, 2001. 2.

전영태, 「자유의 질서 구현하기」, 『한국현대작가연구』, 문학사상사,
  1991.

정과리, 「지식인의 사회적 자리」, 『조율사』, 홍성사, 1985.

______, 「용서, 그 타인됨의 세계」, 『겨울 광장』, 한겨레, 1987.

______, 「모범적 통치에서 상호 인정으로, 상호 인정에서 하나 됨으로」,
  『스밈과 짜임』, 문학과지성사, 1988.

정명환, 「文學風土의 變移」, 『대학신문』, 1969. 4. 21.

______, 「소설의 세 가지 차원」, 『한국 작가와 지성』, 문학과지성사,
  1978.

정상균, 「이청준 문학 연구」, 『서울시립대인문과학2』, 1995. 2.

정정숙, 「시원적 존재의 규명을 위한 모색」, 『한성어문학』 13, 1994.

조남현, 「문제적 인물에 대한 끊임없는 탐구」, 『문학사상』, 1984. 8.

______, 「어머니 소설의 교본」, 『사평문화』, 1996 겨울.

천이두, 「나약한 소시민의 초상화」, 『월간문학』, 1969. 3.

______, 「繼承과 反逆」, 『문학과 지성』, 1971 겨울.

______, 「작가의 변모의 문제」, 『한국문학』, 1979.

______, 「이원적 구조의 미학」, 『한국 문학과 한』, 이우출판사, 1985.

최종배·조두영, 「이청준 연작소설 '남도사람'에 대한 精神動力的 고찰」, 『신경정신의학 135』, 1996. 11.

최하림, 「회의와 비관의 이상주의」, 『문예중앙』, 1990 봄.

하응백, 「배반의 소설학」, 『자유의 문 - 전집 장편소설8』, 열림원, 1998.

한상규, 「멈추지 않는 자유의 현상학」, 『작가세계』, 1992 가을.

현길언, 「세속적 인물과 소설적 인물」, 『이청준론』, 삼인행, 1991.

______, 「문제 탐색을 위한 다층적 플롯」, 『이청준론』, 삼인행, 1991.

______, 「구원의 실현을 위한 사랑과 용서」, 『이청준론』, 삼인행, 1991.

황학주, 「빗방울과 바람소리 너머, 우상을 건너는 섬」, 『문학정신』, 1990.

황현산, 「정지된 세계의 알레고리; 「自由의 門」<서평>」, 『현대소설』, 1990. 3.

3) 학위논문

양선규, 『한국소설에 나타난 '낙원의식'의 원형연구』, 석사학위논문, 경북대 대학원, 1980.

임금복, 『이청준 소설 연구 - 소설가가 등장하는 작품을 중심으로』, 석사학위논문, 성신여대 대학원, 1986.

______, 『한국 현대소설의 죽음의식 연구 - 김동리, 박상륭, 이청준을 중심으로』, 박사학위논문, 성신여대 대학원, 1996.

김병로, 『현대 액자소설의 담화구조연구 - 김동인, 김동리, 이청준의 액자소설을 중심으로 한 액자형 담화구조의 서사시학적 접근』, 석사학위논문, 한남대 대학원, 1987.

______, 『한국 현대소설의 다성담화기법 연구』, 박사학위논문, 한남대

대학원, 1994.

김종회, 『한국 소설의 낙원의식 연구』, 박사학위논문, 경희대 대학원, 1989.

박선경, 『<광장>과 <당신들의 천국>의 대비적 연구-서사구조와 세계 인식의 두 결합양상』, 석사학위논문, 서강대 대학원, 1989.

원당희, 『Thomas Mann과 이청준 소설에 나타난 예술가의 위상 비교 (Ueber die Erscheinungsformen der 'modern Kuenstler' in Werken Thomas Manns und Lee Chung-Juns)』, 박사학위 논문, 고려대 대학원, 1991.

강숙아, 『한국 현대소설의 시간기법 연구』, 박사학위논문, 중앙대 대학원, 1993.

김영희, 『이청준 소설론-인물행위의 동기에 대하여』, 석사학위 논문, 경희대 교육대학원, 1993.

이선미, 『이청준 소설의 인물 유형 연구』, 서울여대 대학원, 석사학위논문, 1994.

이재헌, 『이청준 소설에 나타난 작가의식의 변모양상 연구』, 석사학위논문, 계명대 교육대학원, 1995.

신계철, 『이청준 소설의 공간 연구』, 석사학위논문, 이화여대 교육대학원, 1995.

마희정, 『이청준 소설의 탐색구조 연구-<매잡이>, <소문의壁>, <이어도>, <시간의문>을 중심으로』, 석사학위논문, 충북대 대학원, 1995.

이소진, 『이청준 소설 연구』, 석사학위논문, 동덕여대 대학원, 1996.

강미순, 『이청준의 메타 픽션 연구』, 석사학위논문, 부산대 교육대학원, 1996.

최종배, 『이청준 연작소설 '南道사람'에 대한 情神力動的 고찰』, 석사학위논문, 서울대 대학원, 1996.

이인옥, 『1960年代 이청준 소설 연구』, 석사학위논문, 성균관대 대학원, 1996.

조재희, 『한국 현대 소설의 미로이미지 ─ 최인훈의 <구운몽>과 이청준의 <소문의 璧>을 중심으로』, 석사학위논문, 충남대 대학원, 1996.

소연희, 『소설과 영화의 표현양식 비교연구 ─ 이청준 作, 서편제를 중심으로』, 석사학위논문, 한양대 교육대학원, 1997.

은정해, 『이청준 소설에 나타난 恨의 양상 연구』, 석사학위논문, 동국대 문화예술대학원, 1997.

김현희, 『이청준 소설의 시간 연구』, 석사학위논문, 경북대 교육대학원, 1997.

이현라, 『이청준의 <당신들의 천국> 연구』, 석사학위논문, 충남대 대학원, 1997.

조경안, 『이청준 소설의 원형 상징 연구』, 가톨릭대학교, 1998.

이지영, 『이청준 소설의 낙원 지향성 연구』, 숭실대학교, 1998.

유정미, 『이청준 소설 연구』, 성균관대학교, 석사학위논문, 1998.

박정애, 『이청준 소설의 미적 구조』, 석사학위논문, 신라대 교육대학원, 1998.

이상숙, 『이청준 소설 연구 ─ 1970년대 작품을 중심으로』, 중앙대학교, 석사학위논문, 1998.

임순영, 『이청준 소설에 나타난 '말(言)'의 인식 연구』, 석사학위논문, 서강대학교 교육대학원, 1998.

이 훈, 『이청준 소설의 알레고리 기법 연구』, 석사학위논문, 경희대 대학원, 1999.

194

김준우, 『이청준 소설의 비판적 담론 연구』, 석사학위논문, 서울대 대학원, 1999.

김영성, 『이청준 초기소설의 서사구조 연구』, 석사학위 논문, 한양대 대학원, 1999.

안홍현, 『이청준 소설의 인물유형 연구』, 석사학위논문, 우석대학교 교육대학원, 1999.

손은정, 『이청준 소설의 인물 연구』, 석사학위논문, 부산대학교, 1999.

김수연, 『이청준 소설의 인물유형분석을 통한 현실 비판 양상 연구』, 석사학위논문, 아주대 교육대학원, 1999.

서경희, 『이청준 소설 연구: 작중 인물의 정신분석학적 연구』, 석사학위논문, 세종대 대학원, 1999.

최선희, 『이청준 소설에 나타난 자아부정: 초기 작품을 중심으로』, 석사학위논문, 동국대 교육대학원, 1999.

원기중, 『이청준 소설에 나타난 판소리 미학의 변용 양상』, 박사학위논문, 한양대 대학원, 2000.

박희일, 『이청준 소설의 주체 구현 방식 연구』, 석사학위논문, 서울대 대학원, 2000.

최은영, 『이청준의 예술가소설 연구』, 석사학위논문, 고려대 대학원, 2000.

이묘우, 『이청준의 예술가소설 연구』, 석사학위논문, 명지대 대학원, 2000.

김재원, 『이청준 소설 연구: <소문의 壁>을 중심으로』, 석사학위논문, 성균관대 교육대학원, 2000.

이택권, 『이청준 소설 연구: 주체의 타자 인식 양상을 중심으로』, 석사학위논문, 서울시립대 대학원, 2000.

장윤호, 『이청준 소설 연구: 고향탐색 모티프(motif)작품들을 중심으로

』, 석사학위논문, 동덕여대 여성개발대학원, 2000.

정민영, 『이청준 소설의 다성성 연구』, 석사학위논문, 강원대 대학원, 2000.

이충희, 『이청준 소설 연구: 불교의 세계관을 중심으로』, 석사학위논문, 계명대 대학원, 2000.

장미애, 『이청준 소설에 나타난 정신분열증의 사회적 의미 연구: <병신과 머저리>, <소문의 壁>, <황홀한 실종>을 중심으로』, 석사학위논문, 한국교원대 대학원, 2000.

이성희, 『이청준 <매잡이>의 시점과 작가의식 연구』, 석사학위논문, 부산대 대학원, 2000.

윤승현, 『이청준 소설 연구: 이청준 소설에서 주체의 형성과 발전 양상 연구』, 석사학위논문, 경기대 교육대학원 2001.

이혜영, 『이청준 소설 연구: 자아 정체성 회복을 중심으로』, 석사학위논문, 한남대 교육대학원, 2001.

이경욱, 『이청준 소설의 인물연구』, 석사학위논문, 이화여대 대학원, 2001.

박경삼, 『이청준 소설의 공간 구조 연구: 연작 <남도사람>을 중심으로』, 석사학위논문, 한양대 교육대학원, 2001.

최애순, 『이청준 소설의 추리소설적 구조 연구』, 석사학위논문, 고려대 대학원, 2001.

이은성, 『이청준 소설에 나타난 죽음에 대한 연구』, 석사학위논문, 충북대 교육대학원, 2001.

이은숙, 『이청준 소설 연구: 1960년대 단편소설을 중심으로』, 석사학위논문, 한림대 대학원, 2001.

박연주, 『이청준 초기 소설 연구』, 석사학위논문, 서강대 대학원, 2001.

고현제, 『이청준 소설 연구: '고향'의 상징적 의미를 중심으로』, 석사학

196

　　위논문, 경희대 교육대학원, 2001.

김정아, 『이청준의 <남도 사람> 연작의 크로노토프 분석』, 석사학위논
　　문, 충남대 대학원, 2001.

손유경, 『최인훈·이청준 소설에 나타난 텍스트의 자기반영성 연구』,
　　석사학위논문, 서울대학교 대학원, 2001.

추복진, 『이청준 소설 연구: <잃어버린 말을 찾아서>를 중심으로』, 석
　　사학위논문, 한양대 교육대학원, 2002.

이혜성, 『이청준 소설의 정신분석학적 연구: 작중 인물이 유년 시절 정
　　신적 외상을 가진 작품을 중심으로』, 석사학위논문, 신라대 교
　　육대학원, 2002.

　　4) 대　담

김승희·이청준, 「남도창이 흐르는 아파트 공간」, 『문학사상』, 1976. 1.

김치수·이청준, 「복수와 용서의 변증법－이청준과의 대화」, 『박영리와
　　이청준』, 민음사, 1982.

전영태·이청준, 「나의 문학, 나의 소설작법」, 『현대문학』, 1984.

권성우·우찬제, 「영혼의 비상학을 위한 자유주의자의 소설 탐색」, 『문
　　학정신』, 1990.

이위발·이청준, 「문학의 토양을 이룬 반성의 정신」, 『이청준론』, 삼인행,
　　1991.

한강희·이청준, 「탈향과 귀향」, 『문예중앙』, 1996 가을.

이청준·권오룡, 「시대의 고통에서 영혼의 비상까지」, 『이청준 깊이 읽
　　기』, 문학과지성사, 1999.

3. 정신분석학 관련 자료

프로이트·브로이어, 『히스테리 연구』, 김미리혜 역, 열린책들, 1997.

프로이트, 『꿈의 해석』, 김인순 역, 열린책들, 1997.

______, 『성욕에 관한 세 편의 에세이』, 김정일 역, 열린책들, 1996.

______, 『정신분석 강의』, 임홍빈·정혜경 역, 열린책들, 1997.

______, 『새로운 정신분석 강의』, 임홍빈·정혜경 역, 열린책들, 1996.

______, 『창조적 작가와 몽상』, 정장진 역, 열린책들 1997.

______, 『예술과 정신분석』, 정장진 역, 열린책들, 1997.

______, 『억압, 증후 그리고 불안』, 황보석 역, 열린책들, 1997.

______, 『꼬마 한스와 도라』, 김재혁·권세훈 역, 열린책들, 1997.

______, 『일상생활의 정신병리학』, 이한우 역, 열린책들, 1998.

______, 『늑대인간』, 김명희 역, 열린책들, 1996.

______, 『무의식에 관하여』, 윤희기 역, 열린책들, 1997.

______, 『쾌락원칙을 넘어서』, 박찬부 역, 열린책들, 1997.

______, 『문명속의 불만』, 김석희 역, 열린책들, 1997.

______, 『종교의 기원』, 이윤기 역, 열린책들, 1997.

______, 『정신분석 운동』, 박성수 역, 열린책들, 1997.

______, 『나의 이력서』, 한승완 역, 열린책들, 1997.

Freud, *Creative Writers And Day-dreaming*, The Standard Edition of the Complete Psychological Works of Sigmund Freud, 9, (London, Hogarth Press, 1999.)

______, *Inhibition, Symptom And Anxiety*, The Standard Edition, 9.

______, *Delusions And Dreams In Jensen's Gradiva*, The Standard

198

　　　　　　Edition, 9.

______, *Scientific Interest in Psycho-analysis*, The Stasndard Edition, 13.

______, *Intoductory Lecture on Psychoanalysis*, The Standard Edition, 16.

양선규, 「해석·언어·욕망」, 『현대소설연구』, 16호, 한국현대소설학회, 2002. 6.

김인환, 「문학과 정신분석」, 『문학의 새로운 이해』, 문학과지성사, 1996.

유종호, 「프로이트와 문학」, 『문학이란 무엇인가』, 민음사, 1991.

박찬부, 『현대정신분석비평』, 민음사, 1997.

허창운 외, 『프로이트의 문학예술이론』, 민음사, 1997.

브루노 베텔하임, 『프로이트와 인간의 영혼』, 김종주·김아영 역, 하나의학사, 2001.

테리 이글턴, 『문학이론입문』, 김현수 역, 인간사랑, 2001.

막스 밀레르, 『프로이트와 문학의 이해』, 이규현 역, 문학과지성사, 1997.

장 벨맹 노엘, 『문학 텍스트의 정신분석』, 최애영 심재중 역, 동문선, 2001.

______, 『정신분석과 문학』, 李善英 역, 探求堂, 1990.

안느 끄랑시에, 『정신분석학과 문학비평』, 이존오 역, 숭실대학교 출판부, 1998.

엘리자베드 라이트, 『정신분석비평』, 권택영 역, 文藝出版社, 1989.

에리히 프롬, 『자유로부터의 도피』, 이극찬 역, 展望社, 1979.

______, 『프로이트와 정신분석』, 최혁순 역, 홍신문화사, 1994.

르네 지라르, 『희생양』, 김진식 역, 민음사, 1998.

______, 『폭력과 성스러움』, 김진식·박무호 역, 민음사, 1993.

나지오, 『정신분석학의 일곱 가지 개념』, 표원경 역, 백의, 1998.

마르쿠제, 『에로스와 문명』, 김인환 역, 나남, 1982.

마르트 로베르, 『정신분석 혁명』, 이재형 역, 문예출판사, 2000.

페터 비트머, 『욕망의 전복』, 홍준기·이승미 역, 한울, 1998.

에릭 에크로이드, 『꿈, 상징, 사전』, 김병준 역, 한국심리치료연구소,
        1997.

캘빈 S 홀, 『프로이트 심리학 입문』, 황문수 역, 범우사, 1993.

Laplanche and Pontalis, *The Language of Psychoanaiysis*, (London,
        Hogarth Press, 1973.)

4. 기   타

권재일 외, 『언어학와 인문학』, 서울대학교출판부, 1999.

홍성호, 『문학사회학, 골드만과 그 이후』, 문학과지성사, 1995.

김인환, 『언어학과 문학』, 고려대학교 출판부, 1999.

김 현, 『프랑스 비평사』, 문학과지성사, 1983.

민성길, 「한(恨)의 정신병리학(精神病理學)」, 『코리안 이마고2』, 인간사
        랑, 1998.

이규동, 「한을 희석·표백하려는 정신 역동」, 『동서문화』, 1978. 8.

한완상, 「한에 대한 민중 사회학적 시론」, 『현대 자본주의의 공동체』,
        한길사, 1980.

고 은, 「한의 극복을 위하여」, 『한국사회연구』, 한길사, 1980.

문순태, 「한이란 무엇인가」, 『민족문화1집』, 이삭, 1985.

롤랑 바르트, 「저자의 죽음」, 『작가란 무엇인가』, 박인기 편역, 지식산업사, 1996.

아지자·오리비에라·스크트릭 공저, 『문학의 상징·주제어 사전』, 장영수 역, 청하, 1989.

멀치아 엘리아데, 『聖과 俗』, 이동하 역, 학민사, 1995.

프레이저, 『황금가지』, 張秉吉 역, 三省出版社, 1982.

Ⅱ. 정신이상, 문둥이 혹은 타자들

1. 이청준 소설에 나타난 정신이상 연구

1) 서 론

　본고의 목적은 이청준 소설에 나타나는 정신이상(精神異常) 현상을 프로이트의 정신분석학적 관점에서 해석하고 그 문학적 의미를 해명하는데 있다.

　이청준은 1965년 『사상계』에 「退院」을 발표한 이래 현재까지 활동을 계속하고 있는 작가이다. 그의 소설들은 다양한 양상을 보이고 있어서 그 전체상을 파악하기 힘들지만, 정신이상을 다룬 소설들이 하나의 흐름을 형성하고 있다는 점은 분명하다. 「退院」을 비롯해서 「소문의 壁」, 「쓰여지지 않은 自敍傳」, 「꽃과 뱀」, 「꽃과 소리」, 「조만득 씨」, 「황홀한 실종」, 「겨울 광장」, 「빈 방」 등이 신경증이나 정신증의 전형적인 현상을 다룬 작품이며, 「병신과 머저리」, 「별을 보여드립니다」, 「假面의 꿈」 등은 정신이상은 아닐지라도 신경증적 징후가 모티프로 활용되는 작품이라고 할 수 있다.

　지금까지 정신이상을 다룬 이청준의 소설에 대한 논의는 대체로 정신분석적 측면에서 다룬 다수의 평론과 논문에서 부분적으로 다루어져 왔지만, 정신이상 자체에 대한 논의는 거의 없다. 이러한 연구의 최초의 성과는 김현에 의해서 이루어진다. 김현은 이청준의 초기 소설에 나타나는 인물들이 '일상적이지 못한 세계에 끼어버린 자들의 일상에의 회귀욕망에 의거해 있다'1)고 하며 그러한 인물들의 특성이 '유년시절에 형성된 "기본적 불안"에서 기인하는데, 그 불안은 극심한 사회적 문화적 변동의 영향 밑에서 형성된'2) 것으로 파악한다. 그는 특히 「退院」에 드러나는 유년기의 광 속 체험을 면밀히 분석하면서 이청준 문학의 원초적 체험을 아버지와의 갈등과 어머니에 대한 동경에서 비롯된 점을 강조한다.3) 이보영은 이청준 문학을 허기의 문학이라고 규정하는데, 여기서 허기란 시원(始源)으로서의 어머니에 대한 회상과 동경을 의미한다. 그래서 그는 이청준 소설에 등장하는 인물들이 시원의 고향에 대한 끊임없는 갈망과 현실의 모순 사이에서 분열되어 있는 것으로 파악한다.4) 오생근 역시 이청준 소설의 인물들이 정신적 외상에 기초해 있는 것으로 파악하는데, 그것은 첫째 성장기 소년이 의식의 눈을 뜰 무렵 겪는 부정적인 충격과, 둘째 6·25를 전후한 시대적 불행에 대한 공포의 체험이다. 그는 이러한 상처가 사회에 순응하는 척하는 외면적 자아와 개인의 욕망과 진실을 옹호하며 사회를 거부하는 내면적 자아를 공유하는 분열적 인물을 만들어낸다고 한다.5)6)

----

1) 김　현, 「匠人의 苦惱」, 『별을 보여드립니다』, 일지사, 1971, 371쪽.
2) 위의 글, 375쪽.
3) 김　현, 「욕망과 금기」, 『주간 조선』, 1978. 12. 3-24.
4) 이보영, 「始源의 摸索」, 『현대문학』, 1972. 12.
5) 오생근, 「갇혀있는 자의 시선」, 『문학과지성』, 1974 가을.
6) 이러한 논의는 다음 글에서 계속적으로 진행된다.
　　김병익, 「원체험과 지성의 변증」, 『이청준』, 은애, 1979.
　　이광풍, 「이청준 소설의 세계」, 『미원 우인섭 선생 화갑 기념 논문집』, 집문당, 1986.
　　서경희, 『이청준 소설 연구: 작중 인물의 정신분석학적 연구』, 석사학위논문, 세종대 대학원, 1999.
　　이경욱, 『이청준 소설의 인물연구』, 석사학위논문, 이화여대 대학원,

위와 같은 논의들은 이청준 소설에 나타나는 정신이상 현상에 대한 많은 이해를 제공한다. 하지만 그것들은 대체로 정신이상 현상 자체보다는 정신적 외상에 초점이 맞추어져 있다. 이런 점에서 이재선의 연구는 주목을 요한다. 이재선은 60년대 이후 한국 소설의 중요한 현상의 하나로 병리학적 흐름에 주목하면서 '당대 한국 소설 가운데서 광기나 정신분열 현상 및 의식의 심층적인 증후군(syndrom)에 대해서 가장 각별한 문학적 관심을 보이고 있는 모형이 이청준 소설의 공간이'7)라고 평가한다. 그는, 이러한 이청준 소설의 정신병리 현상의 뿌리가 가족 관계나 유년기 및 과거의 불안 경험에서 연유된 것이지만, 이것은 다시 사회적인 불안과 연관된 것으로 파악한다. 이재선의 이러한 논의는, 60년대 이후 한국 소설사에서 정신이상을 다룬 이청준의 소설이 어떤 의미를 지니는가를 잘 보여주고 있다. 하지만 이것은 인물의 심리에 대해 정밀한 이해를 간과하고 논의를 전개한다는 문제점이 있으며, 또한 작품을 무작위로 선택하고 해석함으로써 이 소설들의 의미가 어떻게 발전하고 심화되는지 해명하는데까지 나가지는 못하고 있다.

본고는 이러한 문제에 착안해 「退院」과 「소문의 壁」을 신경증의 차원에서 「황홀한 실종」과 「조만득 씨」를 정신증의 차원에서 다루기로 한다.8) 「소문의 壁」, 「황홀한 失踪」, 「조만득 씨」

2001.

7) 이재선, 「현대소설의 병리적 상징」, 『현대한국소설사』, 민음사, 1991, 230쪽.

8) 정신분석적 측면에서 증상은 억압된 소망충동을 왜곡된 형태로 해소하는 심리적 장치이다. 증상은 억압에 의해 좌절된 이드의 본능충동이 자아와의 타협을 통해 대리표상을 형성함으로써 우회적인 방법으로 만족을 꾀하는 심리적 장치이다. (프로이트, 「억압에 관하여」, 『무의식에 관하여』, 윤희기 역, 열린책들, 1997 참조.) 정신이상은 크

는 전형적인 신경증과 정신증 증상을 보여주고 있을 뿐 아니라 임상적 박진감까지 갖추고 있어, 정신이상을 다룬 이청준 소설의 대표작이라 할 만하며, 「退院」은 가벼운 신경증 환자를 다루고 있으나 이청준 소설에 나타나는 정신적 외상의 뿌리를 드러내고 있다는 점에서 중요한 작품이라고 할 수 있기 때문이다.

2) 신경증과 현실도피

이청준의 처녀작 「退院」은 위장병 환자인 일인칭 서술자 '나'의 입원과 퇴원의 전말을 그린 단편소설이다. '나'는 위장병으로 친구 준의 병원에 입원했지만, 그것이 실제적인지를 스스로 의심하고 있으며, 스스로 의사 준과 간호사를 속이고 있다고 생각한다. 하지만 '나'의 위장병은 공복이 되면 배가 쓰려오는 구체

게 신경증과 정신증으로 나뉜다. 신경증이 자아와 이드 사이의 갈등의 결과인 반면, 정신증은 자아와 외부 현실 사이의 갈등의 결과이다. 이드와 현실 사이의 갈등 상황에서 자아가 현실의 편을 들게 되면 신경증이 되고, 이드의 편을 들게 되면 정신증이 된다. 자아가 이드의 본능충동을 억압하려 할 때, 이드가 충동의 방향을 다른 쪽으로 돌림으로써 자아와 타협하게 되면 신경증되고, 자아가 현실로부터 일부 물러나 망상을 만듦으로써 이드의 본능충동을 충족시키면 정신증이 발생한다. (프로이트, 「신경증과 정신증」, 『억압, 증후 그리고 불안』, 황보석 역, 열린책들, 1997 참조.) 신경증에서는 현실의 일부가 일종의 도피에 의해 비켜지지만, 정신증에서는 그 현실의 일부가 개조된다. 신경증 환자가 현실과의 관계를 유지하면서 현실 문제로부터 도피한다면, 정신증 환자는 현실을 개조 조작함으로써 망상 체계를 만들어 현실을 부정한다. 신경증의 경우는 자아가 현실성을 유지하는 반면, 정신증은 현실을 부정하기 때문에 심한 경우 자아는 현실성을 완전히 상실하고 망상 속에만 머물게 된다. (프로이트, 「신경증과 정신증에서 현실감의 상실」, 위의 책 참조.)

적인 증상이 있다는 점에서 거짓은 아니다. 그것은 육체적 원인에 의한 것이라기보다 심리적인 원인에서 오는 것이라고 보아야 한다. 그의 증상은 심하지는 않지만 일종의 신경증이라고 할 수 있다.

이 소설에서 주인공이 신경증적 징후를 보이기 시작하는 지점은 그의 친구인 준을 가정 교사로 맞이하기 위해 담임을 찾아가는 장면이다.

> 어머니의 청으로 담임 선생이 진학 시험 친구로 준을 집으로 데리고 오던 날, 아버지는 몹시 화를 내고 있었다.
> "너는 네 구실도 제대로 한 번 못해 볼 게다-날마다 네 친구 발바닥이나 핥아!"
> 담임 선생과 준의 앞에서 아버지는 이렇게 선언했다. 담임 선생의 긴 설득 끝에도 아버지는 가벼운 하품을 하고는,
> "가정 교사를 두는 건 상관 안 하지만…… 안 될 겝니다. 이틀을 굶겨 놔도 배고픈 줄을 모르는 놈입니다. 저놈은."
> 하고 태연한 나를 못마땅해하는 눈으로 건너다 볼 뿐이었다. 나는 그 말에 처음으로 얼굴이 굳어지는 것을 느꼈다.9)

위의 인용문에서 보듯이 '나'는 아버지와 불화의 관계에 놓여 있다. '너는 네 구실도 제대로 한 번 못해 볼 게다-날마다 네 친구 발바닥이나 핥아!'라는 말에서 짐작할 수 있듯이 아버지는 '나'를 별로 신뢰하지 않는다. 거기에 대해 태연해 할 정도로 '나'는 그러한 아버지의 태도에 무감하다. 의식적인 차원에서 '나'는 이미 아버지의 신뢰를 전혀 기대하고 있지 않음을 알 수 있다. 하지만 '나'는 '이틀을 굶겨 놔도 배고픈 줄을 모르는 놈'이라는 말에 대해서는 처음으로 얼굴이 굳어지는 것을 느꼈다

---

9) 이청준, 「退院」, 『별을 보여드립니다』, 일지사, 1972, 12쪽.

고 한다. 좀처럼 감정을 드러내지 않는 '나'의 서술 태도를 감안
할 때 '얼굴이 굳어지는 것을 느꼈다'는 표현은 '나'에게 강한 심
리적 충격을 가하고 있음을 짐작할 수 있다. 특히 '처음으로'라
는 부사어는 지금까지 아버지가 했던 어떤 모욕적인 말보다도
이 말이 '나'의 신경을 건드리고 있음을 보여준다. 따라서 이 말
은 '나'에게 결정적인 심리적 좌절을 가져왔음을 알 수 있다.
'나'의 이상 행동은 이 지점에서 시작된다. '나'는 이후 한달 쯤
을 준에게 배우지만 결국 아버지의 금고에 손을 대서 가출을
해 버린다. 이후 '나'는 주거 부정의 현실 부적응자의 삶을 살게
된다. 이러한 '나'의 행동은 준과의 관계를 통해서 더 잘 이해될
수 있다.

준에 대한 '나'의 인식은 주로 아버지에 대한 기억과 깊이 얽
혀 있는데, 그것은 대체로 준에 대한 열등감이나 질투의 양상을
띤다. 무엇보다 준은 아버지에 대한 신뢰를 한 몸에 받고 있는
인물이다. 아버지가 마치 형제를 비교하듯 '나'와 준을 견주고
있다는 점에서, '나'의 준에 대한 갈등은 말하자면 형제에게 느
끼는 유아적 경쟁 심리로 이해할 수 있다. 준에 대한 '나'의 열
등감은 능력에 대한 열등감이기보다는 부모의 신뢰에 대한 열
등감이라고 할 수 있다. 무시당하고 있거나 무시당하고 있다고
느끼는 경우, 부모의 사랑을 온전히 받고 있지 않다고 느끼는
경우, 형제 자매와 사랑을 나누어 가져야 한다는 사실에 서운함
을 느끼는 경우 유아적 자아는 자신이 입양아이거나 의붓자식
이라고 생각하고 자신의 진짜 부모는 어딘가 다른 곳에 있는
훌륭한 인물일 것이라고 상상한다.10) 이렇게 볼 때 '나'의 가출

---

10) 프로이트, 「가족로맨스」, 『성욕에 관한 세 편의 에세이』, 김정일 역,
　　열린책들, 1996, 58쪽.

은 자연스럽다. 하지만 준은 아버지와 '나' 사이의 갈등에 대한 촉매의 역할을 할 뿐 갈등의 결정적인 원인은 아니다. '나'의 아버지에 대한 갈등의 근원적인 갈등의 원인은 어린 시절의 기억을 통해 밝혀진다.

> 소학교 三학년 때 가을. 나는 그 즈음 남몰래 즐기고 있는 한 가지 비밀에 있었다. 광에 가득히 쌓아 올린 볏섬 사이에 내 몸이 들어가면 꼭 맞는 틈이 하나 나 있었는데 나는 거기다 몰래 어머니와 누이들의 속옷을 한 가지 두 가지씩 가져다 깔아 놓고, 학교에서 돌아오면 그곳으로 기어 들어가서 생쥐처럼 낮잠을 자는 것이었다. 속옷은 하나같이 부드럽고 기분 좋은 향수 냄새가 났다. 장에는 그런 옷이 얼마든지 쌓여 있어서 내가 한두 가지씩 덜어내도 어머니와 누이들은 알아내지를 못했다. 어두컴컴한 그 광 속 굴에 들어앉아 이것저것 부드러운 옷자락을 만지작거리며, 거기서 나오는 냄새를 맡고 있노라면 그보다 더 기분 좋은 일이 없었다. 그러다 나는 스르르 잠이 들고, 잠이 깨면 다시 생쥐처럼 몰래 그곳을 빠져나왔다. 그런데, 어느 날은 거기서 너무 오래 잠이 들어 있다가 아버지가 비춘 전짓불 빛을 받고서야 눈을 떴었다. 아버지는 아무 말도 하지 않고 그대로 광을 나가더니 나를 남겨둔 채 문에다 자물쇠를 채워버렸다. 그 문은 이틀 뒷날 저녁때 열렸다. 나는 광에다 나를 가두어 놓은 동안 밖에서 일어난 일에 대해서는 아무 것도 모른다. 그러나 문이 열렸을 때, 거기에 있던 옷가지는 한 오라기도 성한 것이 없이 백 갈래 천 갈래로 찢기어 있었다.[11]

위의 인용문은 이 소설의 주인공이 겪고 있는 아버지와의 갈등이 어떠한 심리적 뿌리에서 연유하는 지를 잘 보여 준다. 이 장면은 철저하게 대립적 이미지에 의해 직조되어 있다. 그것은 본능충동을 상징하는 '어머니와 누이의 속옷'과 금기를 상징하는 '아버지의 전짓불'이다. '부드럽고 기분 좋은 향수 냄새'나 '부드

---

11) 이청준, 앞의 글, 12-13쪽.

210

러운 옷자락을 만지작거리며, 거기서 나오는 냄새를 맡고 있노라면' 등은 성적 이미지를 드러내고, '자물쇠', '한 오라기 성한 것이 없이 백 갈래 천 갈래 찢기어' 등은 금기의 이미지를 강화한다. 여기에서 '광'은 어머니의 모태를 상징하는 것으로 이해할 수 있는데, 특히 '몸이 들어가면 꼭 맞는 틈'은 이러한 이미지와 잘 어울린다. 이 장면은 한마디로 오이디푸스 콤플렉스와 관계된 원초적 체험이라고 할 수 있다. '나'의 모성에 대한 본능충동은 아버지에 의해 무참히 좌절되고 그것은 정신적 외상으로 남는다.12)

이렇게 본다면 '나'의 심리는 어머니에 대한 본능충동과 억압적 아버지에 대한 두려움이 교묘히 얽혀 있다고 할 수 있다. 이러한 갈등은 현실에서 해결 불능이기 때문에 위장병이라는 신경증을 통해서 그 해결책을 찾은 것이다. 그것은 오이디푸스적 결함으로 현실로부터 물러난 퇴행적 도피심리를 대변해 준다. 여기에서 '나'에게 병원은 '이차적 이익'13)을 주는 도피의 장소이다. '나'는 준의 병원에 숨음으로써 어려운 현실로부터 물러나는 이익을 누리고 있다. 사실상 가장 현실적인 의미에서 그의 괴로움은 군대를 다녀와서 무언가를 해보고자 했으나 실패한 것이었다. 따라서 '나'에게 위장병이 심리적 측면에서 도피를 의미한

---

12) 이 장면에 대해서는 김현이 상세하게 분석한 바 있다. (김 현, 「욕망과 금기」, 앞의 책 참조.)

13) 프로이트 이론에서 '질병으로의 도피'는 중요한 의미를 지닌다. 이것은 신경증을 형성하는 외면적 동기로 작용한다. 그것은 질병에 의해 연금을 탈 수 있다거나 남편의 억압으로부터 해방된다거나 타인으로부터 관심의 대상이 된다거나 하는 것이다. 이것은 질병이 주는 이차적 이익이다. (Freud, *Fragment of Analysis of Case of Hysteria*, The Stsndard Edition of the Complete Psychological Works of Sigmund Freud-Volume 7, (London, Hogarth Press, 1999), p43.)

다면 병원은 현실적 측면에서 도피의 장소를 의미한다.

　이와 관련하여 '나'에게 미스 윤은 여러 점에서 중요한 의미를 지닌다. 미스 윤은 '나'에게 어머니의 대리표상이며 또한 임상적 상황에 비유하자면 분석의(分析醫)에 해당하기 때문이다. '나'에게 미스 윤은 모성에 대한 회귀 본능을 자극하는 존재이다. 그녀의 머리 냄새가 '옛날 어느 때, 아니 내가 태어나기도 전에 벌써 맡아본 경험을 가지고 있었던 것처럼'14) 그리운 것이라는 표현과 특히 미스 윤의 유방에 대한 '나'의 유별난 관심은 이러한 점을 잘 보여준다. 유방이란 구순기(口脣期)에 가장 지배적인 본능충동의 대상이며 어머니에 대한 은유로 나타나기 때문이다. '나'는 미스 윤을 보면서 '팽팽한 탄력과 부드러운 촉감을 적당히 섞어 놓은 유방을 여인들이 한 사람도 빠짐없이 가지고 있다는 것은 신기한 일'15)이라고 생각하는데, 이것은 어른의 생각이라기보다는 성적 호기심이 발동하는 유아기적 심리에 가깝다. 특히 미스 윤이 유일하게 진실한 대화 상대가 되어 주는 점은 중요하다. 그녀는 '나'에게 거울을 빌려줌으로써, '나'를 고장난 시계에 비유함으로써 그리고 '나'의 말을 성실하게 들어줌으로써 '나'의 정신적 회복을 돕는다. 그런 점에서 그녀는 임상적 상황에서 분석의의 역할을 어느 정도 충실히 수행하고 있다고 할 수 있다.16) 그녀는 '나'에게 마치 전이(轉移)된 어머니처럼 인식됨으로써 '나'로 하여금 퇴원하여 현실 세계로 나갈 수 있는 힘

---

14) 이청준, 앞의 글, 19쪽.

15) 위의 글, 12쪽.

16) 이런 점에서 미스 윤은 노르베르트의 하놀트 환상을 받아주면서 결정적인 순간에 각성을 유도함으로써 분석의의 역할을 수행하는 조에 베르트강을 연상케 한다. (프로이트, 「빌헬름 옌젠 『그라디바』에 나타난 망상과 꿈」, 『창조적 작가와 몽상』, 정장진 역, 열린책들, 1996 참조.)

212

을 제공하는 것이다. 하지만 병원을 나서는 '어둠이 깔리기 시작한 거리'는 '나'의 내면적 심리가 여전히 미해결의 상태로 남아 있음을 암시하고 있다. 이것은 '나'의 신경증적 갈등이 완전히 해결된 것은 아니라는 점을 드러낸다.

「退院」은 일인칭 화자 '나'의 진술을 통해 현실부적응의 청년 심리를 미묘하게 포착하고 있는 소설이다. 여기에는 모성에 대한 유아기적 동경과 억압적 아버지에 대한 두려움이라는 두 개의 대립적 심리가 교차되고 있다. 하지만 '나'의 고뇌는 지극히 개인적 차원의 가족 문제에 머무르고 있다. '나'의 현실 인식은, 준의 도움으로 시작한 사업 실패로 인한 절망감이나 월남 파병 환송회에 모여든 사람들을 보며 느끼는 소외감에서 어렴풋이 드러나 있을 뿐이다. 그것은 매우 모호하다. 따라서 이 소설에서 나타나는 '나'의 위장병은 지극히 개인적 차원에서 그려지고 있다고 할 수 있다. 이런 점에서 「소문의 壁」은 한층 발전적인 의미를 지니는 작품이다.

「소문의 壁」은 서술자인 잡지사 편집장 '나'가 소설가 박준의 정신적 편린을 추적하면서, 박준의 정신이상의 원인을 밝혀 가는 과정을 그리고 있다. 박준은 처음에 정신병을 가장해서 스스로 정신병원을 찾지만 김박사의 무리한 진료로 진짜 정신병 환자가 되어 병원을 도망친다. 박준의 증상은 자기진술을 거부하는 진술공포증이라 할 수 있는데, 그것은 자신이 쓴 소설들이 번번이 잡지사에 의해 거부된다는 현실적 좌절에서 시작된다. 박준에게 좌절을 안겨준 현실은 그의 소설에 대한 평론가 안형의 태도를 통해서 극명히 드러난다.

안형에게 좋은 소설이란 소재의 선택과 해석이 시대적 요구에 투철한 작품이다. 그는 시대양심이라는 내용성만을 강조함으로써 소설의 미학적인 측면이나 개인적인 진실은 완전히 무시해 버린다. 그는 소설의 미학적 측면조차도 내용성에 의해서만 측정될 수 있다고 보는 것이다. 이러한 투철한 문학관을 지닌 안형은 좀 과장된 비평가상으로 그려지고 있는데, 그의 논리는 소설의 역사적인 당위성만을 주장하는 경직된 공리주의적 문학관이라고 요약할 수 있다. 여기에서 더욱 중요한 문제는 안형의 문학적 논리라기보다 그 논리가 어떤 것이든 자신만이 옳다는 독선적인 태도에 있다. 이것은 억압적이다. 이러한 억압적이고 독선적 논리는 단순히 안형의 논리로 그치는 것이 아니다. 이것은 박준의 입장에서 본다면 대부분의 편집자에게 통용되며 사회 전체에 편재(遍在)한다. 그래서 그는 소설의 발표 지면을 얻을 수 없을 뿐 아니라 창조적 정신 자체를 마비시키는 결과를 가져오게 된다. 이러한 억압적 논리가 작가 박준으로 하여금 현실적 좌절을 겪게 하고 그것은 신경증의 상황을 불러온 것이다. 하지만 보다 근원적인 병인은 그의 어린 시절의 기억을 통해 밝혀진다.

　— 어렸을 때 겪은 일이지만 난 아주 기분 나쁜 기억을 한 가지 가지고 있다. 6·25가 터지고 나서 우리 고향에는 한 동안 우리 경찰대와 지방 공비가 뒤죽박죽으로 마을을 찾아 드는 일이 있었는데, 어느 날 밤 경찰인지 공빈지 알 수 없는 사람들이 또 마을을 찾아 들어 왔다. 그리고 그 사람들 중의 한 사람은 우리 집까지 찾아 들어와서 어머니하고 내가 잠들어 있는 방문을 열어 젖혔다. 눈이 부시도록 밝은 전짓불을 내리비추며 어머니더러 당신은 누구의 편이냐는 것이었다. 하지만 어머니는 그때 얼른 대답을 할 수 없었다. 전짓불 뒤에 가려진 사람이 경찰대 사람인지 공비인지 구별할 수 없었기 때문이었다.[17]

---

17) 이청준, 「소문의 壁」, 『소문의 壁』, 민음사, 1972, 351쪽.

　그것 자체로 이해한다면 위의 사건은 전쟁 속에서 인간이 느끼는 한계상황을 드러낸다. 이것은 과거 6·25 전쟁 당시 우리나라에서 흔히 발생했던, 특히 공비의 활동이 활발했던 남도 지방에서 빈번히 일어났던 이데올로기의 비극을 선명하게 보여준다. 특히 이 장면은 이데올로기의 문제를 떠나서 이쪽도 저쪽도 선택할 수 없는 민중들의 불안 심리를 미묘하게 포착하고 있다. 전짓불은 어느 쪽이 옳은가 그른가에 상관없이 폭압적으로 선택을 강요한다. 하지만 이 소설에서 이러한 선택의 문제는 과거에만 해당하는 것이 아니라 현재에까지 연장되고 있다는 점에서, 특히 박준의 심리적 갈등의 핵심을 이룬다는 점에서 중요하다.

　인간의 기억이 본능충동에 의해서 끊임없이 왜곡되고 변화한다는 점에서 위의 진술을 그대로 받아들일 수 있을까 하는 의문을 제기할 수 있다.[18] 아직 이데올로기를 전혀 이해할 수 없는 어린 시절의 박준에게 이 사건은 다른 측면에서 심리적 외상을 가했을 가능성이 있다. 이런 점에서 이 사건에 대한 역사적 맥락에서의 이해는 나이가 들면서 박준의 기억속에 첨가된 것으로 볼 수 있다. 그렇다면 역사적 맥락을 잠시 괄호에 넣음으로써 이 사건의 심리적 인상를 재구성할 수 있다. 그러면 이 사건은 박준이 어머니와 누워 있었고 전짓불이 갑작스레 들이닥치는 장면이 된다. 그는 어머니와 단둘이서 유아적 낙원의 만족을 누리고 있었으나 전짓불의 방해로 그것은 깨진다. 여기서 특히 주목되는 것은 어버지의 부재이다. 전짓불은 곧 아버지의 위치에 자리하게 된다. 이것은 오이디푸스 콤플렉스 상황의 거

---

18) 프로이트는 늑대인간을 치료하면서, 신경증 환자의 인생과 증상 형성에 영향을 끼쳤다고 할 수 있는 유아기의 장면은 항상 사실은 아니라는 것을 중요하게 다룬 바 있다. (프로이트, 「늑대인간」, 『늑대인간』, 김명희 역, 열린책들, 1996, 191-205쪽 참조.)

세 위협을 연상케 한다. 어머니와의 동침에 대한 박준의 소망충동이 아버지를 몰아냈지만, 거세 위협을 통해 아버지는 어머니로부터 그를 분리하고자 한다. 이렇게 본다면 전짓불은 상징적 아버지이며 검열자 혹은 초자아에 대응된다. 박준이 누군가 쫓아오고 있다거나 감시하고 있다고 느끼는 것은 다름아닌 그의 내부 검열자의 시선 즉 초자아의 위협에 의한 것이라고 할 수 있다. 이 장면이 앞에서 밝힌 「退院」의 광 속 체험과 교묘하게 중첩[19]되어 있다는 점은 이러한 이해에 설득력을 더한다. 「退院」에서 개인적인 차원에만 머물러 있던 전짓불은 이 소설에서 역사적이며 사회적인 의미를 획득하고 있다.

이렇게 볼 때 박준의 신경증은, 자신의 소설에 대한 잡지사들의 거부라는 현실적 소망충동의 좌절과 전짓불 체험이라는 유아기의 리비도 고착에 의해 형성된 것이다. 박준이 자기진술을 거부하게 된 것은 이러한 오이디푸스 콤플렉스 상황에서 아버지의 거세위협의 원초적 외상과 작가로서 겪는 진실에의 갈등이 교묘하게 얽혀 있는 것이라고 할 수 있다. 자기진술의 거부는 역으로 말하면 강한 진술욕 때문에 생긴 것이다. 그것은 사회적으로 용인된 자기진술의 수단 즉 문학의 길로 자연스럽게 열려졌지만 그것조차 어려워지자 자기진술욕은 자기진술의 거부라는 신경증으로 도피해 버린 것이다. 결국 자기진술욕이란 아버지에 대한 항거가 된다.

이 소설에서 박준의 치료 방식을 두고 벌이는 김박사와 서술

---

19) 샤를르 모롱은 하나의 작품을 분석하면서 작가의 전 작품을 구성하는 다른 작품들에서 도움을 구한다. 작품 전체를 통하여 형식이나 내용에 있어서 유사한 특징을 찾아내 그것을 분류한다. 그 작업을 그는 텍스트의 포개기 혹은 중첩이라 불렀다. (장 벨맹 노엘, 『문학 텍스트의 정신분석』, 최애영 심재중 역, 동문선, 2001, 73-76쪽.)

자 ‘나’의 논쟁은 박준의 갈등이 문학의 차원을 넘어선다는 점을 암시한다. 이 소설에 등장하는 김박사는 자신감에 차 있는 능력 있는 의사다. 그는 객관성을 중요시하는 과학자이며 합리주의자이다. 하지만 그는 자신의 방법에 대해서 한치의 오류도 인정하지 않으려 하고 남의 의견에 전혀 귀를 기울일 줄 모른다는 점에서 과학만능주의자이며 독선적 합리주의자이다. 그가 가장 신뢰하는 것은 전기뇌파기의 검사기록이며, 자신의 치료 방법을 고수하는 이유는 오직 자신의 진단과 치료 방법에 실패의 기록을 남기고 싶지는 않다는데 있다. 하지만 이러한 태도는 결국 박준의 신경증을 심각한 지경으로까지 몰아간다. 박준이 병원을 도망치자 결국 ‘나’는 김 박사를 ‘신념에 넘친 듯해 보이면서도 사실은 지극히 비겁하고 치사한 오기 덩어리’[20]라고 인식하기에 이른다. 하지만 문제는 의술이 아니라 그의 독선적 태도이다. 그의 독선적 태도는 문학에 대한 안형의 독선적 태도에 대응된다. 안형이 그렇듯 김박사 역시 전짓불로 상징되는 억압적 존재로 드러나는 것이다. 이렇게 볼 때 아버지에 대한 항거라고 할 수 있는 박준의 진술욕은 부당한 현실에 대한 항거라고 할 수 있다. 하지만 부당한 현실에 편입되지 않고 자기진실을 수호하려는 그의 노력은 좌절되고 만다. 그는 결국 현실을 견디지 못하고 신경증으로 도피하고 마는 것이다. 따라서 이 소설은 박준의 신경증을 통해서 도처에 편재한 현실의 억압적 요소들과 그에 대한 도피 심리를 그리고 있다고 이해할 수 있다. 하지만 이 소설은 여기에서 그치지 않고 서술자 ‘나’를 통해 박준의 좌절에 대한 극복의 가능성을 열어 놓고 있다.

서술자 ‘나’의 갈등은 자기 창의력과 독자에 대한 책임감을 가

---

20) 이청준, 앞의 책, 386쪽.

지고 잡지 일을 하고자 하지만 작가들에게 글다운 글 혹은 자신의 편집의도와 맞는 글을 얻을 수 없다는데 있다. 여기서 창의력과 책임을 포기하지 않는 것은 작가 박준의 자기진술에 대응된다. 이런 점에서 박준과 '나'는 동격이다. 마치 박준이 부당한 현실에 편입되지 않음으로써 결국 글을 쓸 수 없었던 것과 같이 '나'는 자신의 편집 의도를 고집함으로써 편집 일에 심한 갈등을 느끼게 되는 것이다. 그런데 박준의 정신적 편린을 추적하는 과정에서 서술자 '나'는 원고가 잘 걷히지 않는 것이 결국 전짓불 때문이었다고 인식하기에 이른다. 문제는 박준을 괴롭히고 있는 전짓불이 단지 박준 혼자만 지니고 있는 것이 아니라는데 있다. 따라서 박준의 문제는 '나' 자신의 문제이며 동시에 사회전체의 문제가 된다. 이러한 인식을 갖는 것으로 문제가 완전히 해결된 것은 아니지만, 그로써 적어도 문제에서 한 발 물러나 여유를 가지고 현실을 바라볼 수 있는 자세를 견지할 수는 있다. 이러한 현실의 확인은 보다 유연한 태도로 현실에 대응하며 창의력과 책임을 가지고 편집 일을 수행할 수 있는 정신적 발판이 된다. 이렇게 볼 때 이 소설은 박준의 신경증과 이에 대한 서술자의 이해라는 이중구조를 통해 부당한 현실에 대한 좌절과 극복의 가능성을 보여준다.

3) 정신증과 현실부정

「황홀한 실종」은 가벼운 정신분열증 증세를 보이던 주인공 윤일섭이 손박사의 치료 도중 심각한 정신분열증 환자가 되어버리는 과정을 그린 소설이다. 윤일섭은 자신의 직장에 만족하며 살던 은행원이었다. 그는 은행 창구에 앉아 있을 때면 창구

밖에 있는 사람들을 불쌍하게 여길 정도로 자신의 직장을 자랑스럽게 여겼다. 하지만 그는 대리 승진자 명단에서 제외되면서 이상 행동을 보이기 시작한다. 윤일섭의 증상은 두 가지로 요약될 수 있는데, 첫째 남을 골탕먹임으로서 쾌감을 얻는 가학성 유희욕이며 둘째 사람들을 꺼리는 사람기피증이다. 이 두 증상은 분리된 것이 아니라 서로 긴밀한 인과 관계 속에 형성된 것이다. 그의 가학성 유희욕은 자신을 타인이 혐오하게 만듦으로써 결국 사람들 사이에서 자신을 격리시키고 그럼으로써 안정감을 찾는 사람기피증에서 비롯되는 것이기 때문이다. 따라서 그의 가학성 유희욕은 사람기피증에 종속되는 증상이라고 할 수 있다. 이러한 사람기피증은 쇠창살에 갇히고 싶다는 극단적인 현실 부정의 심리로 발전한다.

　이러한 윤일섭의 증상은 그가 대리 승진자 명단에서 제외되면서부터 시작된다. 이것은 그에게 지독한 현실적 좌절을 경험하게 한 것이다. 이러한 좌절은 그의 어린 시절의 기억과 교묘히 얽혀서 그를 정신분열증 환자로 만든다. 그는 어린 시절 학교에서 돌아오다가 우연히 길을 잘못 들어 실종된 경험하게 되는데, 그때 자신이 진짜 사라져 버렸고 어머니 품속으로 돌아온 자신은 다시 태어난 것이라고 한다. 어린 시절 실종 사건은 윤일섭에게 모성에로의 복귀라는 황홀한 퇴행적 기억으로 자리 잡게 된 것이다. 윤일섭의 사람기피증은 결국 실종에의 소망적 표현이라고 할 수 있다. 현실적 성공을 통해 안정된 지위를 성취하고 싶은 소망충동은, 대리 승진에서의 탈락으로 인해 좌절을 경험하게 하게 되고 이러한 좌절은 어린 시절의 황홀한 실종의 기억과 결합되어 쇠창살 속에 갇히고 싶다는 대체물을 형성함으로서 왜곡된 만족을 꾀하게 된 것이다. 결국 윤일섭의 실종에의 소망은 쇠창살에 함축되어 있다.

　　“하지만 어떻게 보면 전 참 재수가 좋은 편이었어요. 우리는 끝
끝내 그 교문을 맘대로 들어갈 수는 없었지만, 그 대신 전 그보다
도 더 비좁고 육중한 은행문을 용케 들어갈 수는 있었으니까요. 무
슨 뜻인지 아시겠습니까? 은행문을 들어가서 생각하니 전 그때 교
문을 들어가기 위해 그토록 심한 소동을 벌인 것도 사실 그 화성
인들이 지키고 있는 학교문이 아니라 은행문을 돌진해 들어가기
위한 사전 연습이 아니었던 가 싶더군요. 아마 선생님은 그 기분
모르실 겁니다. 하하…… 뭐랄까…… 선생님은 은행이라는 데가
어떤 덴 줄 아십니까? 철창문을 가운데로 척 가로막아놓고, 그 철
창문 양쪽으로 한쪽에서 안으로 밀려들어가고 싶어 호시탐탐 기회
를 엿보고 있는 사람들과, 다른 한쪽에선 이미 그 철창문 안에다
자리를 잡아 놓고 바깥 사람들에게 기회를 주지 않으려고 쉴새없
이 틈입자들을 감시하고 그자들을 내쫓을 채비를 하고 있는 그런
사람들과의 살벌한 대치장 같은 곳이죠. 안쪽 사람들은 그 채비가
얼마나 대단한 줄 아십니까? 기회가 있으면 선생님도 언제 그 사
람들이 싸움에 대비하고 있는 완벽한 포진을 한번 살펴보십시오.
(후략)”21)

　　윤일섭에게 대학문과 은행문은 모두 쇠창살처럼 인식된다. 대
학교 때 겪었던 한일 회담 반대 시위 현장에서 교문을 나가려
는 격렬한 몸싸움의 기억은 왜곡되어 나타난다. 그때 학생들이
밖으로 나가려고 하는 것이 아니라 안으로 들어오려 했던 기억
으로 바뀐 것이다. 이것은 괴로운 현실적 좌절의 전도된 기억이
다. 한일 회담 반대 시위 상황에서 대학문은 젊은 시절 윤일섭
에게 구속을 의미하는 것이다. 문 밖으로 나가는 것은 자유의
쟁취를 의미하며 문안에 갇히는 것은 구속을 뜻하는 것이기 때
문이다. 이러한 구속의 의미는 대학문을 쇠창살로 인식하게 만
들었으며, 그것은 다시 은행문의 이미지와 중첩된다. 하지만 은

---

21) 이청준, 「황홀한 실종」, 『예언자』, 문학과지성사, 1977, 242-243쪽.

행문의 쇠창살은 구속이 아니라 보호장치로 인식된다. 은행문 안은 안주의 공간이고 문 밖은 살벌한 생존 경쟁이 난무하는 현실적 공간이다. 대학문에 대한 기억의 전도는 안주하고자 하는 현실적 소망에 의한 기억의 조작에 의해 이루어진 것이다.

이와 같이 대학문과 은행문은 상호 영향을 주면서 모순된 의미를 공유한다. 젊은 시절 그에게 대학문은 자유를 수호하고 정의를 실현하고자 하는 소망에 대한 억압적 장치로 나타나는데 반해 현재의 은행문은 살벌한 생존 경쟁의 현실로부터 안정을 주는 보호 장치이다. 따라서 쇠창살은 억압과 해방, 구속과 자유, 생존경쟁의 괴로운 현실과 안주의 공간이라는 이중적 의미가 결합되어 있다. 뿐만 아니라 그것은 이중의 좌절과 그에 대한 보상적 충동의 의미를 동시에 함축한다. 따라서 그것은 자유 수호라는 젊은 시절 이상적 소망의 좌절과 성공을 바라는 현실적 소망의 좌절을 의미하며 이에 대한 보상적 충동이 동시에 내포되어 있다고 할 수 있다.

그런데 현재 윤일섭에게 문 안이라고 안전하게 느껴지는 것은 아니라는데 더욱 심각한 문제가 있다. 문 안은 문 밖에 비해 안정적이지만 그럼에도 불구하고 문밖의 생존경쟁은 문 안에서도 그대로 반복된다. 위의 인용문에서 보듯 윤일섭에게 문 안은 완전한 피라미드 구조로 이루어진 전투 대열으로 인식된다. 그는 가장 위험한 쇠창살 밑의 쫄자 처지에 처해 있다. 그는 싸움만 벌어졌다 하면 제일 먼저 제물이 되어야 할 사람이다. 그에게 승진은 그 일선 창살에서 한 발이라도 더 안전한 자리로 옮기는 일이다. 따라서 승진의 실패는 결국 생존의 위협을 의미한다. 그래서 그는 문 안쪽으로 보다 깊이 들어가고자 하는 소망을 갖게 된 것이고, 그러한 무의식적 충동은 그로 하여금 쇠창살에 갇힌 사자를 몰아내고 스스로 쇠창살에 갇히는 극단적인 행동을 보임으로써 현실을 부정하고 망상 체계로 들어가게 만든 것이다. 이때 사자는 가장 안전한 자리를 차지한 선택받은 자 즉 기득권자에 대한 은유가 된다.

여기서 윤일섭에게 손박사 역시 선택받은 자와 한 무리로 인식된다. 그에게 손박사는 자신의 쇠창살을 몰래 간직하고 있는 사람이다. 윤일섭은 그러한 손박사가 자기에게는 쇠창살을 부수라고 강요하는 것으로 여긴다. 그에게 손박사는 괘씸스럽고 가소로운 위인이 아닐 수 없다. 그는 손박사 앞에서는 병태(病態)가 나아진 것처럼 위장하면서, 손박사와의 싸움을 승리로 이끌 방책을 강구하는데, 그것은 다름 아닌 사자를 몰아내고 사자 우리로 스스로 들어가는 행위이다. 그에게 사자는 손박사와 동격으로 인식되기 때문에 사자를 물리치는 것은 곧 손박사를 물리치는 것과 같다. 이 소설에서 손박사는 「소문의 壁」 김박사와 같은 독선적 합리주의를 표방함으로써 비인간적인 태도를 지닌 억압적 존재로 드러나고 있는 것이다. 이러한 점은 윤일섭의 친구가 손박사 치료에 대한 항의로 구체화된다.

"과거의 사실을 확인시켜주는 것으로 과연 현재의 달라진 의식을 되돌려 놓을 수 있을까요? 기왕 이야기가 나온 김에 말씀드리자면, 과거의 그는 정말로 그 문을 나가고 싶은 욕구를 지니고 있었던 게 사실이라 치더라도, 현재의 그는 이미 그 문을 나가기를 단념해버린 터에, 아니 오히려 안으로 안으로 문 속 깊이로 자신을 숨겨 들어 앉기를 원하고 있는 터에 말입니다. 무식한 소리로 우린 정말로 지금 그 문을 나가기보다도 아늑하고 안정된 문 안의 안주를 바라고 있는 거 아닙니까? 그게 지금까지 우리가 배우고 익혀온 현실의 생활이라는 것일진대, 윤형 역시도 이젠 이미 과거의 소망 대신 스스로 그것을 뒤바꿔놓고 있었던 것이 아니겠느냐 — 윤형이 그 은행을 쫓겨날까 두려워하고 있는 것은 그 윤형이 과거에서 비롯된 도착의 결과에서가 아니라 우리 현실 가운데서 누구나가 가질 수 있는 가장 정직한 자기 소망의 한 표현일 수도 있지 않겠느냐 이런 말씀입니다. 그러니까 제 애기는 즉 지금의 윤형 처지에서 본다면, 그의 과거 역시 문을 나가려는 쪽이 아니라 들어가고 싶은 쪽으로 놓아두는 것이 그의 갈등을 줄여 줄 수 있는 길이 될 수도 있지 않겠느냐는 것이지요.(후략)"22)

윤일섭의 친구는 손박사의 치료를 정면으로 부인함으로써 윤일섭의 정신분열증 자체를 옹호한다. 물론 그가 윤일섭의 병 자체를 긍정하고 있는 것은 아니다. 그의 주장은 윤일섭의 전도된 기억이 가장 정직한 자기 소망의 한 표현일 수 있다는 것이다. 과거의 사실을 확인시켜 주는 것은 오히려 더 큰 혼란과 갈등을 심어주고 생존의 자리를 빼앗는 행위가 되기 때문에, 그것을 그대로 두는 것이 도리어 그의 갈등을 줄여 줄 수 있는 길이 될 수도 있다는 것이다. 이러한 주장은 사실상 상식적인 차원에서 본다면 어불성설이지만 그럼에도 불구하고 심각한 문제의식을 담고 있다. 개조된 현실에 머무는 분열증에 대한 한정된 수긍은 현실에 대한 반성과 비판의 우회적 표현이기 때문이다. 이것은, 현실이 불합리하며 억압적이고 때로는 견딜 수 없을 만큼 괴롭다는 점을 극단적 형태로 드러낸다. 이 소설은 현실부정의 정신분열증이라는 극단적인 상황을 통해서 우리가 살고 있는 현실이 살 만한 곳인가를 질문하고 있는 것이다. 이와 동일한 질문을 던지면서 문제를 심화하는 소설이 「조만득 씨」이다.

「조만득씨」의 주인공 조만득은 동생을 뒷바라지 할 수 없어 가짜 백만장자가 된 과대망상증 환자다. 그는 마음씨 착하고 무던하기로 소문난 이발사이다. 그는 긴 세월 반신불수로 지내는 어머니를 모시며 탕자적 성격을 지닌 동생을 뒷바라지하면서

---

22) 위의 글, 280-281쪽.

고달픈 삶을 살아 왔다. 때문에 그는 결혼도 할 수 없었다. 그러던 어느 날 동생이 이번에는 마지막이라면서 돈 백 만원을 요구한다. 하지만 그는 돈을 구할 수 없었고, 동생에게 돈을 마련해 줄 수 없다는 무력감은 급기야 그로 하여금 정신이상을 일으키게 한다. 조만득의 증상은 과대망상성 정신분열증이라고 할 수 있다. 그의 자아는 자신의 아우를 위해 돈을 마련해 줄 수 없다는 현실적 좌절로 인해, 현실로부터 물러나 백만장자라는 망상 속에 완전히 자신을 숨겨버렸다. 견딜 수 없는 정도로 고통스러운 현실이 그를 정신분열증으로 몰아간 것이다.

결국 조만득의 증상은 현실적 가난에서 비롯된 부자에의 소망충동에 부응한 자아가 현실을 부정함으로써 이루어진 결과이다. 이러한 조만득의 증상은 현실의 절박함을 극단적으로 보여준다. 현실에서 선택할 수 있는 것이 아무 것도 없기 때문에 조만득은 결국 정신분열증 환자가 된 것이다. 그에게 현실은 해결불능의 공간이다. 이 소설은 가수표를 끊는 조만득의 다소 우스꽝스런 행동을 통해 그의 절박한 현실을 더욱 절실하게 드러내며, 또한 그가 자신의 노모와 동생을 살해하고 스스로 경찰서에 가서 자백을 한다는 충격적인 결말은 현실의 괴로움을 더욱 강렬하게 보여준다. 하지만 이 소설은 단순히 이러한 비극적 현실만을 강조하는 것은 아니다. 이 소설은 민박사와 미스 윤의 대립을 통해 조만득의 정신분열증의 의미를 보다 심층적으로 드러낸다.

민박사는 「소문의 璧」의 김박사나 「황홀한 실종」의 손박사와 같은 위치에 존재한다. 그는, 환자가 그를 진료 담당의로 맞는다는 것만으로 신속하고 확실한 치유를 보장받을 만큼 능력 있는 의사이며, 신념과 정확성의 화신으로 등장하고 있다는 점에서 합리주의자이다. 하지만 그의 신념이 자만에 가까운 것이며 자신의 신념이외에는 어떠한 생각도 받아들이지 않는다는 점에서 독선적 합리주의자이다. 특히 그의 신념이 결말에서 보이는 조만득의 비극적 행위에 간접적 원인을 제공한다는 점에서 그는 억압적 현실의 대리자이다. 미스 윤은 이러한 민박사와 대립적 위치에 존재한다. 조만득의 치료 과정에서 미스 윤은 민박사의 합리주의적 신념에 회의를 드러내면서, 그의 과도한 믿음에 대해 비판을 가한다. 미스 윤은 인간적 진실에 대한 옹호자라고 할 수 있다. 민박사와 미스윤의 대립은 조만득의 병을 치료하는 것이 과연 옳은가에 대한 문제로 구체화된다. 이러한 문제는 「황홀한 실종」에서의 윤일섭의 친구가 제기하는 문제의 연장선상에서 심화된 것이다.

> 「조만득씨가 미쳐 있는 동안은 그래도 그 나름으로는 행복할 수가 있었을 텐데요. 병원이라고 그런 행복을 일방적으로 간섭하고 깨부술 권리가 있을 까요?」
> 「미친 것은 가짜의 삶이고 가짜의 행복이니까. 현실의 그것이 아무리 무겁고 고통스런 것이더라도 거기서 밖에는 삶의 진실이 찾아 질 수 없거든」
> 「그가 그 현실의 무게를 감당하지 못해 다시 미쳐 돌아오게 된다고 해두요? 그리고 우리들은 그를 다시 비정한 현실로 돌려보낼 수 있을 뿐 그가 그 현실의 짐을 짊어지는 데엔 아무런 힘도 보탤 수가 없어두요」
> (중략)
> 「그가 현실의 짐을 짊어지는 데에 아무런 힘을 보탤 수 없더라도, 그리고 그가 그 현실을 견디다 못해 다시 미치게 되는 한 이 있더라도, 우린 역시 가능한 힘을 다해서 그를 고쳐주는 수밖에 없겠지」[23]

---

23) 이청준, 「조만득씨」, 『시간의 門』, 중원사, 1982, 169쪽.

위의 인용문에서 보듯이 미스 윤은 조만득의 병을 치료하는 것에 대해 심각한 회의를 제기하는 반면 민박사는 치료를 완수함으로써 조만득으로 하여금 현실로 돌아오게 해야 한다는 신념을 고수한다. 조만득의 증상은 의식적인 차원에서나 무의식적 차원에서나 너무나 만족스럽다는데 문제가 있다. 이런 경우 치료란 결국 '백만장자에게서 돈을 빼앗고 제왕에게서 왕관을 빼앗는 일'24)이 된다. 조만득는 한마디로 행복하게 미친 사람이다. 더욱이 그의 현실은 다시 돌아가기엔 너무 괴로운 것이기에 치료는 곧 조만득을 불행으로 모는 것이 된다. 그래서 현실적인 문제에 과감히 맞서 극복해야 한다는 민박사의 믿음이 당위적 정당성이 있음에도 불구하고, 미스 윤이 제기하는 문제는 쉽게 부정될 수 없는 것이 된다.

이 소설은, 환자보다 자신의 명예를 우선하는 민박사의 태도와 미스 윤의 진지한 회의와 고민을 다소 과장되게 대조함으로써 민박사의 태도의 부당성과 미스 윤의 회의의 정당성을 드러낸다. 특히 민박사의 무리한 치료로 현실로 돌아간 조만득이 자신의 노모와 동생을 살해하고 자수하는 소설의 비극적 결말은 미스 윤의 회의에 대한 정당성을 암시한다. 종국에 민박사 역시 '미치지 않은 쪽이 더 비극적이었다'25)는 점을 인정하는 대목에서, 이 소설은 미스 윤의 생각이 더 설득력을 갖는다는 점을 보여준다. 하지만 이 소설에서 더욱 중요한 문제는 조만득을 바라보는 태도에 있다. 민박사는 조만득을 차가운 분석적 시선으로만 바라보는데 반해 미스 윤은 그를 따뜻한 이해와 연민의 시선으로 바라본다. 미스 윤의 이러한 시선은 인간에 대한 진정한

---

24) 위의 글, 145쪽.
25) 위의 글, 173쪽.

신뢰의 바탕이 된다는 점에서 중요한 의미를 지닌다. 이런 점에서 미스 윤은 「황홀한 실종」의 윤일섭의 친구와 같은 질문을 하고 있지만 문제의 핵심에 보다 근접한 인물이다. 이 소설은 미스 윤의 태도를 통해 인간을 이해하려는 성실한 노력은 어떠한 상황에서도 부정될 수 없다는 점을 강조하고 있다.

4) 결 론

정신이상을 다룬 이청준의 소설은 대체적으로 현실 도피의 신경증에서 극단적인 현실부정의 정신증으로 나아가고 있다. 신경증을 다룬 소설들이 현실을 외면하면서도 어떻게 현실에 맞설 것인가 하는 문제를 제기하고 있다면, 정신증을 다룬 소설들은 부정적 현실을 강조하면서 정신증의 인물을 어떻게 바라볼 것인가에 집중되어 있다.

「退院」은 일인칭 화자 나의 진술을 통해 현실부적응의 청년 심리를 미묘하게 포착하고 있는 소설이다. 여기에는 모성에 대한 유아기적 동경과 억압적 아버지에 대한 두려움이라는 두 개의 대립적 심리가 교차되고 있다. 여기서 나의 갈등은 아버지에 대한 은유라 할 수 있는 전짓불에서 연유하지만 그것은 지극히 개인적 차원에 머물러 있다. 이 소설에서 전짓불의 의미는 「소문의 壁」에서 역사적 사회적 의미를 획득한다. 「소문의 壁」은 박준의 신경증을 통해서 도처에 편재한 현실의 억압적 요소들과 그에 대한 도피 심리를 그리고 있다. 하지만 박준의 현실 도피는 단순한 의미를 넘어선다. 그는 비록 신경증이라는 좌절의 상황에 처하지만 그것은 부당한 현실에 편입하기를 거부하고 그에 대한 항거의 노력이라고 할 수 있기 때문이다. 또한 이 소설에서 서술자 나를 통해서 박준의 좌절에 대한 극복의 가능성이 제시된다는 점은 중요한 의미를 지닌다.

「황홀한 실종」의 윤일섭이나 「조만득 씨」의 조만득은 괴로운 현실로부터 물러나 망상의 체계로 숨어버린 인물들이다. 그들은 어쩔 수 없이 괴로워하고 있지만 그들의 괴로움은 어떤 면에서 정당하다고 말할 수도 있다. 이 소설들에서 현실은 억압의 공간이며 진실을 외면하는 공간이라 할 수 있기 때문이다. 이러한 현실 속에서 그들의 갈등은 해결 불능이다. 문제는 그들이 정신분열증을 일으킬 수밖에 없는 억압적 현실에 있다. 이 소설들은 현실부정의 정신분열증이라는 극단적인 상황을 통해서 우리가 살고 있는 현실이 살 만한 곳인가를 질문한다. 이러한 질문은 「황홀한 실종」에서 윤일섭의 친구를 통해서 「조만득 씨」에서 미스 윤을 통해서 부각된다. 특히 조만득에 대한 미스 윤의 이해와 연민의 시선은 인간에 대한 진정한 신뢰의 가능성을 보여준다는 점에서 중요한 의미를 지닌다.

신경증을 다룬 소설이나 정신증을 다룬 소설이나 그것들은 비단 정신병리학적인 문제에 그치는 것이 아니다. 도리어 이 소설들은 이상심리 자체를 탐구한 것이라기보다는 이상적 인물들의 심리적 갈등을 통해서 우리 사회의 부정적 모습과 현대인의 갈등을 극명하게 드러내고자 하는 시도라고 이해해야 할 것이다. 이 소설들에서 정신이상은 정신이상의 의미를 넘어 정상인의 현실적 갈등의 심화된 표현이라고 할 수 있다. 현실의 벽은 완강해서 좀처럼 움직이지 않는다. 이 소설들은 바로 그러한 현실을 그대로 묵과할 수 없다는 점을 보여준다. 「退院」의 미스 윤, 「소문의 壁」의 서술자 나, 「황홀한 실종」 윤일섭의 친구 그리고 「조만득 씨」의 미스 윤을 통해서 이 소설들은 끊임없는 회의와 모색을 하며 희망을 놓지 않는다. 이 소설들은 인간에 대한 진지한 고민의 중요성과 부당한 현실에 편입되지 않으면서 유연하게 견디며 그것을 변화시키는 길을 모색하고 있다.

참고문헌

김병익, 「원체험과 지성의 변증」, 『이청준』, 은애, 1979.

김　현, 「匠人의 苦惱」, 『별을 보여드립니다』, 일지사, 1971.

-----, 「욕망과 금기」, 『주간조선』, 1978. 12. 3-24.

오생근, 「갇혀있는 자의 시선」, 『문학과지성』, 1974 가을.

서경희, 『이청준 소설 연구: 작중 인물의 정신분석학적 연구』, 석사학위 논문, 세종대 대학원, 1999.

이경욱, 『이청준 소설의 인물연구』, 석사학위논문, 이화여대 대학원, 2001.

이광풍, 「이청준 소설의 세계」, 『미원 우인섭 선생 화갑 기념 논문집』, 집문당, 1986.

이보영, 「始源의 摸索」, 『현대문학』, 1972. 12.

이재선, 「현대소설의 병리적 상징」, 『현대한국소설사』, 민음사, 1991.

이청준, 「退院」, 『별을 보여드립니다』, 일지사, 1972.

-----, 「소문의 壁」, 『소문의 壁』, 민음사, 1972.

-----, 「황홀한 실종」, 『예언자』, 문학과지성사, 1977.

-----, 「조만득씨」, 『시간의 門』, 중원사, 1982.

장 벨맹 노엘, 『문학 텍스트의 정신분석』, 최애영 심재중 역, 동문선, 2001.

프로이트, 『무의식에 관하여』, 윤희기 역, 열린책들, 1997 참조.

-----, 『억압, 증후 그리고 불안』, 황보석 역, 열린책들, 1997.

-----, 『성욕에 관한 세 편의 에세이』, 김정일 역, 열린책들, 1996.

-----, 『창조적 작가와 몽상』, 정장진 역, 열린책들, 1996.

-----, 『늑대인간』, 김명희 역, 열린책들, 1996.

Freud, *Fragment of Analysis of Case of Hysteria*, The Stsndard Edition of the Complete Psychological Works of Sigmund Freud-Volume 7, (London, Hogarth Press, 1999.)

2. 『당신들의 천국』의 상징성 연구

1) 서 론

이청준의 장편소설 『당신들의 천국』은 1974년 4월부터 75년 12월까지 총 21회에 걸쳐 『신동아』에 연재하여 완성된다. 1976년 5월 문학과지성사에서 단행본으로 출간되고, 1984년 9월 재판이, 1993년 7월 3판이, 1996년 11월 4판이 출간되었으며, 2000년 7월에 열림원에서 출간한 이청준 문학전집의 장편소설 제4권으로 출판된다. 2003년에는 1월 16일 자로 문학과지성사 판이 통산 100쇄를 넘기는데, 이로써 이 소설이 우리 독자들에게 얼마나 큰 호응을 받았는가를 잘 알 수 있다.[1]

『당신들의 천국』은 조백헌 원장이 소록도에서 나병 환자들을 위해 간척사업을 벌이면서 일어나는 일련의 사건들을 다룬 소설이다. 소설의 내용은 실존인물인 소록도 병원의 조창원 원장이 겪은 실제 사건들을 바탕으로 짜여졌다. 조창원 원장에 대한

---

[1] 이렇게 보면 『당신들의 천국』은 그 자체로도 6개의 텍스트를 가지는 소설이다. 여기에 이 소설의 바탕이 되고 있는 이규태의 「소록도의 반란」(『사상계』, 1966, 10.)과 조창원 원장 회고록 『허허, 나이롱 의사 외길도 제길인 걸요』(명경, 1997.) 같은 보조 텍스트까지 합하면 8개 이상의 텍스트를 가지는 셈이다. 이미 김윤식이 「『당신들의 천국』의 세 가지 텍스트론」(『우리 소설과의 대화』, 문학 동네, 2001.)에서 『당신들의 천국』, 「소록도의 반란」, 『허허, 나이롱 의사 외길도 제길인걸요』를 대상으로 텍스트 분석을 한 바 있다.

작가의 인터뷰와 이규태의 기사 「소록도의 반란」이 소설의 바탕이 되었다는 사실은 이미 작가가 여러 지면에서 밝힌 바 있다.2) 이 소설이 소록도의 현실을 대중에게 알리는데 크게 기여를 했고 그 자체로도 의미를 지니는 것은 사실이지만, 이 소설의 의미가 여기서 그치는 것은 물론 아니다.

　『당신들의 천국』에 대한 비평적 관심도 독자들의 호응 못지않아서, 이에 대한 연구는 이미 다양한 측면에서 이루어져 왔다. 앞서 말한 바와 같이 소록도에서 벌어졌던 일련의 사업을 현실감 있게 그려냈다거나 5·16 군사정부의 하향식 개발독재에 대한 알레고리라는 이해로부터 정치권력의 일반적 속성이나 인간의 보편적 조건에 대한 탐구 혹은 자기구제의 문제를 다룬 작품이라는 데 이르기까지, 이 작품에 대해서는 다각적인 평가를 거듭해 왔다.3) 이러한 폭넓은 해석들은 모두 나름의 근거를 가

---

2) 이러한 사실은 다음과 같은 글에 잘 나타나 있다.
　　이청준, 「쓰고나서」, 『당신들의 천국』, 초판, 문학과지성사, 1976.
　　이청준, 「당신들의 천국 ─ 살아있는 주인공 조창원 원장님」, 『이청준 깊이 읽기』, 권오룡 엮음, 문학과지성사, 1999.
　　이청준, 「여전한 현실의 화두, '당신들의 천국'」, 『당신들의 천국』, 이청준문학전집, 장편 4, 열림원, 2000.
　　이청준·우찬제, 「대담 ─ 우리들의 천국을 향한 당신들의 대화」, 『문학과사회』, 문학과지성사, 2003 봄.
3) 이러한 점은 다음 글들에 잘 나타나 있다.
　　김주연, 「사회와 인간」, 『이청준』, 김병익 엮음, 은애, 1979.
　　정명환, 「소설의 세 가지 차원」, 위의 책.
　　김천혜, 「치자와 피치자의 윤리」, 위의 책.
　　김교선, 「관념소설론 ─ 이청준의 『당신들의 천국』에 관하여」, 『표현』, 전라문학회, 1980.
　　김　현, 「자유와 사랑의 실천적 화해」, 『당신들의 천국』, 재판, 문학과지성사, 1984.
　　김윤식, 「『당신들의 천국』 ─ 자율적 운명의 끈」, 『황홀경의 사상』, 홍성사, 1984.

지고 있으며 타당성을 지닌 해석이 되는데, 이것은 그만큼 이 소설이 다양한 해석의 가능성을 담고 있기 때문이라 생각된다.

필자는, 이 소설이 이렇게 다양한 해석의 가능성을 가지는 이유가, 이 소설이 매우 풍부한 상징성을 지니고 있기 때문이라고 생각한다. 이 소설에는 동상이나 문둥이와 같이 이 소설에 본질적 의미를 부여하는 상징뿐 아니라 섬, 바다, 철조망, 공원, 결혼식 등과 같이 그에 종속되는 풍부한 상징들이 산재하기 때문에, 이 소설을 이해하는데 있어 이러한 상징을 해석하는 것은 필수적인 작업이 된다. 이들은 서로 깊은 연관 속에서 의미망을 구축하고 있기 때문에, 이들 각각의 의미를 어떻게 해석하느냐에 따라 소설 전체의 의미의 층위도 달라진다. 따라서 본고는 『당신들의 천국』에 산재한 상징들에 대한 해석을 통해서, 이 소설이 담고 있는 의미망을 밝히고자 한다.

2) 소설에 있어서의 상징

상징(symbol)은 '조립한다', '짜 맞춘다'의 뜻을 가진 그리스어의 동사 심발레인(symballein)에서 유래한 말이다. 그리고 그리

정과리, 「모범이 통치에서 상호 인정으로, 상호 인정에서 하나 됨으로」, 『스밈과 짜임』, 문학과지성사, 1988.

류양선, 「낙원에의 꿈과 관념의 정치학」, 『성심어문논집』, 성심여자대학교 국어국문학과, 1999. 2.

우찬제, 「힘의 정치학과 타자의 윤리학」, 『당신들의 천국』, 이청준문학전집, 장편소설, 4, 열림원, 2000.

김한식, 「개발 논리의 실상과 사변의 문체」, 『작가연구』, 새미, 2001. 10.

이화진, 「이청준의 『당신들의 천국』론 — 반성적 탐색과 자기구제의 미학」, 『안동어문학』, 7, 안동어문학회, 2002, 11.

스어의 명사인 심볼론(symbolon)은 부호(mark), 증표(token), 기호(sign)라는 뜻을 가지고 있다. 이런 어원적 의미로 보면 상징은 기호로서 다른 어떤 것을 '대신하는' 기능을 수행한다.4) 상징은 다른 뜻을 함축하고 있는 심상이라는 점에서 은유의 일종이라고 할 수 있으나, 은유가 두 사실 사이의 유사성, 상호 암시성을 근거로 한 1:1의 유추적 관계에 의존하지만 상징은 그러한 유추적 관계에 의존하지 않는다. 심상이나 은유가 작품의 한 부분에서 맡은 일을 하는데 비해 상징은 작품 전체(또는 한 작가, 시대의 작품 세계 전체)를 지배하는 의미 또는 암시성의 배경을 형성한다.5)

브룩스와 워렌은 상징을 '원관념이 생략된 은유'6)라고 정의한 바 있다. 이것은, 오늘날까지 상징에 대한 상당히 유력한 정의로 받아들여지고 있지만, 김용직의 지적대로 은유와 다른 또 하나의 차이점을 말해 놓기는 했어도 어딘가 조금 미심쩍은 데 있다.7) 상징이 원관념이 드러나지 않고 보조관념만으로 의미를 형성하는 것은 사실이지만 그렇다고 원관념이 생략되면 모두 상징이라고 말하기는 어렵기 때문이다. 하지만 상징이 다른 비유에 비해 다양한 해석의 가능성을 가지는 이유가 여기에 있다고 생각할 수 있다. 원관념이 생략됨으로써 다양한 원관념을 상상할 수 있는 여지를 만들고, 그래서 원관념이 딱히 무엇이라고 말하기 어려울 정도로 모호한 의미를 지니기도 하기 때문이다.

---

4) 김준오, 『시론』, 3판, 삼지원, 1990, 145-146쪽.
5) 이상섭, 「상징」, 『문학비평용어사전』, 민음사, 1976, 132쪽.
6) Brooks & Warren, *Understanding Poetry*, p.556.
  김용직, 「상징이란 어떤 것인가」, 『상징』, 김용직 편, 문학과지성사, 1988, 22쪽 재인용.
7) 위의 글, 22쪽.

상징은 수사학과는 전혀 다른 차원에서 논의되기도 하는데, 오늘날 문학 영역에서도 이러한 다양한 논의들은 수용된다. 정신분석학에 의하면 꿈은 억압된 무의적 소망충동을 해소하는 자리이며, 꿈에서의 상징은 잠재적 사고를 '가장하여 표현하는'[8] 방편이다. 말하자면 상징은 감춤과 드러냄, 억압과 해소가 공존하는 자리이다.[9] 물론 응축(condense)과 전치(displacement)도 유사한 기능을 하지만[10] 상징이 꿈보다도 민속학, 신화, 전설, 고사 성어, 격언, 재담 등에서 온전하게 발견된다는 점에서 보다

---

8) Dreams makes of this symbolism for the disguised representation of their latent thoughs.

   (Freud, *The Interpretation of Dream*, The Standard Edition of the Complete Psychological Works of Sigmund Freud-Volume 5, (London, Hogarth Press, 1999), p.352.)

9) 이런 점에서 상징은 증상의 드러나는 자리이기도 하다. 증상이란 '정지된 상태로 머물러 있는 본능적 만족의 징후 혹은 그에 대한 대리표상(substitute), 즉 억압 과정의 결과물('symptom is sign of, and substitute for, an instinctual satisfaction which has remained in abeyance; it is a consequence of repression.'(Freud, *Inhibition, Symptom And Anxiety*, The Standard Edition of the Complete Psychological Works of Sigmund Freud-Volume, 20, (London, Hogarth Press, 1999), p.91.'))이기 때문이다. 요컨대 증상은 억압된 충동이 왜곡된 형태로 소원 풀이를 하는 대리표상이다. 이런 점에 미셀 아리베는 특히, 이런 점에 주목해 상징을 논의한 바 있다. (미셀 아리베, 「정신분석학에서의 상징」, 『언어학과 정신분석학』, 최용호 역, 인간사랑, 1992.)

10) 프로이트의 정신분석학을 구조주의적으로 재해석한 라캉은, 프로이트의 응축과 전치의 개념을 로만 야콥슨의 이론을 빌어 은유와 환유로 대치한다. 프로이트의 상징의 의미는 라캉에서 은유에 흡수되는 경향이 있고, 라캉에 있어서 상징은 기호의 의미를 지닌다. (로만 야콥슨, 「언어의 두 양상과 실어증의 두 유형」, 『문학 속의 언어학』, 신문수 역, 문학과지성사, 1989, 아니카 르메르, 「무의식의 형성물들을 구성하는 기제들」, 『자크 라캉』, 이미선 역, 문예출판사, 1994 참조.)

보편적이라고 할 수 있다.11) 정신분석학을 비판적으로 받아들인 폴 리쾨르는, 이러한 상징이 '삶의 세계(bios)와 이성의 세계(logos)를 갈라놓고 있는 분리선에서 망설이고 있'12)다고 한다. 정신분석학에서 상징적 활동은 욕망과 문화의 경계선 현상이며 그 자체는 충동과 충동의 위임을 받은 정서적 표상 사이의 경계선이기 때문이다. 그래서 상징은 종교적 의미에서의 '거룩한 것의 회상'과 정신분석학적인 의미에서의 '억압된 것의 회귀' 사이의 긴장이기도 하다.13)

상징은 무엇보다 그 암시성으로 인해 풍부한 다의성을 가진다. 어떤 의미에서 그 의미의 폭은 언어의 한계를 넘어선다. 그래서 그것은 해석을 요구한다.14) 개인과 개인 혹은 개인과 사회

---

11) 프로이트, 「꿈에서 상징에 의한 묘사」, 『꿈의 해석(하)』, 김인순 역, 열린책들, 1997, 448-513쪽 참조. 프로이트는 "나는, <그것들은 매우 여러 가지 원천에서 끌어 올 수 있습니다. 동화나 신화들, 농담이나 기지, 민속학, 즉 풍습이나 습관, 격언, 민중들의 민요에 대한 학문들, 또 시적이고 통속적인 관용어를 통해서 알 수 있을 것입니다>라고 대답하려 합니다."라고 말하면서 상징이 꿈에만 한정된 것이 아니며 보편적인 것이라는 점을 강조하기도 한다. (프로이트, 「꿈의 상징적 의미」, 『정신분석 강의』, 임홍빈·홍혜경 역, 열린책들, 1997, 224쪽.)

12) 폴 리쾨르, 「은유와 상징」, 『해석이론』, 김윤성·조현범 역, 수정판, 서광사, 1998, 107쪽.

13) 폴 리쾨르, 『해석의 갈등』, 양명수 역, 아카넷, 2001, 350쪽.

14) 폴 리쾨르는, 상징이 가장 넓은 의미에서 '의미작용의 과잉'(surplus of signification)이라고 말하기도 한다. 상징은 필연적으로 언어에 의해 드러나지만 그것이 단순한 기호와 다른 것은, 기호가 순전히 지시하는 대상에 대해 자의적인 반면 상징은 지시하는 대상의 본질에 맞닿아 있다는 점이라고 한다. 그래서 텅 빈 기호에 비해 상징은 충만해 있다. 상징은 개념적 언어로 남김없이 다룰 수 없으며, 상징에는 그 개념적 등가물(equivalent)들에 들어있는 것보다 더 많은 것이 들어 있다. 그러나 이러한 과잉을 증명하는 것은 개념의 작업을 통해서만 가능하다. 이것이 말하자면 해석이다. (앞의

사이의 갈등을 드러내는 소설에서 상징은 소설을 다양한 층위로 해석할 수 있는 매개항의 역할을 할 수 있다. 상징은 갈등이 집약되는 자리이며 동시에 해결 가능성을 내포하는 자리가 되기 때문이다. 이때 상징은 소설의 의미 단위들을 긴밀히 연결해 하나의 의미망을 구성하는 역할을 담당하게 된다.

3) 『당신들의 천국』의 상징적 의미

가) 당대 현실에 대한 알레고리적 상징

『당신들의 천국』은 조백헌 원장이 소록도에서 겪는 일련의 과정을 그린 소설이다. 소록도 나병원의 원장으로 부임한 조백헌은 오마도 간척사업을 통해 소록도를 나병 환자들의 복된 삶의 터전으로 만들려는 혁신적인 사업을 벌이지만, 안팎의 심각한 도전 때문에 사업은 순탄하게 성취되지 못한다. 그럼에도 불구하고 조백헌 원장은 굽힘 없는 투지로 자신의 신념을 끝까지 밀고 나간다. 이러한 소설의 내용은 70대년 한국 사회에 대한 알레고리적 표현으로 읽을 수 있다.[15]

우선 조백헌이라는 인물과 그의 행위들은 당시 대통령이나 군사정권과 그 행적에 대한 알레고리로 볼 수 있다. 그가 푸른

글, 100-104쪽 참조.)

15) 이러한 점은 이청준의 고백에 의해서 어느 정도 작가가 의도한 바라는 점이 간접적으로 확인되기도 한다. (이청준, 「여전한 현실의 화두, '당신들의 천국'」, 『당신들의 천국』, 이청준문학전집, 장편소설, 4, 열림원, 442쪽과 이청준, 「문학의 토양을 이룬 반성의 정신 — 이청준, 이위발 대담」, 『이청준』, 삼인행, 1991, 166쪽 참조.)

군복에 권총을 찬 군인이라는 점은 말할 것도 없지만, 물불 가리지 않고 밀어붙이는 그의 일처리 방식은 하향식 개발 독재의 일면을 그대로 보여준다. 물론 여기서 군복이나 권총 등은 당시 정권에 대한 알레고리적 상징이 되며, 축구는 스포츠 정책에 대한, 간척사업은 국토개발사업에 대한 알레고리적 상징이 된다.16) 그럴 경우 황희백과 이상욱은 비판적 지식인의 자리에, 이정태 기자는 시대를 담아내는 소설가의 자리에 놓인다. 그런데 흥미로운 점은 이러한 알레고리를 주정수 원장의 시대로까지 확대해서 이해할 수 있다는 점이다. 주정수 원장의 시대는 일본 제국주의에 의한 식민지 근대화를 우의적으로 보여주며, 여기서 사또나 이순구는 일선에서 실제 행정을 담당했던 일제의 말단 관리나 일본의 앞잡이에 대응된다. 벽돌 공장, 선창, 도로, 등대 등은 일제 근대화의 결과물에 대한 알레고리적 상징이 되고, 다소 의미의 차이는 있지만 보은 감사일에 행하는 감사 묵념은 신사참배를 연상케 한다.

그렇다면 이 소설에서 가장 중요한 상징적 의미를 지닌다고 보이는 문둥이는 우리 국민 혹은 우리 민족에 대응되며, 소록도라는 섬은 우리 국토에 대한 알레고리적 상징이라고 말할 수 있다. 하지만 이러한 해석에는 상당한 위험이 다르며, 그래서 신중한 주의가 요구된다. 이 소설과 당대 현실 사이의 대응관계는 상당 부분 맞아떨어지는 면이 있지만, 그 의미가 완전히 일치하

---

16) 이상섭은 '한 심상이 어떤 추상적 의미를 나타내되 다소 막연히 암시하는 것이 아니라 한 가지 의미만을 대표하도록 쓰인 경우' 알레고리스런 상징이라고 한다. (이상섭, 앞의 글, 130쪽) 이 소설은 당대의 정치적 현실에 대한 알레고리로 읽을 수 있다. 그럴 경우 이 소설에 등장하는 몇몇 인물들이나 여기에 나타나는 상징적 단어들은 각각 한정된 의미에 대응된다. 그때 그것들은 알레고리적 상징이라고 말할 수 있을 듯하다.

는 것은 아니기 때문이다. 무엇보다 당대 집권자 혹은 집권세력과 소설의 인물 조백헌 사이에는 사뭇 다른 면이 있다. 전자가 개발 이데올로기와 적색 콤플렉스를 무기로 민주 헌법을 마비시키고 국민 위에 군림하다가 비명(非命)에 갔다면, 후자 즉 조백헌은 굳건한 신념과 저돌적 과단성이 넘쳐서 자칫 자기도취의 독선적 낙원건설을 꿈꾸는 군림자가 될 수도 있었지만, 결국 정의와 용기, 봉사와 희생의 순교자적 사랑의 표상으로 드러나기 때문이다. 이 소설에서 조백헌 원장의 사업은 비록 궁극적으로 실패라고 할 수 있지만, 그는 소록도가 진정한 천국으로 다가갈 수 있는 가능성을 열어 보이고자 끝까지 최선을 다 한 반면 당대 현실은 이와는 정반대로 흘러가고 있었다.

그렇다면 이 소설은 단순한 알레고리가 아니라 조백헌과 소록도를 빌어 당대 사회를 우의적으로, 하지만 통렬하게 비판하고 있는 작품이라 할 수 있다. 여기서 우리 국민에 대응된다고 보이는 문둥이의 의미는 매우 약화된다. 이 경우 소설은 문둥이가 아니라 주로 통치자를 겨냥하고 있다고 생각할 수 있기 때문이다. 이때 통치자를 겨냥하고 있는 상징이 바로 동상인데, 이 경우 동상은 통치자의 권력에 대한 헛된 야망 정도로 이해할 수 있다. 당대 정권의 말로는 주정수 원장의 말로와 흡사하고 그 원인이 결국 동상을 추구하는 심리에 있었던 것을 생각해 볼 때, 사실상 이 소설의 알레고리는 어느 정도 예언적 성격마저 지니고 있었다고 판단할 수 있다.

나) 지배와 피지배의 관계

당대 정치 상황에 대한 알레고리로 볼 수 있는 만큼, 『당신들의 천국』은 권력의 일반적 속성을 드러내는 작품으로 읽을 수도 있다. 여기서 동상과 문둥이는 각각 지배자와 피지배자에 대한 상징으로 이해할 수 있는데, 당대의 정치적 알레고리로 해석할 때와 마찬가지로 이때도 후자보다는 전자에 초점이 맞춰진다고 할 수 있다. 전자의 영역에 속하는 인물이 주정수와 조백헌이라면, 후자의 영역을 대변하는 인물이 황희백과 이상욱이다. 하지만 이러한 인물의 관계가 분절적 대립 관계에 놓여있는 것은 아니다. 주정수는 동상의 의미를 드러내는 매개항이라고 할 수 있지만, 조백헌은 동상에 대한 반성적 계기를 마련하는 인물이다. 문둥이인 황희백은 문둥이의 입장에서 동상을 비판하고, 이상욱은 정상인이지만 문둥이의 입장에 서서 동상을 비판한다.

　이 소설은 조백헌이 소록도 병원에 원장으로 부임을 하면서 시작된다. 조백헌 원장은 전날 밤에 탈출 사고가 있었다는 보고를 받고 부임인사도 하지 않은 채 현장으로 달려가 상황을 알아보려고 한다. 하지만 섬사람들은 그를 냉랭하게 대한다. 그 이유는 새로운 원장이 또 다른 주정수 원장이 될지도 모른다는 두려움 때문이다. 주정수는 이 병원에 네 번째로 부임한 일본인 원장으로 이 섬을 문둥이들의 낙원으로 만들고자 힘썼던 인물이다. 문둥이들도 처음에는 그가 하는 사업에 적극적으로 동참했으며 섬은 살기 좋은 터전이 되어 가는 듯했다. 하지만 섬 안에 시설이 한 가지씩 늘어갈 때마다 그만큼 섬은 천국에 가까워지기는커녕 지옥이 되어갔다. 문둥이들은 위한 낙원을 만든다는 미명 아래 주정수는 자신의 업적을 쌓는 일에 집중했기 때문이다.

　이러한 문제는 공원이 설립 과정에서 집약적으로 드러난다. 공원 설립은 주정수 원장의 천국 만들기의 최후의 사업이었다. 물론 공원은 완성되었고 그에 따라 외부 인사들의 칭찬은 쇄도한다. 공원은 섬의 명물이 되지만, 그것은 문둥이들의 것이 아니라 주정수와 섬 밖의 사람들의 것이다. 여기서 공원은 통치자의 전시적 업적에 대한 상징이 된다. 공원이 완성됨에 따라 문둥이들의 천국이 아니라 '당신들'의 천국이 완성된 것이다. 낙원은 결국 주정수 원장 혼자의 것이거나 섬 밖의 사람들의 것이고, 문둥이들에게 섬은 지옥이나 다름이 없다. 주정수 원장은 이 공원에 동상을 세우고 보은감사일을 정해 원생들로 하여금 동상 참배를 시키는데, 이 때문에 그는 결국 원생의 손에 죽게 되는 비극을 맞이한다. 이러한 과정에서 보듯, 동상은 도달할 수 없는 절대적인 권력에 대한 상징이 된다. 여기서 권력이라는 의미보다는 절대적이란 의미가 중요시 된다. 그것은 실재하는 힘이라기보다는 현실을 초월한 어떤 것이다.

조백헌 원장은 또 다른 주정수가 된다. 하지만 그는 시험대 위에 놓여 있다. 이때 소설의 초점은 동상의 의미를 드러내는데 있다기보다 조백헌이 어떻게 동상을 피해서 공정한 통치자의 길을 찾아가는가에 있다. 이것은 황희백, 이상욱 사이에서 벌어지는 논의를 통해서 드러난다. 이 논의는 동상에 대한 비판을 통해 권력 혹은 통치자의 윤리를 탐구하는 과정이다.

> "마찬가지로 전 오마도 간척장 일 역시 그 일의 시작과 결말이 원장님이 아닌 다른 누구에 의해서든지 간에, 굳이 특정한 한 사람의 책임일 필요는 없을 거라고 생각해 왔습니다. 일을 시작하신 것은 물론 원장님이었습니다만, 그렇기 때문에 전 그 일의 결말을 짓는 것도 원장님만이 하실 수 있는 원장님만의 책임이어야 한다고는 믿고 싶지 않다는 말씀입니다. 외람된 말씀일는지 모르겠습니다만, 전 사실 절강제만이라도 꼭 보고 말겠다는 원장님의 생각에 대해서도 별로 그래야 할 이유를 찾을 수가 없습니다."[17]

---

17) 이청준, 『당신들의 천국』, 이청준소설전집, 장편소설, 4, 열림원, 2000, 314-315쪽.

　　"원장은 지금 섬을 떠나는 데 너무 번거로운 생각들을 하고 있
어. 아닌 척하면서도 이젠 제법 화려하게 떠나가고 싶어 한단 말
씀이야. 섬을 올 때하곤 그게 사뭇 달라졌지."[18]

　　외부 세력의 방해로 조백헌 원장은 오마도 간척사업의 마무
리를 보지 못하고 섬으로부터 반강제로 전출해야 하는 처지에
놓인다. 간척사업이 성공 가능성이 보이자 섬 주위 주민들이 이
에 대한 이득을 취하고자 하는데, 원장이 걸림돌이 되기 때문에
그를 따돌려 놓고 일을 진행하려는 것이다. 조백헌은 담당 장관
까지 만나면서 섬에 남아 끝까지 문둥이들의 편에서 이 사업을
마무리 지으려 하지만 허사가 된다. 조백헌은 상황을 인정하고
절강제만이라도 보고 섬을 떠나기를 바란다. 하지만 이에 대해
이상욱과 황장로는 절강제를 보고 떠나는 것조차 마음속에 동
상을 짓는 것이라고 말하며 그냥 떠나기를 권고한다. 위의 인용
문은 이러한 상황에서 이상욱과 황장로가 조백헌 원장에게 올
리는 고언의 한 대목이다.
　　질타라고까지 할 수는 없지만 이상욱과 황희백은 조백헌 원
장이 조금이라도 자신의 공적을 내세우는 것을 허락하지 않는
다. 이상욱에게는 굳이 자신이 시작했기 때문에 자신이 마무리
해야 한다거나 자신이 아니면 안 된다는 생각을 가지는 것조차
위험하다. 조금이라도 진정으로 문둥이를 위한 일이 아니라 원
장 자신을 위한 일이 되는 순간부터 본질적으로 사업의 의미는
변질되기 시작하는 것이다. 일이나 일의 수혜자가 뒷전으로 밀
리고 그것을 추진하는 통치자가 앞에 서기 시작하면, 그리고 통
치자가 자신이나 자신의 공적을 조금이라도 내세우기 시작하면,
그것이 곧 동상을 짓는 시초가 되기 때문이다. 마음속의 동상조

────────────────

<18) 위의 글, 338쪽.

차 짓지 않기 위해서는 자신을 조금도 내세우지 않고 일체의 허위의식을 배제해야 한다. 이것이 통치자의 윤리이다. 절강제를 보고 떠나겠다는 조백헌의 생각은 황희백이 말하듯이 '제법 화려하게 떠나가고 싶어'하는 것이며, 그것은 허위의식의 일종이다. 여기서 결국 조백헌은 절강제 전에 조용히 섬을 떠남으로써 마음속의 동상을 부수고, '사랑의 동상'을 짓는 방향으로 나간다.

하지만 소설이 여기서 끝나는 것이 아니다. 정년퇴임 후 섬으로 돌아온 조백헌은 이정태 기자를 만나는 대목에서 이정욱의 묵은 편지와 황희백에 대한 기억을 펼치며 지배와 피지배 사이의 올바른 관계에 대한 논의를 벌인다. 여기에서 믿음, 자유, 사랑, 힘 그리고 선택의 논리가 미로처럼 펼쳐진다. 피지배자의 입장에선 '자유'를, 지배자의 입장에선 '사랑'을 통해 천국이 완성될 수 있다. 하지만 양자 사이에 '믿음'이 전제되어야 한다. 그리고 무엇보다 피지배자의 선택이 주어지지 않는다면 그것은 아무리 살기 좋은 곳이 되더라도 지배자의 일방적 논리에 의해 조작될 가능성이 있다. 또한 힘이 없다면 현실적 실현 가능성이 없어진다. 그래서 믿음을 바탕으로 자유와 사랑이 피지배자의 선택에 의해 '현실적 힘'으로 행사되는 것, 그것이 바로 지배와 피지배 사이의 이상적인 관계라고 할 수 있다. 이것은 말하자면 이청준이 소설로 쓰는 정치학이다.

다) 절대적 타자 혹은 경계 지우기

이미 상당히 개선되었음에도 불구하고, 처음 이 섬에 부임해서 조백헌 원장은 문둥이들이 여전히 비인간적인 대우를 받고 있음을 목격한다. 섬은 병사지대, 직원지대가 엄격히 나뉘어 그 사이에는 철조망이 있고, 환자와 직원의 아이들은 각기 다른 학교를 다닌다. 환자들이 정상인을 대할 때는 반드시 다섯 걸음 이상의 거리를 유지해야 하며 말을 할 때는 45도 얼굴을 옆으로 돌리고 손으로 입을 가려야 하는 규칙이 존재한다. 그들에게는 자기 자식조차 마음 놓고 만날 수 없다. 한 달에 한 번씩 철조망을 사이로 2미터씩 떨어져 5분간의 면회시간이 주어질 뿐이다.

문둥이는 일반적인 의미에서의 환자와는 다르다. 그들은 정상인과 엄격히 구분되어 사회에 편입될 수 없는 존재다. 그런데 그 구분은 정상인들에 의해서도 지워지지만 문둥이 스스로에 의해서도 만들어진다. 그들이 죽으면 가족에게 유골조차 찾아줄 수 없는데, 그 이유는 집안 식구 중에 문둥병 환자가 있다는 사실이 알려지는 것을 두려워해서 가족들이 그들과의 서신 연락을 용납하는 경우가 드물기도 하지만, 환자들 자신이 섬으로 들어오면 이름이나 고향을 숨기기 때문이기도 하다. 조백헌 원장이 환자 자녀와 직원 자녀의 공학을 단행하고 다섯 걸음의 규칙을 없애고 직원지대와 병사지대의 철조망을 없애지만 여전히 그들과 정상인 사이에는 확연한 경계가 존재한다. 말하자면 그들은 정상의 경계 안으로 들어올 수 없는 타자이다. 이러한 타자로서 문둥이의 의미는 특히 이 섬에서 끊임없이 발생하는 탈출 사고를 통해 잘 나타난다.

이 소설은 '새 원장이 부임해 온 날 밤, 섬에서는 두 사람의 탈출 사고가 있었다'라는 문장으로 시작된다. 오랜 세월 동안 이 섬에서 환자들은 한 맺힌 삶을 살아 왔지만, 조백헌 원장이 부임할 당시의 여건은 상당히 달라져 있었다. 위에서 보듯이 비록 여전히 많은 제약이 있었으나, 섬 병원은 완치 환자들을 섬 안에 붙잡아 두려고 하기보다는 도리어 섬에서 내보내려 하였고, 병이 다 낫지 않은 사람이라고 하더라도 섬을 나가고 싶은 사람은 누구나 일정기간 귀향 휴가를 얻어 바깥을 다녀올 수도

244

있다. 이 섬에서 수용소라는 개념은 사라진지 이미 오래다. 그런데도 불구하고 환자들은 정상적인 방법을 통해서 섬밖에 나가지 않고, 죽음을 무릅쓰고 헤엄을 쳐서 섬을 탈출하는 사고가 끊이지 않는 다는 사실은 상식적으로 이해할 수 없다.

> "전 이렇게 알고 있습니다. 섬을 나가래도 나가지 못하는 사람들은 환자들입니다. 이자들은 병을 얻어 바깥세상으로부터 이 섬으로 쫓겨 들어왔고, 섬으로 들어온 다음에도 그 바깥 세상에 대한 원망과 두려움을 끝없이 길러 온 그런 환자들이란 말씀입니다. 하지만 모험을 겪으며 섬을 빠져나가려는 친구들은 이미 그런 환자는 아닙니다. 그들은 환자이기 이전에 인간인 거지요. 환자로서 생존 양식과 일반의 그것을 구별 짓기에 지쳐 버린, 그래서 환자로서의 자신의 특수한 처지를 벗어버리고 보다 깊은 생존의 충동에 따라 인간으로서 섬을 나가고자 한 사람들이 이들이란 말입니다. 그런데 환자와 환자 아닌 사람들이 실상은 같은 사람들이 아니겠습니까. 말하자면 이 섬에 삶을 의지하고 있는 사람들은 누구나 환자로서의 남다른 처지와 인간으로서의 보편적인 존재 조건들을 두 겹으로 동시에 살아나가고 있는 셈이지요. 우리로선 얼핏 이해하기 어려운 이 사람들의 행동의 모순은 바로거기서부터 연유하고 있지 않나 생각이 됩니다."[19]

이상욱이 말하듯이 이 섬에 사는 문둥이들은 '환자로서의 남다른 처지와 인간으로서의 보편적인 존재 조건'이라는 두 겹의 삶을 산다. 하지만 그들에게 인간으로서의 삶이란 문둥이라는 현실적 삶의 밑바닥에 고이 간직된 소망적 삶으로밖에 존재하지 않기 때문에, 사실상 그들은 문둥이로서의 한 겹의 삶을 살고 있는 것이나 다를 바가 없다. 그들은 인간으로 인정되는 것이 아니라 오직 문둥병 환자로서 대우를 받는 것이다. 그러므로

---

19) 위의 글, 39쪽.

그들이 정상인의 논리를 인정하고 문둥병 환자로서 섬을 나간다면 그들은 인간이기를 포기하고 스스로 문둥이임을 인정하는 셈이 된다. 결국 그들이 목숨을 걸고 섬을 탈출하는 것은 역설적(逆說的) 의미를 지니는 데, 그것은 인간들의 논리를 거부함으로써 거꾸로 인간이 되고자하는 목숨을 건 투쟁이 되는 것이다.

그런데 여기서 주목할 점은 치유된 환자의 경우도 문둥이와 다를 바가 없다는 사실이다. 이는 또 다른 탈출, 즉 한민이라는 청년의 자살 사고가 이를 잘 보여준다. 섬에 들어온 지 6년 만에 완치된, 세 차례나 세균검사를 해서 모두 음성 판정을 받은 음성 환자인 한민은 섬을 나갈 희망을 가지고 있었으나 정상인과 동등해 질 수 없음을 깨닫고 끝내 자살하고 만다. 그는 다만 '치유된 문둥병 환자'일 뿐이었던 것이다. 여기서 죽음은 섬을 완전히 빠져나가는 길이면서 동시에 섬에 완전히 귀의하는 것이라는 점에서 역설적이다. 죽음은 온전히 섬의 현실에서 벗어나는 길이지만 영원히 문둥이라는 표지를 붙이는 결과가 되기 때문이다.

이러한 두 가지의 탈출 사고에서 보듯이 문둥이는 인간이 아니다. 그것은 인간의 경계 밖으로 밀려있는 타자에 대한 상징이다. 타자로서 문둥이는 서구 근대와 더불어 합리적 이성에 의해 배제된 광인보다도 보편적인 의미를 지닌다.[20] 여기에는 일체의

---

[20] 말하자면 문둥이는 아동, 여성, 소수민족, 범죄자, 정신병자 등에 대한 표상이다. 하지만 그것은 이들보다 더욱 원초적이다. 푸코에 의하면 실제로 문둥이는 17세기 이후 격리되었던 광인에 대한 원형적 존재이다. 그들은 서구적 이성의 기원에 의해 배제된 광인보다도 더 앞선 타자인 셈이다. (미셸 푸코, 『광기의 역사』, 김부용 역, 재판, 인간사랑, 1999, 19-24쪽 참조.)

조건이 따르지 않는다는 점에서 그 의미는 절대적이다. 이 병이 유전에 의해 발병하는 것이 아니며 전염성이 지극히 약하기 때문에 지나치게 경계를 할 필요가 없다는 식의 과학적 지식은 문둥이에 대한 거리감을 좁히는데 전혀 효력이 없다. 그런 의미에서 문둥이는 다른 말로 대체될 수 없다. 그들은 나병 환자나 한센병 환자가 아니라 오직 '문둥이'일 뿐이다. 나병이나 한센병은 문둥이에 대한 혐오감을 지우기 위해 쓰이는 말이기 때문이다. 따라서 문둥이는 보편적이며 절대적인 차원에서 타자의 상징이 된다.

그렇다면 이 소설에서 가장 중요하게 다루고 있는 천국의 의미는 자명하다. 그것은 절대적 타자를 정상의 밖으로 몰아넣는 그 경계가 지워진 곳이다. 이 소설은 윤해원과 서미연의 결혼식을 통해 그 가능성을 열어 놓고 있다. 그들의 결혼식이 직원지대와 병사지대의 경계에서 이루어진다는 점은 경계지우기의 단초를 보여준다는 것은 쉽게 알 수 있다. 그런데 이렇게 명시적으로 드러나는 결혼식보다 경계지우기의 의미와 그에 따른 천국의 상징적 의미를 보다 집약적으로 보여주는 대목은 또 있다. 그것은 이 소설에 등장하는 세 번째 탈출 사고 즉 이상욱의 탈출이다.

이상욱은 조백헌 원장이 전출명령을 받고 강제적으로 섬을 떠나게 되었을 때, 원장에게 절강제도 보지 말고 떠날 것을 권유하고 자신은 돌뿌리 해안을 통해 목숨을 건 탈출을 감행한다. 상욱의 탈출은 그야말로 '엉뚱한 탈출극'이 아닐 수 없다. 물론 그에게 미감아의 비밀스런 내력이 있지만, 그는 실제적으로 정상인이기 때문에 섬을 탈출할 이유가 전혀 없기 때문이다. 하지만 그렇기 때문에 이 탈출은 보다 의미심장하다.

하지만 원장님께서도 설마 그 눈에 보이는 그 철조망을 제거해 버리신 것으로 이 섬에서 진실로 모든 철조망이 자취를 감춘 것으로는 믿고 있지 않으시겠지요. 이 섬에 관한 한 그 철조망은 눈에 보이는 것뿐 아니라 눈에 보이지 않는 것이 더욱더 근원적으로 원생들을 지배하고 있다는 것을 원장님께서도 충분히 짐작을 하고 계시겠지요. 아직 원장님께선 사실 그 눈에 보이는 철조망을 제거하심으로써 다른 한편으로는 보다 더 높고 튼튼한 철조망으로 섬을 은밀히 둘러싸고 싶으셨는지도 모릅니다.21)

원생들은 참으로 환자다운 환자가 되어갈수록, 그리고 그들의 천국이 자랑스러워지면 자랑스러워질수록 아무도 그것을 뛰어넘으려는 사람이 없었습니다. 아무도 뛰어넘으려 하지 않는 울타리보다 더 높고 안전한 울타리는 없을 것입니다. (중략) 원장님, 그러나 이제 탈출이 끊어진 섬은 어떻게 되어가고 있습니까. 이 섬은 이제 생명의 증거를 잃어버린 죽음의 섬으로 변해가고 있습니다.22)

위의 인용문은 조백헌 원장에게 보내는 이상욱의 편지의 일부이다. 여기에 이상욱의 탈출의 근거가 잘 드러난다. 조백헌 원장의 획기적인 정책으로 이 섬에는 이제 더 이상 실제 철조망이 존재하지 않는다. 물론 이젠 탈출 사고도 없다. 여러 모로 섬은 문둥이들이 살만한 곳이 되었기 때문이다. 간척사업도 섬 사람들의 능력으로 완성할 수는 없었지만 외부인의 욕심을 불러일으킬 정도의 작업을 이루었다. 그리고 무엇보다 섬사람들은 원장을 믿게 되었고, 스스로 섬을 자신들의 삶의 터전으로 받아들이게 되었다는 점에서 조백헌 원장의 소록도 천국 만들기 사업은 성공한 듯이 보였다. 하지만 이상욱의 눈에 그러한 현상은

---

21) 앞의 글, 398쪽.
22) 위의 글, 409쪽.

본질을 왜곡할 뿐이다.

이상욱의 논리에 의하면 이 섬에는 철조망이 없어진 것이 아니라 더 높은 철조망 생겼다. 그것은 보이지 않는 철조망이다. 보이지 않는 외부와의 경계, 인간 경계 밖의 존재, 즉 문둥이라는 낙인이 가져오는 절대적 타자성은 여전히 존재한다. 여전히 존재할 뿐 아니라 보다 고착되었다. 섬은 그냥 낙원이 아니라 '문둥이들만의 낙원'이 되어가고 있는 것이다. 이러한 결과는 조백헌 원장의 사업의 결과이기도 하지만 문둥이들 스스로가 지은 것이기도 하다. 그들은 스스로 섬이 문둥이들만의 낙원이 되어가는 것을 받아들이고 있기 때문이다. 그 증거가 바로 탈출 사고가 없어졌다는 것이다. 이는 결국 '환자다운 환자'가 됨으로써 스스로 문둥이임을 인정하고 인간이 되기를 포기한 것과 같다.

따라서 이상욱이 말하는 바와 같이, 타자의 경계가 여전한 가운데 탈출이 없어진 섬은 천국이 아니라 도리어 생명의 증거를 잃어버린 죽음의 섬이 되어버린 것이다. 결국 이상욱 '엉뚱한 탈출'은, 보이지 않는 철조망을 노출시킴으로써 본질적인 면에서 섬이 여전히 예전과 다름이 없다는 것과 섬에는 생명의 증거가 여전히 존재한다는 것을 동시에 드러내기 위한 시위의 일종이다. 이는 타자의 경계가 지워지지 않는 한 천국은 불가능하다는 점을 잘 보여준다. 천국이 문제가 되는 것이 아니라 보편적인 인간이 문제가 된다. 따라서 이상욱의 탈출은 '당신들'23)의 천국이 아니라 그냥 천국이 되어야 마땅하다는 점을 강변하고 있는 것이다.

---

23) 이 소설에서 '당신들'은 이중의 의미로 해석할 수 있다. 전시적 공원이 된 섬일 경우 외부인이 보기 좋은 천국이라는 점에서 '당신들'은 섬 밖의 사람이 된다. 하지만 이처럼 문둥이들만의 섬이라는 의미로 쓰일 수도 있는데, 이 경우 '당신들'은 문둥이가 된다.

라) 오이디푸스 콤플렉스 혹은 아버지와의 화해

『당신들의 천국』에서 특히 흥미로운 점은, 이 소설에서 문둥병은 분명 육체적 질병임에도 불구하고 그것을 정신적인 질병으로 환치시켜 볼 때 그것은 또 다른 의미를 지닌다는 점이다. 다음은 섬을 둘러보고 조백헌 원장이 가지게 되는 문둥이에 대한 생각이 드러나는 대목이다.

> "모두들 참으로 무서운 병들을 앓고 있는 중이로군……. 이대로는 아무래도 탈출 사고를 막을 길이 없겠어. 몸으로 앓고 있는 질병보다 더 무서운 질병을 앓아대고 있으니……. 섬을 빠져나가려는 자들이 생기는 걸 나무랄 수가 없겠어."[24]

> 여러분은 아직도 무서운 병을 앓고 있습니다. 여러분은 물론 육신의 병은 놀랄 만큼 빠른 속도로 나아가고 있습니다. 하지만 여러분은 여러분이 몸으로 앓고 있는 것보다도 더 무서운 질병을 마음으로 앓고 있다는 사실을 알았습니다. 이 섬은 구석구석이 온통 불신과 배반으로 가득 차 있습니다. 그리고 여러분과 이 섬은 지금까지 몸으로 앓아 온 것보다도 더 치명적인 그 불신과 배반이라는 질병을 뼛속까지 깊이 앓아오고 있는 것입니다.[25]

이 대목에서 조백헌은 문둥병에 대한 새로운 진단을 내린다. 문둥병은 그것 자체로 천형임에 틀림이 없지만, 이보다 더 무서운 것은 그것이 마음의 병이며 결국 '불신과 배반의 질병'이라는 것이다. 조백헌의 이러한 인식은 문둥이에 대한 새로운 해석을 가능하게 한다. 그런데 이때 주의를 기울여야 할 것은 이 소설에서 섬사람 중 조백헌을 제외하면 실명을 지닌 모든 인물들

---

24) 앞의 글, 61쪽.
25) 위의 글, 67-68쪽.

250

이[26] 문둥이이거나 문둥이가 아니거나 이러한 마음의 병에 대한 심각한 증상을 보이고 있다는 점이다. 미감아로 이 섬을 빠져 나갔지만 보건 과장으로 다시 돌아온 이상욱과 미감아의 내력을 숨기고 보육원 선생을 하는 서미연이 그렇다. 윤해원의 경우 병이 걸리고 나은 후는 말할 것도 없지만 정상인으로 섬에 들어올 당시도 마찬가지이다. 이들은 모두 표면적으로는 정상인이지만 심리적으로 문둥이와 동격이다. 이렇게 본다면 이 소설에서 문둥병은 인간의 보편적 질병이라고 해석할 수 있는 것이다. 아니 그것은 질병이라기보다 인간 내면의 복합심리(콤플렉스)의 일종이다.

이러한 측면에서 주목할 인물이 이상욱이다. 순전히 심리적인 측면에서만 본다면, 이 소설에서 가장 심각한 문둥병의 증상을 드러내는 존재가 바로 이상욱이기 때문이다. 그는 소설 전반에서 '불신과 배반'으로 일관한다. 처음부터 끝까지 조백헌 원장에 대해 의심의 눈초리로 바라볼 뿐 아니라 정상인으로서 탈출을 감행함으로써 섬의 모든 문둥이들이 조백헌 원장에게 신뢰를 보낼 때조차 그를 배반한다. 이 소설에서 이상욱의 유년기의 내력이 소개될 때는 그 분위기는 언제나 비밀스러울 뿐 아니라 환각적이기까지 해서 그것은 마치 한편의 꿈을 연상케 하는데, 거기에는 그의 내면의 비밀이 '은폐되며 드러난다'.

하지만 이상한 일이었다. 소년의 오해였을까. 소년은 나중에 그가 가장 무서움을 모르던 바로 그 사내 때문에 그의 어미 곁을 떨어져 마침내는 섬을 떠나게 되고 만 것이다. (중략)

---

26) 실명을 지닌 인물 중 여기서 제외되는 사람은 조백헌과 이정태이다. 조백헌은 유일하게 동상의 영역에 속한 사람이고 이정태는 섬 밖의 사람이다.

　　사내는 먼저 마을로 돌아와서 소년의 집에 그의 어미와 함께 있
었다. 전에는 늘 겁에만 질려 있던 사내의 얼굴이 뜻밖에 다시 섬
으로 돌아온 소년을 보자 처참하도록 무섭게 일그러졌다.
　　─이 더러운 문둥이 새낄!
　　알 수 없는 분노 때문에 사내는 금방이라도 소년을 죽이고 말
것처럼 온 몸이 부들부들 떨고 있었다. 소년은 그처럼 형세가 사
나운 사내의 모양은 꿈에라도 본 일이 없었다. 상상초차 해 본 일
이 없었다. 이날 일이 처음 이었다. 그리고 그것이 또 마지막이었
다.
　　사내는 결국 소년을 용서하지 않았다. 이튿날 밤 사내는 다시
소년을 바닷가 숲 속으로 데려 갔다. 소년은 또 그 바닷가 숲 속
에서 밤새도록 비를 맞으며 고깃배의 노랫소리를 기다렸다. 그리
고 마침내는 그 어둠 속을 지나가는 새벽녘 고깃배의 노랫소리를
불러들여 정말로 영영 섬을 떠나가고 말았다.27)

　　이상욱은 문둥이인 어머니와 아버지 사이에서 태어나 섬 전
체 문둥이들의 도움으로 비밀스럽게 자라난다. 본래 문둥이들은
자식을 낳는 것이 금지되어 있었기 때문이다. 그는 내내 문이
잠긴 방에서 숨어 지내다가 만 다섯 살이 되어서 비가 오는 날
아버지 손에 이끌려 돌뿌리 해안으로 가 지극히 환상적인 '고깃
배의 노랫소리'를 들으며 그 고깃배에 실려 섬을 떠나게 된다.
이상욱의 내력이란 결국 섬을 떠나게 되는 경위이다. 그것은 그
대로 '아버지의 부재 시에 어머니와 같이 잠자리에 들 수 있고
아버지가 돌아오면 쫓겨나는 상황'28)과 흡사한데, 결국 아버지
에 의해 어머니의 품으로부터 영원한 추방당하는 과정이다.
　　실제로는 아버지 때문이 아님에도 불구하고 이상욱은(타인의

---

27) 위의 글, 110-113쪽.
28) 프로이트, 「정신분석학 개요」, 『나의 이력서』, 한승완 역, 열린책들,
　　1997, 206쪽.

이야기인 듯이 서술하고 있지만) '그 사내 때문에 그의 어미 곁을 떨어져 마침내는 섬을 떠나게 되'고 말았다고 진술한다. 첫 번째 뱃사람들에게 맡겨졌을 때, 그는 되돌아오게 되는데,[29] 그 때 아버지는 소년의 집에 그의 어미와 함께 있었으며, 아버지의 얼굴은 '처참하도록 무섭게 일그러'진다. 그는 '이 더러운 문둥이 새끼!' 하고 외치고, '소년을 죽이고 말 것처럼 온 몸이 부들부들' 떤다. 이러한 기억들은 순전히 이상욱의 유아적 자아가 느끼는 아버지에 대한 두려움의 표현이라고 생각할 수 있다.[30]

여기서 특히 주목이 되는 것은 아버지가 뱉는 '문둥이'라는 말이다. 이 말은 실제적인 문둥이를 의미한다기보다 아버지에 대해 유아적 자아가 느끼는 자신의 왜소함을 드러내는 말이라고 생각할 수 있다. 유아적 자아에게 아버지는 절대적인 권위와 힘의 상징으로 드러난다. 그 앞에 아이는 문둥이만도 못한 존재로 여겨질 수 있다.[31] 이렇게 본다면 문둥이는 오이디푸스 콤플렉

---

29) 이것은 일종의 퇴행이라고 말할 수 있을 것이다.

30) 이 소설에서 이상욱이 만 다섯에 섬을 떠나게 되는 것도 우연이 아니라고 생각된다. 오이디푸스콤플렉스는 남성의 경우 대체로 만 2, 3세에 시작해서 4, 5세에 해소된다. 남성의 경우 거세 위협으로부터 벗어나고자 어느 순간 어머니에 대한 집착과 아버지 살해의 소망을 무의식에 억압함으로써 일시에 해소되지만, 여성의 경우 남근선망으로 이어져 오랜 시간에 걸쳐 해소되는 것으로 알려져 있는데, 대체로 결혼과 더불어 해소된다. (프로이트, 「나의이력서」, 『나의 이력서』, 38-50쪽, 프로이트, 「오이디푸스 콤플렉스의 해소」, 『성욕에 관한 세 편의 에세이』, 김정일 역, 열린책들, 1996, 47-53쪽 참조.)

31) 아이는 "무시당하는 경우 무시당하고 있다는 느낌을 갖는 경우, 부모의 사랑을 온전히 받고 있지 않다고 느끼는 경우, 형제자매와 부모의 사랑을 나누어 가져야 한다는 사실에 서운함을 느끼는 경우가 많다. 자신이 좋아하는 것만큼 부모에게 충분히 사랑받고 있지 못하다는 느낌은 의식적으로 옛 기억을 떠올리며 자신이 입양아이거나 의붓자식이라는 생각을 하게 한다." (프로이트, 「가족 로맨스」, 『성욕에 관한 세 편의 에세이』, 열린책들, 58쪽. 1996.) 여기서 문둥

스 시기의 유아적 자아의 상징이 되는 셈이다. 여기서 동상은 물론 아버지에 대한 상징이 된다. 동상은 억압적 아버지라는 측면과 자신이 들어앉고 싶은 어머니의 옆자리를 차지한 사람이라는 두 가지 측면에서 모두 합당하다.32) 이때 단종 수술은 거세 불안의 상징으로 받아들일 수 있다.

　그렇다면 섬은 어머니에 대한 상징이 된다. 하지만 이 소설에서 같은 섬이라도 이상욱이 유년 시절에 떠난 섬과 장성한 뒤 귀환한 섬의 의미는 다르다. 섬은 어머니의 상징이지만 천국의 의미를 지니는 유아적 어머니는 이상욱이 떠나기 전의 섬일 뿐이다. 결국 천국은 현실의 어디에도 없는 셈이다. 귀환한 섬은 장성해서 만나는 어머니이며 유아적 어머니 즉 천국에 대한 기억의 흔적만이 남아 있을 뿐이다. 유년기에 그가 떠났던 돌뿌리 해안이 그곳이다. 그곳은 섬을 떠날 때 들었던 '이상스런 고깃배의 노랫소리의 환청'을 들을 수 있는 안정의 장소이다. 또한 그 곳은 그가 머릿속이 혼란해 져 있을 때 머리를 식히러 가는 곳이기도 하다. 따라서 이 '돌뿌리 해안'에서 이루어지는 그의 탈출은 다름 아니라 또 다른 섬 즉 유아기의 어머니를 바다라는 환상적 공간 속에서 만나고자 하는 소망의 표현이라고 해석할 수 있다.33)

　　이는 이렇게 아이 스스로 갖는 버려진 아이라는 생각의 극단적인 표현으로 읽힌다. 이러한 점은 많은 동화에 나타나는 쫓겨난 아이나 영웅 신화에 다양한 모습으로 드러난다.

32) 앞서 제기한 인간이 초월적인 절대적 권력의 문제는 후자에 속한다고 생각할 수 있다. 그것은 현실에서는 인간이 도달할 수 없는 곳이다.

33) 이러한 해석은 이 소설 자체로는 무리가 있으나 이청준의 다른 소설 「이어도」와 연관시켜보면 자연스럽다. 이상욱의 탈출은 천남석이 이어도의 환상을 보고 뛰어드는 장면과 흡사한 면이 있는데, 이때 바다 혹은 그 위에 떠있는 작은 섬은 어머니를 의미한다. (졸고, 「이청준 소설에 대한 정신분석적 연구」, 박사학위논문, 고려대

이렇게 본다면 이 소설은 오이디푸스의 이야기가 된다. 여기에
는 물론 근원적인 모성에 대한 그리움이 무의식적으로 '숨겨지며
드러나' 있지만, 보다 중요한 것은 이 소설 전체가 원망스런 아버
지와의 화해의 과정이라는 점이다. 섬, 어머니, 천국을 하나의 의
미로 본다면. 천국이란 어쩔 수 없이 영원히 도달할 수 없는 잃
어버린 낙원이 된다. 하지만 이 소설에서 천국의 가능성이 조금
이라도 열려 있다면, 조백헌과 이상욱 그리고 황희백 사이의 의
식의 충돌을 통해 동상에 대한 두려움이나 거부감을 상쇄해 간다
는 점일 것이다. 이것은 유아적 자아의 아버지와의 화해이며, 동
시에 인간의 세계에 대한 화해를 의미한다고 할 수 있다. 아버지
는 곧 삶의 마당으로서의 세계를 의미하기 때문이다.

4) 결 론

본고는 이청준의 『당신들의 천국』을 동상과 문둥이의 상징적
의미에 따라 네 층위로 나누어 해석해 보았다. 첫째 70년대 당
시의 정치적 알레고리의 층위, 둘째 지배와 피지배의 관계라는
층위, 셋째 절대적 타자로서의 문둥이라는 층위, 넷째 정신분석
학적 층위가 그것이다. 첫 번째와 두 번째의 층위에서는 동상의
의미가 부각되고 세 번째와 네 번째의 층위에서는 문둥이의 의
미가 강조된다. 그리고 대체로 전자에서는 조백헌 원장이 주요
인물이 되지만 후자에서는 이상욱이 주요인물이 된다.

이와 같은 해석은 추상화시켜 이해할 수도 있다. 여기서 가장
중요한 상징은 문둥이와 동상이지만 양자가 철저히 대립적 의

대학원, 2002, 61-62쪽 참조.)

미를 지니는 것은 아니다. 이것은 양자의 대립 관계라기보다는 오이디푸스적 삼자 관계를 구성한다. 이것은 ‘아버지-동상-권력’, ‘어머니-섬-천국’, ‘아이-문둥이-시민’의 삼자이다. 이 소설에서 이것은 동상-섬-문둥이의 삼자 관계로 구체화되어 나타난다. 어머니를 사이 두고 아버지와 아이가 벌이는 오이디푸스적 투쟁은 섬을 두고 벌이는 동상과 문둥이 사이에 벌어지는 쟁탈전이 된다. 여기에 이 소설의 상징적 의미가 집약되어 있다.

하지만 이 소설의 미덕은 무엇보다 그 지향하는 바가 화해에 있다는 점이다. 그것은 의식의 차원에서는 동상/문둥이 사이의 화해이며 무의식적 차원에서는 아버지/아이 사이의 화해이다. 그것은 조백헌/이상욱 사이의 화해로 구체화된다. 물론 이 소설에서 결혼은 화해에 대한 중요한 상징적 의미를 지닌다. 하지만 보다 중요한 장면은 결혼식의 배후에 있다. 이 소설의 마지막 장면, 결혼식 시간이 다 되어가는데 자기 방에서 축사를 열심히 연습하는 조백헌과 다시 섬에 귀환한 이상욱이 ‘뜻을 알 수 없는 미소’를 흘리며 은밀히 이를 엿듣는 장면이다.

이 미묘한 장면은 조백헌/이상욱 사이의 최후의 화해를 의미한다고 생각할 수 있다. 이상욱의 미묘한 웃음은 ‘씁쓸한 비웃음’이라기보다는 ‘조원장의 그 너무도 직선적이고 순정적인 생각에 다소 감동을 받은’ 것이라고 할 수 있는 것이다. 온정신을 쏟아서 축사 연습에 몰두해 있는 조백헌의 태도에서 보이는 그 성실성 혹은 진실이야말로 사랑을 구체적으로 보여주는 것이며, 이를 통해 이상욱의 내면에 믿음에 싹터 오르는 것이라고 할 수 있기 때문이다. 여기서 이 소설은 궁극적으로 진정한 의미에서의 화해의 가능성을 열어 보이고 있다고 할 수 있다.

참고문헌

김교선, 「관념소설론-이청준의 『당신들의 천국』에 관하여」, 『표현』, 전라문학회, 1980.

김용직, 「상징이란 어떤 것인가」, 『상징』, 김용직 편, 문학과지성사, 1988.

김윤식, 「『당신들의 천국』-자율적 운명의 끈」, 『황홀경의 사상』, 홍성사, 1984.

김윤식, 「『당신들의 천국』의 세 가지 텍스트론」, 『우리 소설과의 대화』, 문학 동네, 2001.

김주연, 「사회와 인간」, 『이청준』, 김병익 엮음, 은애, 1979.

김준오, 『시론』, 3판, 삼지원, 1990.

김천혜, 「치자와 피치자의 윤리」, 『이청준』, 김병익 엮음, 은애, 1979.

김 현, 「자유와 사랑의 실천적 화해」, 『당신들의 천국』, 재판, 문학과지성사, 1984.

김한식, 「개발 논리의 실상과 사변의 문체」, 『작가연구』, 새미, 2001. 10.

류양선, 「낙원에의 꿈과 관념의 정치학」, 『성심어문논집』, 성심여자대학교 국어국문학과, 1999. 2.

우찬제, 「힘의 정치학과 타자의 윤리학」, 『당신들의 천국』, 이청준문학전집, 장편소설, 4, 열림원, 2000.

이규태, 「소록도의 반란」, 『사상계』, 1966, 10.

이상섭, 『문학비평용어사전』, 민음사 1976.

이청준, 『당신들의 천국』, 초판, 문학과지성사, 1976.

이청준, 『당신들의 천국』, 재판, 문학과지성사, 1984.

이청준, 『당신들의 천국』, 이청준문학전집, 장편소설, 4, 열림원, 2000.

이청준, 「쓰고나서」, 『당신들의 천국』, 초판, 문학과지성사, 1976.

이청준, 「당신들의 천국 ─ 살아있는 주인공 조창원 원장님」, 『이청준 깊이 읽기』, 권오룡 엮음, 문학과지성사, 1999.

이청준, 「여전한 현실의 화두, ‘당신들의 천국’」, 『당신들의 천국』, 이청준문학전집, 장편소설, 4, 열림원, 2000.

이청준, 「문학의 토양을 이룬 반성의 정신 ─ 이청준, 이위발 대담」, 『이청준』, 삼인행, 1991.

이청준·우찬제, 「대담 ─ 우리들의 천국을 향한 당신들의 대화」, 『문학과사회』, 문학과지성사, 2003 봄.

이화진, 「이청준의 『당신들의 천국』론 ─ 반성적 탐색과 자기구제의 미학」, 『안동어문학』, 7, 안동어문학회, 2002, 11.

정명환, 「소설의 세 가지 차원」, 『이청준』, 김병익 엮음, 은애, 1979.

정과리, 「모범이 통치에서 상호 인정으로, 상호 인정에서 하나 됨으로」, 『스밈과 짜임』, 문학과지성사, 1988.

졸   고, 「이청준 소설에 대한 정신분석적 연구」, 박사학위논문, 고려대 대학원, 2002.

로만 야콥슨, 「언어의 두 양상과 실어증의 두 유형」, 『문학 속의 언어학』, 신문수 역, 문학과지성사, 1989

아니카 르메르, 『자크 라캉』, 이미선 역, 문예출판사, 199

미셸 아리베, 『언어학과 정신분석학』, 최용호 역, 인간사랑, 1992.

미셸 푸코, 『광기의 역사』, 김부용 역, 재판, 인간사랑, 1999

폴 리쾨르, 『해석이론』, 김윤성·조현범 역, 수정판, 서광사, 1998.

폴 리쾨르, 『해석의 갈등』, 양명수 역, 아카넷, 2001.

프로이트, 『꿈의 해석 (하)』, 김인순 역, 열린책들, 1997.

프로이트, 『정신분석 강의』, 임홍빈·홍혜경 역, 열린책들, 1997.

프로이트, 『나의 이력서』, 한승완 역, 열린책들, 1997.

프로이트, 『성욕에 관한 세 편의 에세이』, 김정일 역, 열린책들, 1996.

Freud, The Interpretation of Dream, The Standard Edition of the Complete Psychological Works of Sigmund Freud-Volume 5 (London: Hogarth Press, 1999.)

Freud, *Inhibition, Symptom And Anxiety*, The Standard Edition of the Complete Psychological Works of Sigmund Freud-Volume, 20, (London, Hogarth Press, 1999)

찾아보기

· 저자 ·

이승준　　고려대학교 신문방송학과를 졸업
　　　　　고려대학교 국문과에서 석·박사학위 취득
　　　　　현재 고려대학교, 한국항공대학교, 카이스트대학교에서 강의

· 주요논문 ·

「김승옥론」,
「이청준 소설에 대한 정신분석적 연구」
「황순원 소설의 생태학적 의미」
「고등학교 교과서의 서사이론에 대한 비판적 고찰-제7차 교육과정 문학교과서의
'구성'을 중심으로」
「인간과 자연의 화해-이청준 소설의 생태학적 의미」 외 다수

이청준 소설 연구

· 초판 인쇄	2005년 8월 30일
· 초판 발행	2005년 8월 30일
· 지 은 이	이승준
· 펴 낸 이	채종준
· 펴 낸 곳	한국학술정보㈜
	경기도 파주시 교하읍 문발리 526-2
	파주출판문화정보산업단지
	전화　031) 908-3181(대표)·팩스　031) 908-3189
	홈페이지　http://www.kstudy.com
	e-mail(e-Book사업부)　ebook@kstudy.com
· 등　　록	제일산-115호(2000. 6. 19)
· 가　　격	27,000원

ISBN　　89-534-2901-3 93810 (Paper Book)
　　　　89-534-2902-1 98810 (e-Book)